iLike就业AutoCAD 2010 中文版多功能教材

王 征 朱月琼 编著

電子工業出版社

Publishing House of Electronics Industry

北京·BEIJING

内 容 简 介

本书先讲解AutoCAD 2010强大的二维图形绘制、修改、图层管理、文字标注、尺寸标注、图块、表格、块、打印输出功能，并且通过精心挑选的实例来讲解剖析每个知识点。然后讲解AutoCAD 2010强大的三维造型功能及三维图形的修改、着色、渲染输出功能。最后讲解了AutoCAD的二次开发，即AutoLISP语言和VBA的应用。本书按照用户的学习习惯由浅入深地进行介绍，内容起点低，操作上手快，内容全面完整，并且通过具体的实例讲解每个实用知识点。

本书可供各种层次的大中专院校学生、建筑绘图人员以及建筑设计师使用，尤其适合中等职业学校、大专院校及各种AutoCAD培训班作为教材使用。

图书在版编目（CIP）数据

iLike就业AutoCAD 2010中文版多功能教材/王征，朱月琼编著.—北京：电子工业出版社，2010.4
ISBN 978-7-121-10540-1

Ⅰ．i⋯　Ⅱ．①王⋯ ②朱⋯　Ⅲ．计算机辅助设计—应用软件，AutoCAD 2010—教材　Ⅳ．TP391.72

中国版本图书馆CIP数据核字（2010）第046960号

责任编辑：李红玉
文字编辑：姜　影
印　　刷：北京天竺颖华印刷厂
装　　订：三河市鑫金马印装有限公司
出版发行：电子工业出版社
　　　　　北京市海淀区万寿路173信箱　邮编：100036
　　　　　北京市海淀区翠微东里甲2号　邮编：100036
开　本：787×1092　1/16　印张：18.5　字数：470千字
印　次：2010年4月第1次印刷
定　价：36.00元

前　言

AutoCAD 2010中引入的新概念设计和可视化工具可以协助实现你的构想，以便向客户及不具备技术知识的观众演示，甚至可以将你的设计意图传达给生产部门。

作为计算机辅助设计软件，AutoCAD 2010是一套集平面作图、三维造型、数据库管理、渲染着色、因特网等功能于一体的强力设计软件，广泛应用于建筑、机械、电子和室内装饰等领域。

本书围绕AutoCAD 2010提供的技术，详细讲解其强大的二维造型、精确绘制、图层管理、文字标注、尺寸标注、块、打印输出等功能，这些知识点均以实际操作的方式展现，让读者形象地进行学习。不再像单纯的文字理论类书籍一样死板，相对比较灵活，读者会更容易接受知识。通过精心挑选的实例来讲解剖析每个知识点，使读者能够结合实际，快速、高效、灵活地设计建筑图纸。

本书在具体内容上也进行了十分科学的安排，首先介绍知识结构，其次列出对应课业的就业达标要求，然后紧跟具体内容，为读者的学习提供了非常明确的信息与步骤安排。

本书结构

本书共有10课，具体如下：

- 第1课讲解AutoCAD 2010基础知识、界面、文件及常用快捷键。
- 第2课到第7课讲解AutoCAD 2010基本绘图工具、修改工具、标注工具、查询工具、坐标系、图层、打印和布局的应用。
- 第8课和第9课讲解AutoCAD 2010强大的三维造型功能，三维图形的修改、着色、灯光、渲染输出功能。
- 第10课讲解AutoCAD 2010的二次开发，即讲解AutoLISP语言和VBA程序开发。

本书特色

本书的特色如下：

- 面向就业，充分体现出就业的特点
- 实例和知识讲解以工作中用到的为主
- 结构体例保持一致

··每课内容量与培训班课时几乎一致，适合课堂学习

本书适合的读者

本书可供各种层次的大中专院校学生、建筑绘图人员以及建筑设计师使用，尤其适合中等职业学校、大专院校及各种**AutoCAD**培训班作为教材使用。

以下人员对本书的编写提出过宝贵意见并参与了本书部分资料的搜集工作，他们是孙宁、王荣芳、李德路、李岩、周科峰、陈勇、高云、于凯、王春玲、李永杰、韩亚男、陈卓、王伟、姚国发，感谢北京美迪亚电子信息有限公司的各位老师，谢谢你们的帮助和指导。

由于时间仓促，加之水平有限，书中的缺点和不足之处在所难免，敬请读者批评指正。

为方便读者阅读，若需要本书配套资料，请登录"北京美迪亚电子信息有限公司"（http://www.medias.com.cn），在"资料下载"页面进行下载。

目 录

第1课

AutoCAD 2010快速入门

本课知识结构及就业达标要求

本课知识结构具体如下：

✚ AutoCAD 2010概述

✚ 快速访问工具栏和功能区

✚ 菜单栏、工具栏和工作区

✚ 命令窗口和状态栏

✚ 文件的基本操作

✚ 常用快捷键

本课先讲解AutoCAD 2010基础知识和界面，然后讲解文件的基本操作和常用快捷键。通过本课的学习，了解AutoCAD 2010基本操作，为后面的学习打下基础。

1.1 AutoCAD 2010概述

AutoCAD 2010是Autodesk的主要产品，是AutoCAD的最新版本。该版本支持真正的64位技术，这意味着用户可以打开更大的图形，可以更好地协作，可以完成更大的工程。同时，AutoCAD 2010全面支持Windows Vista的所有版本。

从概念设计到草图和局部详图，AutoCAD 2010都为用户提供了创建、展示、记录和共享构想所需的所有功能。AutoCAD 2010还引入了新外观和新用户界面，可以更直观方便地访问各种命令，用户也可以通过改变工作空间，使AutoCAD 2010变成惯用的AutoCAD命令和熟悉的用户界面。

1.2 AutoCAD 2010界面简介

双击桌面上的 图标或单击"开始→程序→Autodesk→AutoCAD 2010-Simplified Chinese→AutoCAD 2010"命令，打开AutoCAD 2010程序，如图1-1所示。

在默认状态下，菜单栏是隐蔽的。单击快速访问工具栏中的按钮 ，在弹出菜单中单击"显示菜单栏"命令，就可以显示菜单栏，如图1-2所示。

如果不习惯这种工作空间，可以设置AutoCAD 2010工作空间为"AutoCAD 经典"，具体方法是：单击菜单栏中的"工具→工作空间→AutoCAD 经典"命令，如图1-3所示。

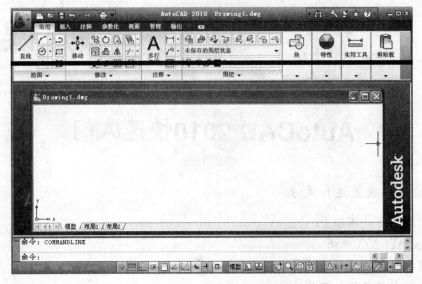

图1-1　打开AutoCAD 2010程序

图1-2　显示菜单栏

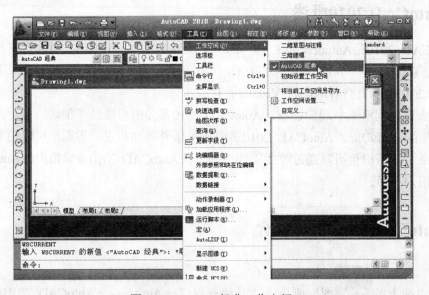

图1-3　AutoCAD经典工作空间

1.2.1　快速访问工具栏

快速访问工具栏显示常用工具，如图1-4所示。

利用快速工具栏可以快速实现新建、打开、保存、放弃、重做和打印功能。注意，可以向快速访问工具栏添加无限多的工具，具体方法是，单击按钮▼，在弹出菜单中单击"特性"

命令，就可以在快速工具栏中添加工具，如图1-5所示。

图1-4　快速访问工具栏

图1-5　添加工具

　　删除快速访问工具栏中的工具，具体方法是，单击按钮▼，在弹出菜单中单击要删除的工具即可。

1.2.2　功能区

　　功能区是显示基于任务的命令和控件的选项板。在创建或打开文件时，会自动显示功能区，提供一个包括创建文件所需的所有工具的小型选项板，如图1-6所示。

图1-6　功能区

　　单击不同的选项卡，就会显示不同的命令和控件。还要注意，功能区包含许多以前在面板中提供的相同命令。例如，DIMLINEAR命令由以前的"标注"控制面板提供。在功能区上，DIMLINEAR位于"注释"选项卡的标注面板中。

　　单击功能区中的最小化面板为标题按钮◘，就可以最小化功能区，如图1-7所示。

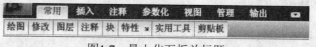

图1-7　最小化面板为标题

1.2.3　菜单栏

　　菜单栏包含12个不同的菜单项，每一个菜单项都对应一个下拉子菜单，使用这些命令可以完成绝大部分操作。下面讲解一下各菜单的作用。

　　• 文件菜单：用于对文件进行新建、打开、保存、打印等操作，并可以将其输入、输出为同格式的其他图形文件，还可以进一步设置文件的摘要信息等。

　　• 编辑菜单：用于对图形进行选择、剪辑、复制、删除、查找等操作。

　　• 视图菜单：对视图进行缩放、平移、动态观察、漫游和飞翔等操作，还可以改变视口的显示个数、视图的类型等。

　　• 插入菜单：利用该菜单可以插入块、DWG参照、3D Studio文件、ACIS文件及OLE对象，还可以利用该菜单创建超链接。

　　• 格式菜单：用于设置图层的线宽、颜色、线型及图层的管理，还可以设置文字样式、表格样式、点样式、标注样式等。

- 工具菜单：用于设置工作空间、选项板、命令窗口、全屏显示等内容，还可以检查拼写、加载应用程序等。
- 绘图菜单：利用该菜单可以绘制直线、圆、椭圆、表格、文字等，还可以绘制三维图形，如长方体、圆柱体等。
- 标注菜单：利用该菜单可以为绘制的平面图、立面图、剖面图进行标注。
- 修改菜单：利用该菜单可以对绘制的图形进行删除、复制、剪切、拉长修改等操作。
- 参数菜单：利用该菜单可以实现几何约束、自动约束、标注约束、删除约束、约束设置与管理等功能。
- 窗口菜单：可以对工具栏和浮动面板进行加锁与解锁操作，还可以对AutoCAD文档进行层叠、横向平铺、纵向平铺等管理。
- 帮助菜单：关于这个软件的帮助，包括在线帮助，新功能练习等。

1.2.4 工具栏

工具栏是各种操作命令快捷方式的集合，主要是为了方便用户操作而设置的，它的功能在菜单栏中都能找到，同时还可以移动、关闭、显示各工具栏，如图1-8所示。

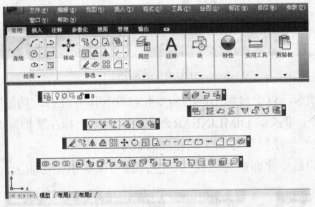

图1-8 各种工具栏

AutoCAD中有很多工具栏，具体显示方法是，单击菜单栏中的"工具→工具栏→AutoCAD"命令，弹出下一级子菜单，如图1-9所示。

若下拉菜单的相应子菜单前面有钩号，则与该菜单对应的工具栏在界面中显示，否则，该工具栏不显示。

1.2.5 工作区

在AutoCAD 2010的工作界面中，中间的空白区域称为工作区，一切图形的绘制、编辑、修改、标注、着色、渲染等都在该区域中完成。它其实就像手工绘图时的一张图纸，只不过图纸有固定尺寸，而工作区没有边界，可以无限放大或缩小。

工作区默认的背景颜色为白色，还可以修改其背景颜色，方法是，单击菜单栏中的"工具→选项"命令，弹出"选项"对话框，然后单击"显示"选项卡，如图1-10所示。

单击"颜色"按钮，弹出"图形窗口颜色"对话框，然后设置"颜色"为黑色，再单击"应用并关闭"按钮，这时工作区的背景色就变成了黑色，如图1-11所示。

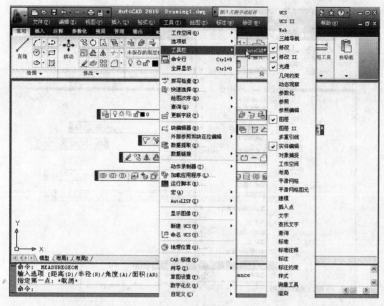

图1-9 下拉菜单

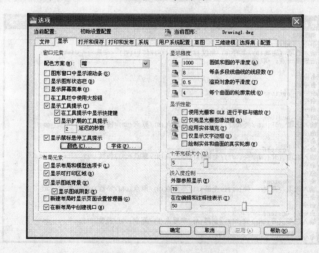

图1-10 "选项"对话框

工作区的左下角显示的是当前坐标，默认的是*X*和*Y*坐标。单击菜单栏中的"视图→显示→UCS图标"命令，弹出下一级子菜单，即可显示或隐藏坐标，或者使坐标在原点显示，如图1-12所示。

1.2.6 命令窗口和状态栏

命令窗口在AutoCAD 2010工作区的下方，单击菜单栏中"视图→显示→命令窗口"命令，就会显示"AutoCAD命令窗口"，如图1-13所示。

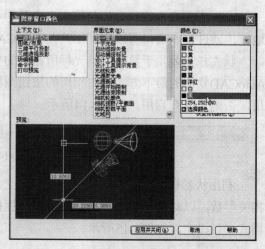

图1-11 "图形窗口颜色"对话框

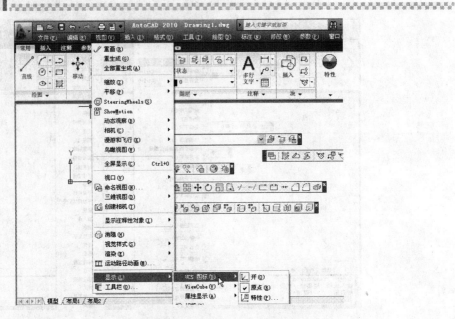

图1-12　坐标的控制

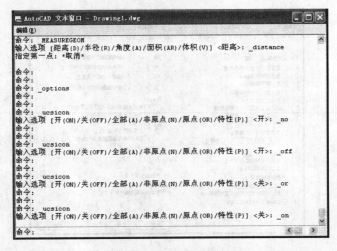

图1-13　AutoCAD命令窗口

　　AutoCAD命令窗口是用户输入命令及命令参数的地方，也是显示执行结果、提示信息的地方。通过文本窗口可以实现用户与AutoCAD软件之间的对话。

　　状态栏主要用于显示当前光标所在处的坐标值、绘图辅助工具的开关状态等信息，位于AutoCAD软件的最下方，单击相应的按钮图标，当按钮图标变为淡蓝色时，表示该功能已启用，否则为没有启用。如图1-14所示。

图1-14　状态栏

　　利用状态栏，可以设置是否捕捉、正交、极轴、对象捕捉等，还可以进一步设置它们的相关参数，以对象捕捉为例，单击对象捕捉按钮□，弹出"草图设置"对话框，即可对捕捉模式进行设定，如图1-15所示。

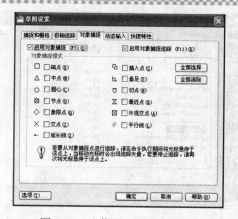

图1-15　"草图设置"对话框

1.3　文件的基本操作

在AutoCAD 2010中，文件的操作与Windows环境下的其他应用程序的文件操作方法基本相同。注意，图形文件的扩展名为.dwg。

1.3.1　新建和打开文件

打开AutoCAD 2010时，系统会自动创建一个名为"Drawing1.dwg"的空白图形文件，也可以利用下面的方法新建图形文件。

- 单击快速访问工具栏的新建按钮□。
- 在命令窗口中输入new，然后按"Enter"键。
- 按下"Ctrl+N"组合键。
- 单击菜单栏中的"文件→新建"命令。

用任何一种方式，都会弹出如图1-16所示的"选择样板"对话框。

在该对话框中输入要新建的图形文件名及文件的类型，然后单击"打开"按钮即可。

如果文件已存在，就可以打开该文件，通过下面几种方法都可以打开文件。

- 在命令窗口中输入open，然后按"Enter"键。
- 单击菜单栏中的"文件→打开"命令。
- 按下"Ctrl+O"组合键。
- 单击快速访问工具栏的打开按钮 。

用任何一种方式都会弹出如图1-17所示的"选择文件"对话框。

在该对话框中找到要打开的图形文件，双击该文件，或选择该文件，单击"打开"按钮，都可以打开该文件。

1.3.2　保存和关闭文件

在绘制施工图纸的过程中应该不断进行文件保存，以免由于死机或掉电等原因造成文件丢失。如果不及时保存，可能会造成前面所做的工作全部丢失。保存方法有以下几种。

- 在命令窗口中输入Qsave，然后按"Enter"键。

图1-16   "选择样板"对话框

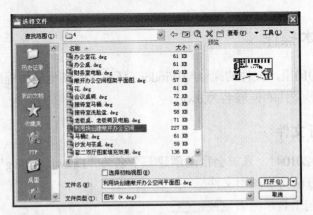

图1-17   "选择文件"对话框

- 单击菜单栏中的"文件→保存"命令。
- 按下"Ctrl+S"组合键。
- 单击快速访问工具栏的保存按钮 █。

用任何一种方式都会弹出如图1-18所示的"图形另存为"对话框。

图1-18   "图形另存为"对话框

　　在该对话框中可以设置保存图形文件的名称，也可以设置保存文件的类型，默认为".dwg"，还可以设置保存文件的位置。

　　可以使用以下几种方法将保存好的文件关闭。

- 在命令窗口中输入Close，然后按"Enter"键。
- 单击图形文件窗口右上角的关闭按钮。
- 单击菜单栏中的"文件→关闭"命令。

1.3.3 输入和输出文件

在AutoCAD 2010中，不仅可以打开后缀为".dwg"的文件，还可以输入其他类型的文件，如*.3ds、*.wmf、*.dgn等，具体方法如下。

单击菜单栏中的"文件→输入"命令，弹出"输入文件"对话框，然后单击"文件类型"下拉按钮，就可以选择不同的文件类型，如图1-19所示。

选择要输入的文件，单击"打开"按钮即可。

在AutoCAD 2010中，不仅可以输入其他类型的文件，还可以把CAD制作的图纸输出为其他类型的文件，如*.eps、*.bmp、*.stl等，具体方法如下。

单击菜单栏中的"文件→输出"命令，弹出"输出数据"对话框，然后单击"文件类型"下拉按钮，就可以选择不同的文件类型，如图1-20所示。

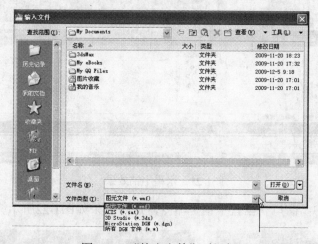

图1-19　"输入文件"对话框

图1-20　"输出数据"对话框

在文件名文本框中输入要输出文件的名称，然后单击"保存"按钮即可。

1.3.4　文件的管理

在实际设计图纸的工作中，有时会同时用到多个图形文件，这时就要用到图形文件的管理，下面来具体操作一下。

首先打开两个或多个文件，单击菜单栏中的"窗口→水平平铺"命令，这时效果如图1-21所示。

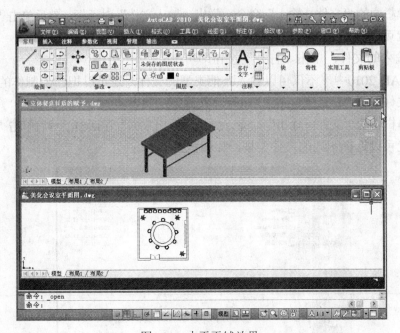

图1-21　水平平铺效果

单击菜单栏中的"窗口→垂直平铺"命令，这时效果如图1-22所示。

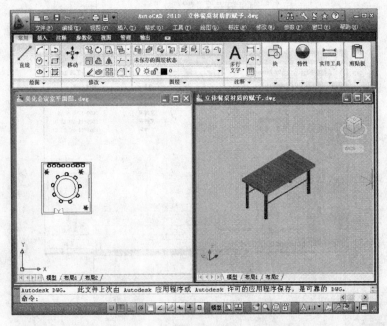

图1-22　垂直平铺效果

单击菜单栏中的"窗口→层叠"命令，这时效果如图1-23所示。

图1-23 层叠效果

1.4 常用快捷键

利用快捷键，可以方便、快捷地完成一系列操作命令，现在几乎所有的软件或应用程序都提供快捷键功能，下面来看一下AutoCAD 2010常用快捷键，以提高制作速度。

绘图工具快捷键

L	直线
XL	构造线
PL	多段线
PO	点
POL	正多边形
REC	矩形
A	圆弧
C	圆
SPL	样条曲线
EL	椭圆
I	插入块
B	创建块
BH	图案填充
REG	面域
TABLE	表格
TMT	多行文字
DT	单行文字

视图工具快捷键

Z	视图缩放
Z + A	全屏显示
Z + P	上一次视图
P	平移视图

修改工具快捷键

E	删除
CO	复制
MI	镜像
O	偏移
AR	阵列/矩阵
M	移动
RO	旋转
SC	缩放
TR	修剪
STRETCH	拉伸
EX	延伸
F	倒圆角
BR	打断
J	合并
CHA	倒直角
EX	分解
DR	改变显示顺序（上/下）

其他常用快捷键

CTRL+A	选择图形中的对象
CTRL+B或F9	切换捕捉
CTRL+C	将对象复制到剪贴板
CTRL+F或F3	切换执行对象捕捉
CTRL+G或F7	切换栅格
CTRL+J或<Enter>	执行上一个命令
CTRL+L或F8	切换正交模式
CTRL+N	创建新图形
CTRL+O	打开现有图形
CTRL+P	打印当前图形
CTRL+R	在布局视口之间循环
CTRL+S	保存当前图形
CTRL+V	粘贴剪贴板中的数据
CTRL+X	将对象剪切到剪贴板
CTRL+Y	重复上一个操作

CTRL+Z	撤销上一个操作
CTRL+\	取消当前命令
F1	显示帮助
F2	打开/关闭命令窗口

练习题

1. 填空题

（1）按下_____键，显示AutoCAD命令窗口。

（2）修剪的快捷键是_____，移动的快捷键是_____。

（3）AutoCAD图形文件的扩展名是_____。

2. 简答题

（1）如何显示AutoCAD 2010的菜单栏？

（2）如何修改工作区的背景颜色？

第2课

绘图工具的应用

本课知识结构及就业达标要求

本课知识结构具体如下：

✛ 利用直线工具绘制床头柜立面图
✛ 利用圆形工具绘制传送带平面图
✛ 利用矩形和多段线工具绘制双人床平面图
✛ 利用圆弧工具绘制电视机平面图
✛ 利用椭圆工具绘制燃气灶平面图
✛ 利用其他常用绘图工具绘制花瓶立面图
✛ 利用文字和表格制作功课表

本课讲解AutoCAD 2010基本图形的各种创建工具，如点、直线、文字、表格、样条曲线、多线等，并通过具体实例来详细讲解各种工具在具体图纸设计中的应用。通过本课的学习，掌握各种创建工具的使用方法及技巧，设计制作出不同图纸的平面图或立面图。

2.1 基本绘图工具

图形由对象组成。通常情况下，对象是通过使用定点设备指定点的位置或通过在命令提示下输入坐标值来绘制的。用户可以创建某些对象，从简单的直线和圆到样条曲线和椭圆。下面通过具体实例来讲解一下如何使用基本绘图工具绘制图形。

2.1.1 利用直线工具绘制床头柜立面图

单击"常用"选项卡，就可以看到直线工具，鼠标指向直线工具就会弹出提示面板，可以看到直线工具的绘制方法，如图2-1所示。

在AutoCAD 2010中，绘制直线常用的方法共有6种，具体如下。

1. 鼠标单击绘制直线

单击直线工具并在工作区单击，就可以产生直线的一个端点，然后拖动鼠标会显示相应的距离与角度提示，单击即可产生第二个点，这样多次单击产生多个点，如图2-2所示。

当图形绘制完成后，可以按"Enter"键，也可以单击右键，在弹出的菜单中单击"确认"命令，结束绘制，如图2-3所示。

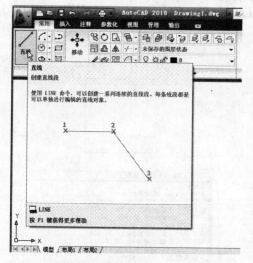

图2-1 直线工具及提示面板

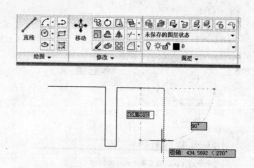

图2-2 鼠标单击绘制直线

2. 坐标法绘制直线

在工作区的最左下角有X和Y坐标，就是AutoCAD 2010工作区的（0，0）坐标点。假设绘制的图形起点坐标为（200，500），单击直线工具，直接输入点的坐标后按"Enter"键即可，如图2-4所示。

图2-3 结束绘制

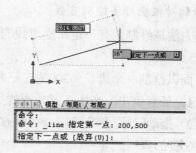

图2-4 坐标法绘制直线

3. 极坐标法绘制直线

极坐标也是常用的一种坐标系，利用直线的长度及与水平正方向的夹角来确定端点的位置，具体格式是：两点间距离<与水平正方向的角度。

单击直线工具，直接输入（600<45），按"Enter"键，这时效果如图2-5所示。

4. 相对坐标法绘制直线

相对坐标法是最常用的方法。在工作区绘制图形，关心的不是点的具体坐标位置，而是点与点之间的距离与角度关系，所以每次绘制的点，只要知道与刚绘制的点的坐标的关系，就可以绘制出来。注意，这种方法的第一个点是任意的，而第二个点是相对于第一个点的，所以坐标前有@。下面以绘制长为500，宽为500的正方形为例来讲解一下。

（1）第一个点，利用鼠标任意单击即可。

（2）拖动鼠标，然后输入@500，0，再按"Enter"键，就会产生一条水平线，长为500。

（3）拖动鼠标，然后输入@0，500，再按"Enter"键，就会产生一条垂直线，长为500。

（4）拖动鼠标，然后输入@-500, 0，再按"Enter"键，就会产生一条水平线，长为500。如图2-6所示。

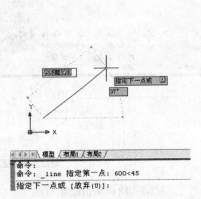

图2-5　极坐标法绘制直线

图2-6　相对坐标法绘制直线

（5）最后单击起始点，然后按"Enter"键即可。

5. 鼠标+坐标法绘制直线

该方法是绘制水平和垂直直线最快捷的方法，即利用鼠标控制方向，然后输入水平或垂直间距值即可。注意第一点也是任意单击的。

6. 相对极坐标法绘制直线

该方法是绘制带有一定角度直线的常用方法，它的格式是：@两点间距离<与水平方向的角度。

下面以绘制一个边长为300的正三角形为例来讲解一下。

（1）任意单击，产生正三角形的第一个顶点。

（2）拖动鼠标，然后输入@300<60，然后按"Enter"键，就产生长为300，与水平方向夹角为60度的直线。

（3）拖动鼠标，然后输入@300<300，然后按"Enter"键，就产生长为300，与水平方向夹角为300度的直线。

（4）最后单击起始点，然后按"Enter"键即可，如图2-7所示。

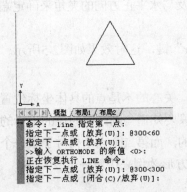

图2-7　相对极坐标法绘制直线

前面讲解了直线的绘制方法，下面来具体讲解一下如何利用直线工具绘制床头柜立面图。

（1）单击快速访问工具栏中的新建按钮，新建一个图形文件。

（2）单击直线工具，然后任意单击产生第一个点，沿垂直方向向上拖动鼠标，然后输入500，这样就可以产生一个长度为500的垂直线段，如图2-8所示。

（3）沿水平方向向右拖动鼠标，然后输入550，按"Enter"键，产生水平线段。

（4）再沿垂直方向向下拖动鼠标，然后输入500，按"Enter"键，又产生一条垂直线段，单击右键，在弹出的菜单中单击"确认"，这样就绘制出床头柜的外框，如图2-9所示。

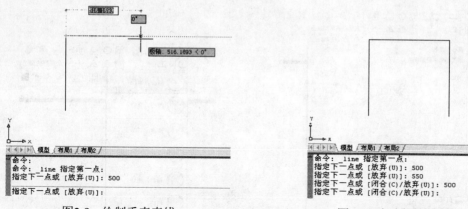

图2-8　绘制垂直直线　　　　　　　　　　图2-9　床头柜的外框

（5）单击直线工具，封闭矩形，并选择刚绘制的直线，弹出直线属性面板，就可以看到直线的属性信息，如颜色、图层、线型，如图2-10所示。

（6）选择直线后，就会发现直线上有3个矩形点，选择中间的点并向上垂直移动，然后输入60按"Enter"键就可以移动直线的位置，如图2-11所示。

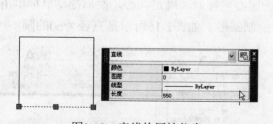

图2-10　直线的属性信息

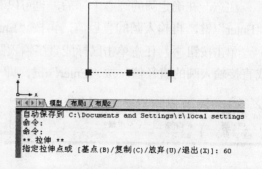

图2-11　移动直线的位置

（7）同理，再绘制封闭矩形的直线，选择中间的矩形点，分别向上偏移350、370、480，就可以成功绘制床头柜的立面图，如图2-12所示。

（8）单击快速访问工具栏中的保存按钮，弹出"保存"对话框，输入文件名为"利用直线工具绘制床头柜立面图"，其他为默认，然后单击"保存"按钮即可。

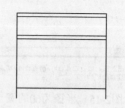

图2-12　床头柜的立面图

2.1.2　利用圆形工具绘制传送带平面图

单击"常用"选项卡就可以看到圆形工具，鼠标指向圆形工具会弹出提示面板，可以看到利用圆心和半径绘制圆的方法，如图2-13所示。

单击圆形工具的下拉按钮，可以看到绘制圆的常见方法。圆的绘制方法有3种：一是圆心+半径或直径值确定圆；二是两点或三点确定圆；三是相切+相切+半径或相切+相切+相切确定圆，如图2-14所示。

图2-13　圆形工具和提示面板

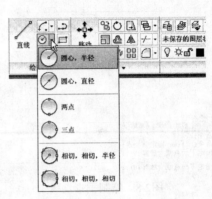

图2-14　绘制圆的常见方法

1. 圆心+半径或直径值确定圆

单击按钮⊙，任意单击鼠标或直接输入圆的圆心坐标值，确定圆心，然后拖动鼠标单击或直接输入圆的半径值，按"Enter"键，即可绘制圆形。如图2-15所示是半径为60的圆。

注意，在确定圆的圆心坐标后，也可以利用圆的直径来确定圆，要输入"D"，然后按"Enter"键，再输入圆的直径值，再按"Enter"键即可确定圆。

单击按钮⊘，任意单击鼠标或直接输入圆的圆心坐标值，确定圆心，然后拖动鼠标单击或直接输入圆的直径值，按"Enter"键，即可绘制圆形。如图2-16所示是直径为60的圆。

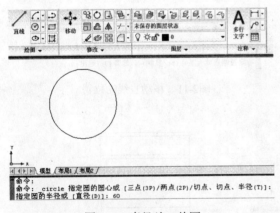

图2-15　半径为60的圆

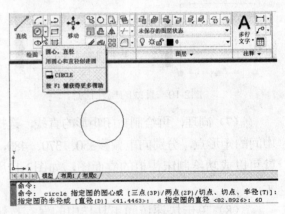

图2-16　直径为60的圆

2. 两点或三点确定圆

单击按钮○，然后输入第一个顶点坐标，按"Enter"键，然后再输入第二个顶点坐标，按"Enter"键，这样就可以确定圆。两点确定圆，其实就是确定圆的直径的两个端点坐标。命令窗口提示信息如图2-17所示。

　也可以利用鼠标单击确定两点坐标，从而确定圆。

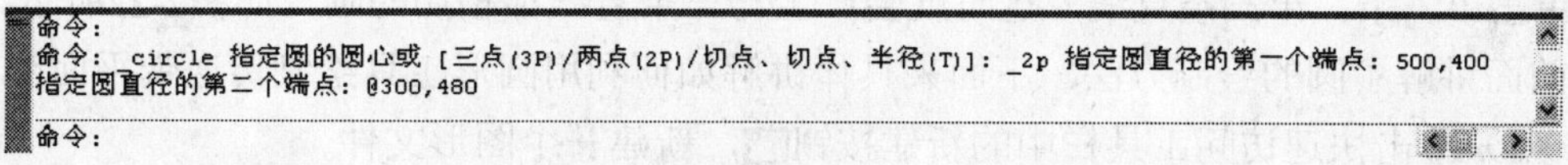

命令：
命令： circle 指定圆的圆心或 [三点(3P)/两点(2P)/切点、切点、半径(T)]: _2p 指定圆直径的第一个端点: 500,400
指定圆直径的第二个端点: @300,480
命令：

图2-17　两点确定圆的命令窗口提示信息

可以三点确定圆，单击按钮，分别输入三个点的坐标值，即可确定一个圆。三点确定圆的命令窗口提示信息如图2-18所示。

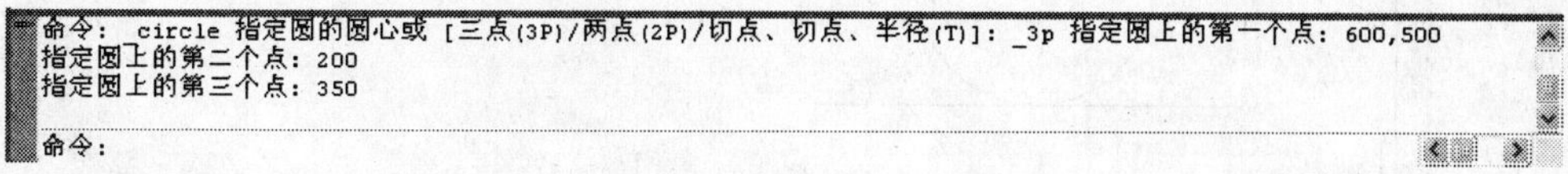

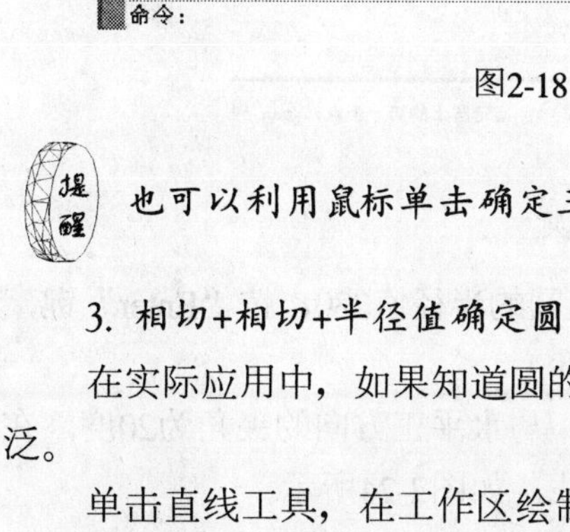

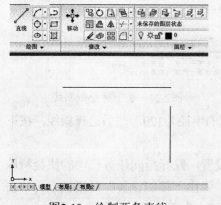

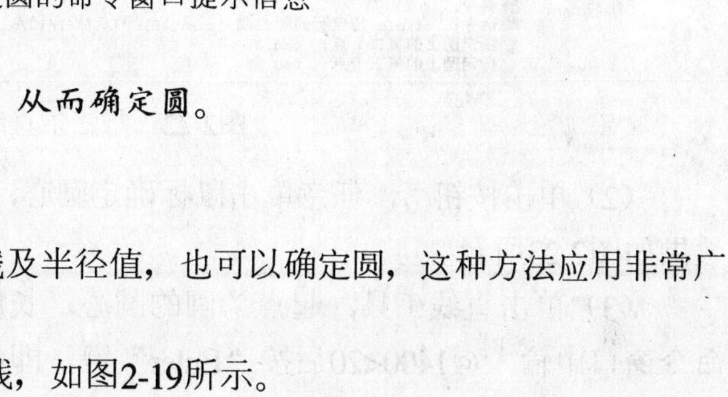

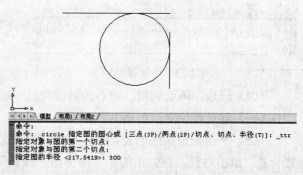

命令： circle 指定圆的圆心或 [三点(3P)/两点(2P)/切点、切点、半径(T)]: _3p 指定圆上的第一个点: 600,500
指定圆上的第二个点: 200
指定圆上的第三个点: 350
命令：

图2-18　三点确定圆的命令窗口提示信息

提醒　也可以利用鼠标单击确定三点坐标，从而确定圆。

3. 相切+相切+半径值确定圆

在实际应用中，如果知道圆的两条切线及半径值，也可以确定圆，这种方法应用非常广泛。

单击直线工具，在工作区绘制两条直线，如图2-19所示。

单击按钮，这时命令窗口提示“指定对象与圆的第一个切点”，指向任一条直线单击，这时命令窗口提示“指定对象与圆的第二个切点”，指向另一条直线单击，这时命令窗口再提示“指定圆的半径”，输入300，然后按“Enter”键，这时就产生与两条直线相切，半径为300的圆，如图2-20所示。

直线
移动
未保存的图层状态
绘图
修改
图层
模型
布局1
布局2

图2-19　绘制两条直线

模型
布局1
布局2
命令：
命令： circle 指定圆的圆心或 [三点(3P)/两点(2P)/切点、切点、半径(T)]: _ttr
指定对象与圆的第一个切点：
指定对象与圆的第二个切点：
指定圆的半径 <217.5419>: 300

图2-20　与两条直线相切的圆

4. 相切+相切+相切确定圆

在实际设计工作中，有时需要根据圆的三条切线来确定圆，下面就来介绍具体操作。

单击直线工具，在工作区绘制三条直线，如图2-21所示。

单击按钮，这时在命令窗口中提示“指定圆上第一个切点”，任意单击一条直线，然

模型
布局1
布局2

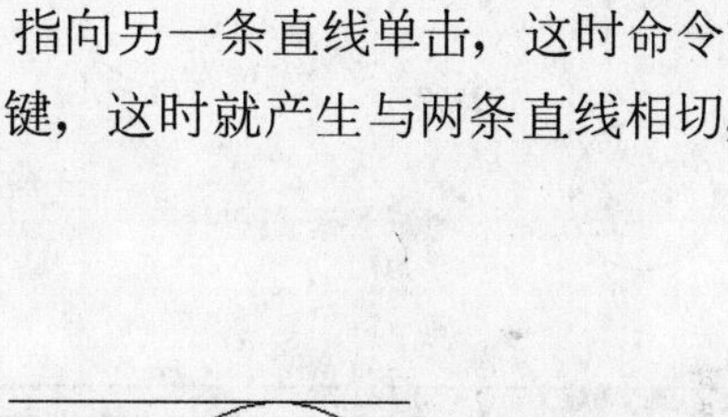

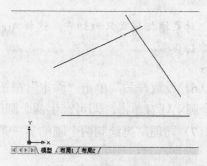

图2-21　绘制三条直线

后再单击第二条、第三条直线，这时就会产生与三条直线都相切的圆，如图2-22所示。

前面讲解了圆的绘制方法，下面来具体讲解如何利用圆形工具绘制传送带平面图。

（1）单击快速访问工具栏中的新建按钮 ，新建一个图形文件。

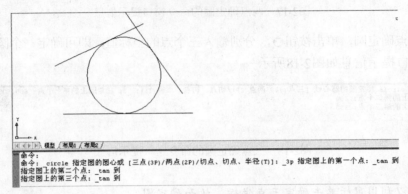

图2-22　与三条直线都相切的圆

（2）单击按钮 ⊙ ，任意单击鼠标确定圆心，然后输入圆的半径值230，按"Enter"键，效果如图2-23所示。

（3）单击直线工具，起点为圆的圆心，长度为1400，与水平正方向的夹角为20度，在命令窗口中输入@1400<20后按"Enter"键，即绘制了斜线，如图2-24所示。

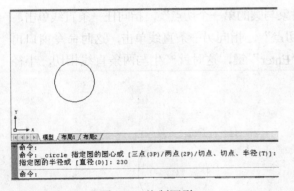

图2-23　绘制圆形

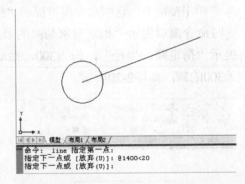

图2-24　极坐标绘制斜线

（4）同理，再绘制圆，圆心为斜线的另一端点，圆的半径为120，然后选择斜线，按下"Delete"键进行删除，如图2-25所示。

（5）下面来绘制圆的公切线。首先进行对象捕捉设置，鼠标指向任务栏中的快捷特殊图标 ▣，单击右键，在弹出的菜单中单击"设置"命令，弹出"草图设置"对话框，再单击"对象捕捉"选项卡，在这里设置对象捕捉模式只为"切点"，如图2-26所示。

> **提醒** 对象捕捉模式只为切点，这样AutoCAD软件就会自动捕捉对象的切点，从而产生公切线。

（6）设置好后，单击"确定"按钮。单击直线工具，在一个圆上任意单击，然后再在另一个圆上任意单击，即可产生两个圆的公切线，如图2-27所示。

（7）同理，再绘制两个圆的另一条公切线，如图2-28所示。

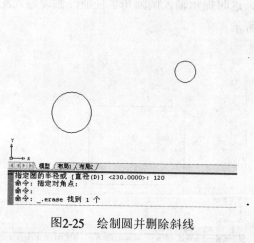

图2-25 绘制圆并删除斜线

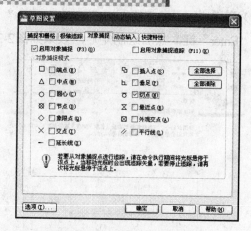

图2-26 "草图设置"对话框

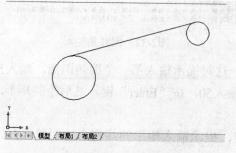

图2-27 圆的公切线

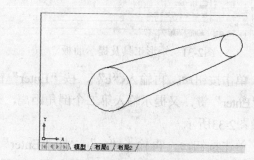

图2-28 圆的另一条公切线

（8）绘制皮带齿。单击直线工具，绘制如图2-29所示的两条斜线即可。

（9）再绘制多个皮带齿，这样传送带平面图就制作完成了，最后效果如图2-30所示。

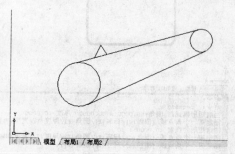

图2-29 绘制皮带齿

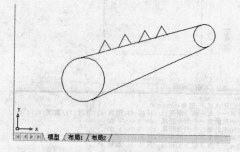

图2-30 传送带效果

（10）单击快速访问工具栏中的保存按钮🖫，弹出"保存"对话框，输入文件名为"利用圆形工具绘制传送带平面图"，其他为默认，然后单击"保存"按钮即可。

2.1.3 利用矩形和多段线工具绘制双人床平面图

单击"常用"选项卡就可以看到矩形工具，鼠标指向矩形工具会弹出提示面板，可以看到绘制矩形的方法，如图2-31所示。

单击按钮▭，在工作区单击即可产生矩形的一个顶点，然后拖动鼠标，再单击就可产生矩形。

在绘制矩形时，还可以设置矩形边的宽度、厚度、是否有倒角或倒圆角，下面来具体讲解一下。

单击按钮▭，再输入"f"，按"Enter"键，这时提示输入倒圆角半径值，假设输入80，按"Enter"键，然后绘制矩形，效果如图2-32所示。

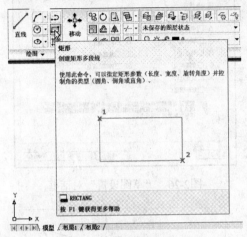

图2-31　矩形工具及提示面板

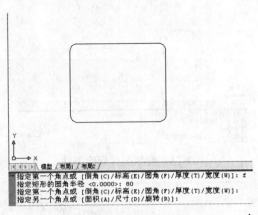

图2-32　倒圆角矩形

单击按钮▭，再输入"c"，按"Enter"键，这时提示输入第一个倒角距离，输入50，按"Enter"键，又提示输入第二个倒角距离，也输入50，按"Enter"键，然后绘制矩形，效果如图2-33所示。

单击按钮▭，再输入"w"，按"Enter"键，提示输入矩形的线宽，这时输入20，按"Enter"键，然后绘制矩形，效果如图2-34所示。

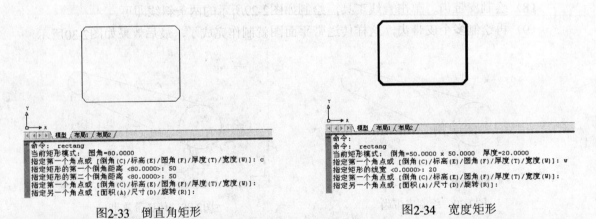

图2-33　倒直角矩形

图2-34　宽度矩形

这时会发现矩形还是倒直角的，要设置成没有倒角的矩形，方法与设置成倒直角矩形相同，即输入"C"后，两个倒角距离都设为"0"即可。

单击按钮▭，输入"t"，按"Enter"键，提示输入矩形的厚度值，这里输入100，按"Enter"键，然后绘制矩形，这时看不到矩形的厚度，因为默认状态下是俯视图，单击"视图"选项卡，再单击视图图标的下拉按钮，在弹出菜单中单击"西南等轴测"，这时效果如图2-35所示。

单击"常用"选项卡就可以看到多线段工具，鼠标指向多线段工具会弹出提示面板，可以看到绘制多线段的方法，如图2-36所示。

多段线的绘制方法与直线相同，但在绘制多段线时，还可以进一步设置是直线段还是弧线段，以及线的宽度。

　　单击按钮，再单击即可产生起点，然后输入"a"，按"Enter"键，即可绘制圆弧线，如图2-37所示。

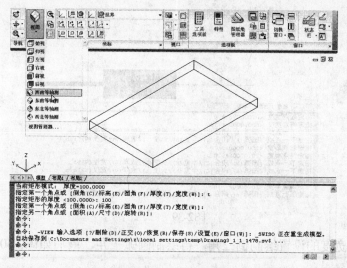

图2-35　厚度矩形

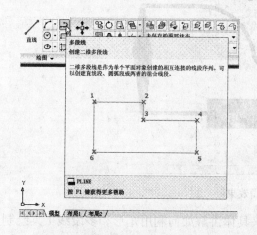

图2-36　多线段工具及提示面板

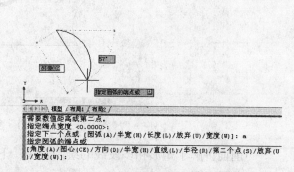

图2-37　绘制弧线

　　单击鼠标即可产生一条弧线，然后输入"l"，按"Enter"键，单击即可产生一条直线。还可以设置其宽度，输入"w"键，按"Enter"键，这时提示输入起点宽度值，在这里输入300，按"Enter"键，又提示输入端点宽度值，输入300，按"Enter"键，就可以绘制宽度为300的直线，如图2-38所示。

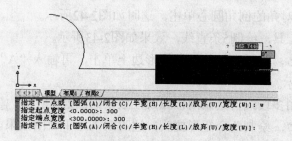

图2-38　宽度直线

再输入"h"，把起点与端点半宽都设为"20"，然后再绘制直线，再输入"H"键，把起点半宽设为"20"，端点半宽设为"100"，绘制直线，这时如图2-39所示。

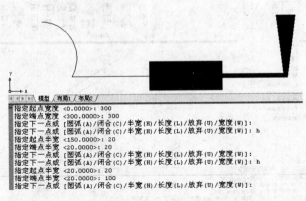

图2-39　三角

同理，通过宽度的设置绘制倒三角，再绘制圆弧三角，最后如图2-40所示。

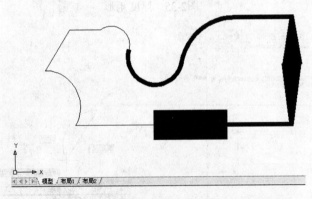

图2-40　多段线效果

前面讲解了矩形和多段线的绘制方法，下面来具体讲解如何利用矩形和多段线工具绘制双人床平面图。

（1）单击快速访问工具栏中的新建按钮，新建一个图形文件。

（2）单击按钮，按下"F"键，按"Enter"键，设置圆角半径为98，按"Enter"键。再按下"W"键，按"Enter"键，设置矩形的线宽为20，然后任意单击，产生第一个顶点，输入@1500, 2000，按"Enter"键，这时就产生圆角矩形，如图2-41所示。

（3）单击按钮，按下"W"键，按"Enter"键，设置矩形的线宽为0，然后捕捉倒角的圆心单击，再捕捉对角的倒角圆心单击，这时如图2-42所示。

（4）单击直线工具，绘制5条直线，效果如图2-43所示。

（5）单击按钮，然后在细的倒角矩形边上单击，再输入"A"，按"Enter"键，绘制圆弧，如图2-44所示。

（6）同理，利用多段线再绘制两条弧线，效果如图2-45所示。

（7）单击按钮，绘制两个矩形枕头，这时双人床平面图效果如图2-46所示。

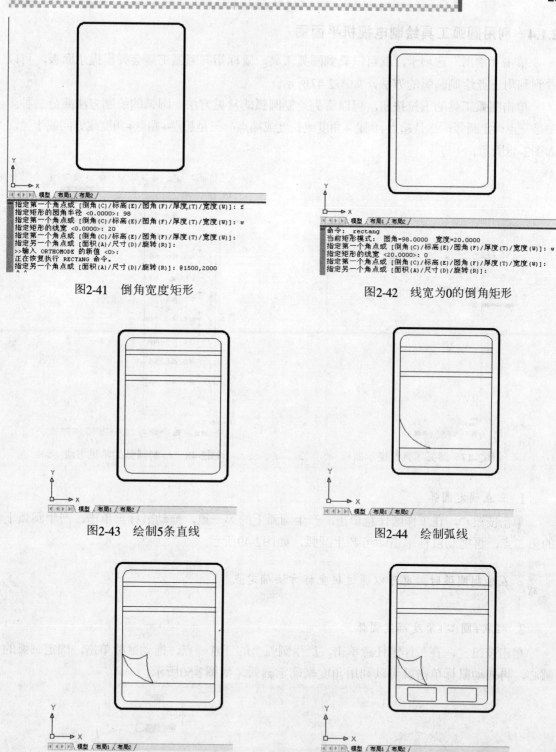

图2-41　倒角宽度矩形

图2-42　线宽为0的倒角矩形

图2-43　绘制5条直线

图2-44　绘制弧线

图2-45　弧线

图2-46　双人床平面图效果

（8）单击快速访问工具栏中的保存按钮■，弹出"保存"对话框，输入文件名为"利用矩形和多段线工具绘制双人床平面图"，其他为默认，然后单击"保存"按钮即可。

2.1.4　利用圆弧工具绘制电视机平面图

单击"常用"选项卡，就可以看到圆弧工具，鼠标指向圆弧工具会弹出提示面板，可以看到利用三点绘制圆弧的方法，如图2-47所示。

单击圆弧工具的下拉按钮，可以看到绘制圆弧的常见方法。圆弧的绘制方法共分三种：一是三点确定圆弧；二是起点+圆心+角度或长度或端点；三是起点+端点+角度或方向或半径，如图2-48所示。

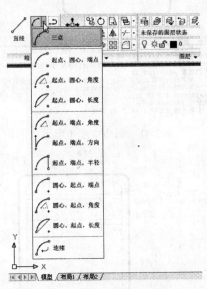

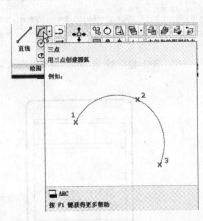

图2-47　圆弧工具及提示面板　　　　图2-48　绘制圆弧的常见方法

1. 三点确定圆弧

单击按钮，在工作区任意单击，产生圆弧上的第一点，拖动鼠标再单击，产生圆弧上的第二点，再拖动鼠标单击即可产生圆弧，如图2-49所示。

 在绘制圆弧时，也可以通过极坐标方法确定点。

2. 起点+圆心+角度确定圆弧

单击按钮，在工作区任意单击，产生圆弧上的任意一点，拖动鼠标单击，确定圆弧的圆心，再拖动鼠标单击就可以利用角度来确定圆弧，如图2-50所示。

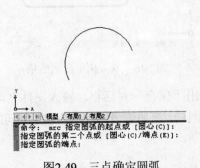

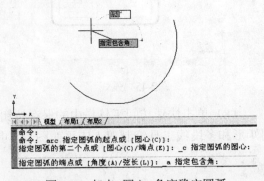

图2-49　三点确定圆弧　　　　　　　图2-50　起点+圆心+角度确定圆弧

角度是指与X正方向的夹角。角度的取值范围是0到180度。

3. 起点+圆心+长度确定圆弧

单击按钮 ，在工作区任意单击，产生圆弧上的任意一点，拖动鼠标单击，确定圆弧的圆心，再拖动鼠标，就可以利用长度确定圆弧，如图2-51所示。

长度就是指圆弧的弧长。长度的取值范围是0到直径，利用这种方法只能产生90度之内的圆弧。

4. 起点+圆心+端点确定圆弧

单击按钮 ，在工作区任意单击，产生圆弧的起点，拖动鼠标单击，确定圆弧的圆心，再拖动鼠标单击产生圆弧的端点，从而产生圆弧，如图2-52所示。

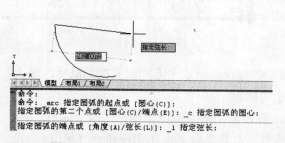

图2-51 起点+圆心+长度确定圆弧

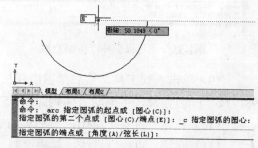

图2-52 起点+圆心+端点确定圆弧

其他创建圆弧的方法这里不再重复，读者自己动手操作。

前面讲解了圆弧的绘制方法，下面来具体讲解如何利用圆弧工具绘制电视机平面图。

（1）单击快速访问工具栏中的新建按钮 ，新建一个图形文件。

（2）单击直线工具，任意单击产生第一个点，沿垂直方向拖动鼠标，然后输入175，这样就可以产生一个垂直线段，如图2-53所示。

（3）沿水平方向拖动鼠标，然后输入720，按"Enter"键，产生水平线段。

（4）再沿垂直方向向下拖动鼠标，然后输入175，按"Enter"键，又产生一条垂直线段。

（5）沿水平方向向左拖动鼠标，输入98，按"Enter"键，这时效果如图2-54所示。

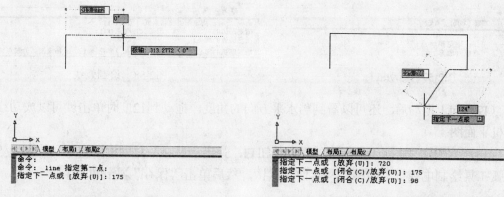

图2-53 垂直线段   图2-54 水线段平与垂直线段

（6）利用极坐标产生斜直线。输入@150<227，然后按"Enter"键，这时就生一条角度为227，长度为150的斜直线，如图2-55所示。

（7）沿垂直向下方向拖动鼠标，然后输入56，按"Enter"键。再沿水平方向向左拖动鼠标，然后输入320，按"Enter"键。

（8）沿垂直方向向上拖动鼠标，然后输入56，再沿水平方向向右拖动鼠标，输入320，按"Enter"键，这时效果如图2-56所示。

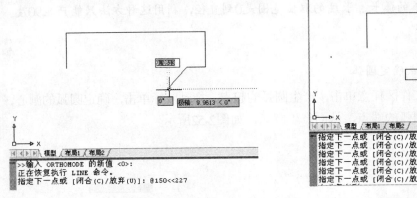

图2-55 利用极坐标产生斜直线   图2-56 直线

（9）单击直线工具，然后单击电视机平面图的起点，沿水平方向向右拖动鼠标，输入98，按"Enter"键，再拖动鼠标到如图2-57所示的位置。

（10）在这个位置上单击，然后单击右键，在弹出菜单中单击"确定"命令即可。

（11）同理，再绘制直线，最后绘制一条弧线，具体方法是：单击按钮✓（起点+端点+方向绘制圆弧），然后单击大矩形左边端点，再单击其右边端点，向上拖动，如图2-58所示。

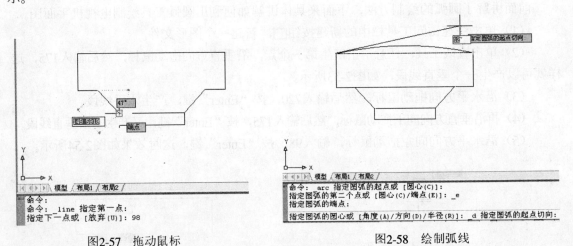

图2-57 拖动鼠标   图2-58 绘制弧线

（12）向上拖动后，还可以看到与水平方向的角度，拖动到12度时单击就可以成功绘制电视机平面图。

（13）单击快速访问工具栏中的保存按钮🖫，弹出"保存"对话框，输入文件名为"利用圆弧工具绘制电视机平面图"，其他为默认，然后单击"保存"按钮即可。

2.1.5 利用椭圆工具绘制燃气灶平面图

单击"常用"选项卡就可以看到椭圆工具，鼠标指向椭圆工具会弹出提示面板，可以看到利用圆心和半径绘制椭圆的方法，如图2-59所示。

单击椭圆工具的下拉按钮，就可以看到绘制椭圆或椭圆弧的常见方法，如图2-60所示。

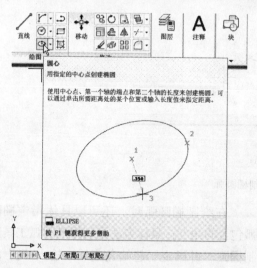

图2-59 椭圆工具及提示面板

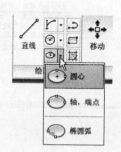

图2-60 绘制椭圆或椭圆弧的常见方法

1. 利用圆心绘制椭圆

单击按钮 ⊙，任意单击鼠标产生椭圆中心点，移动鼠标确定一个轴端点，再移动鼠标确定另一条半轴长度，这样也可以产生椭圆，如图2-61所示。

2. 利用轴和端点绘制椭圆

单击按钮 ⊙，在工作区任意单击，产生椭圆上的一个轴端点，拖动鼠标再单击，产生椭圆上的另一个轴端点，拖动鼠标指定椭圆的另一半轴长度，这样就可以产生椭圆，如图2-62所示。

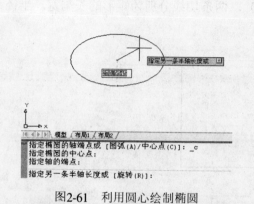

图2-61 利用圆心绘制椭圆

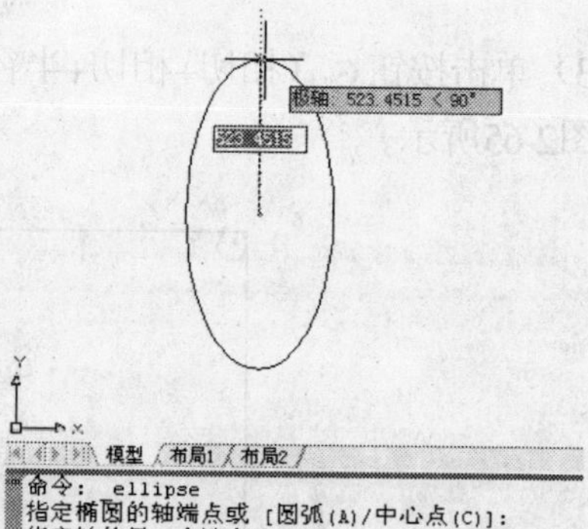

图2-62 利用轴和端点绘制椭圆

3. 椭圆弧的绘制

椭圆弧的绘制方法是，先绘制椭圆，然后再产生椭圆中的一段弧线。

单击按钮，然后在工作区任意单击，产生椭圆上的一个轴端点，拖动鼠标再单击，产生椭圆上的另一个轴端点，拖动鼠标指定椭圆的另一半轴长度，这样就产生椭圆，然后移动鼠标指定椭圆弧的起始角度，再移动鼠标指定椭圆弧的终止角度，这样就产生了椭圆弧，如图2-63所示。

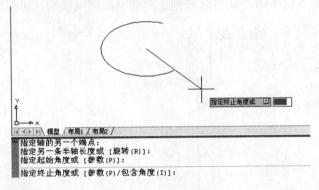

图2-63　绘制椭圆弧

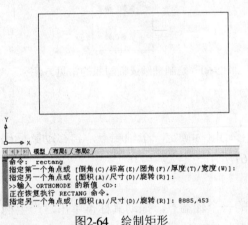

图2-64　绘制矩形

在绘制椭圆弧时，还可以具体指定椭圆弧包含的角度。具体方法是利用椭圆弧工具绘制椭圆，并确定了起始角度后，输入"I"，按"Enter"键，再输入具体的角度值，再按"Enter"键，即可产生具体角度的椭圆弧。

前面讲解了椭圆的绘制方法，下面来具体讲解如何利用椭圆工具绘制燃气灶平面图。

（1）单击快速访问工具栏中的新建按钮，新建一个图形文件。

（2）单击按钮，在工作区任意单击确定矩形的一个顶点，然后输入@885, 453，按"Enter"键，即创建宽为885，长为453的矩形，如图2-64所示。

（3）单击按钮（相切+相切+半径确定圆），两条切线分别为矩形的长与宽，半径为21，如图2-65所示。

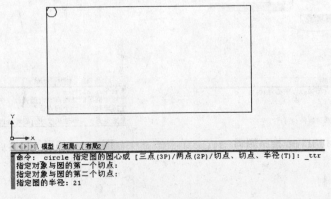

图2-65　绘制圆

（4）同理绘制三个与矩形相切的小圆，如图2-66所示。

（5）单击"常用"选项中的修剪按钮 ，然后选择四个小圆与矩形，单击右键，再分别单击四个小圆的内侧弧线及矩形四个角的直线，从而产生倒圆半径为21的倒圆角矩形，如图2-67所示。

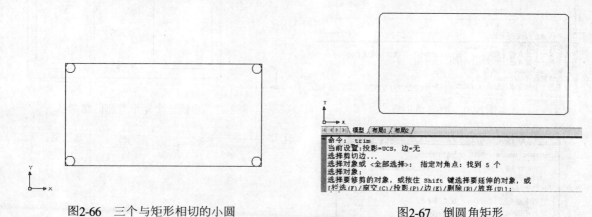

图2-66　三个与矩形相切的小圆

图2-67　倒圆角矩形

（6）单击"常用"选项中的偏移按钮 ，然后输入偏移距离"40"，选择矩形的一条边，将鼠标移到矩形内任一位置单击，从而产生偏移线，如图2-68所示。

（7）同理，再偏移另外两条直线，偏移后效果如图2-69所示。

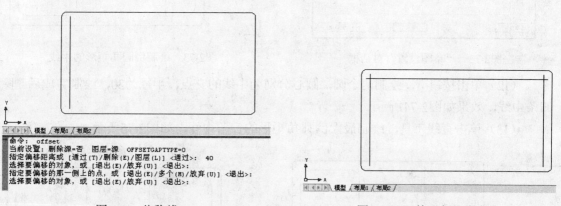

图2-68　偏移线

图2-69　另外两条偏移直线

（8）单击按钮 ，然后输入"F"，进行倒圆角半径设置，具体半径值为40，然后绘制倒圆角矩形，长为267，宽为370，效果如图2-70所示。

（9）同理，再绘制长为267，宽为370，倒圆角半径为40的倒圆角矩形，然后选择三条参考线，按"Delete"键进行删除，如图2-71所示。

（10）进行对象捕捉设置。将鼠标指向任务栏中的快捷特殊图标 ，单击右键，在弹出的菜单中单击"设置"命令，弹出"草图设置"对话框，再单击"对象捕捉"选项卡，在这里设置对象捕捉只为"中点"，如图2-72所示。

（11）设置好后，单击"确定"按钮，然后单击直线工具，绘制倒圆角矩形的中线，如图2-73所示。

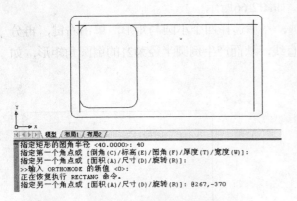

图2-70　倒圆角矩形

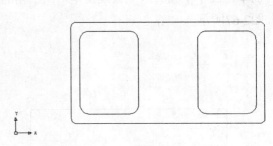

图2-71　再绘一个矩形并删除参考线

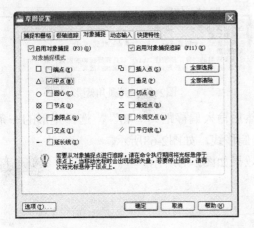

图2-72　"草图设置"对话框

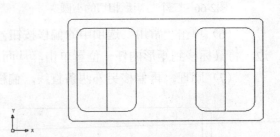

图2-73　绘制倒圆角矩形的中线

（12）单击按钮⊙，绘制两个圆，圆心分别为中线的交点，半径为30，绘制完成后删除四条中线，效果如图2-74所示。

（13）单击直线工具，绘制最大倒圆角矩形的一条中线，如图2-75所示。

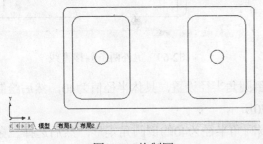

图2-74　绘制圆

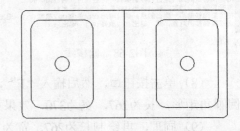

图2-75　绘制中线

（14）单击"常用"选项中的偏移按钮，向左偏移中线，偏移距离为92；再偏移最大倒圆角矩形的一边，偏移距离为41，如图2-76所示。

（15）单击按钮□，输入"F"，进行倒圆角半径设置，具体半径值为40，然后绘制倒圆角矩形，长为184，宽为247，然后再删除参考线，这时如图2-77所示。

（16）同理，绘制刚创建的倒圆角矩形的中线，然后单击◎按钮，单击中线的交点作为椭圆的中心，输入长轴的半长为40，短轴的半长为38，这时效果如图2-78所示。

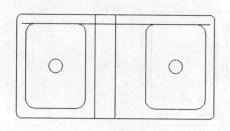

图2-76 偏移直线

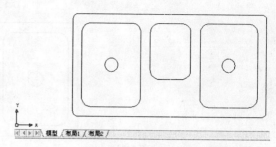

图2-77 绘制倒圆角矩形并删除参考线

（17）选择两条中线，按下"Delete"键进行删除，然后利用直线工具绘三个直线，如图2-79所示。

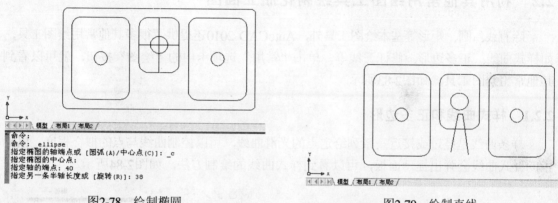

图2-78 绘制椭圆

图2-79 绘制直线

（18）单击按钮◎，即利用相切+相切+半径的方法确定圆，两条切线为两条斜线，半径为35，如图2-80所示。

（19）单击"常用"选项中的修剪按钮⊬，选择刚绘制的小圆及两条斜线，然后进行修剪，最后效果如图2-81所示。

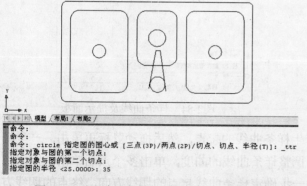

图2-80 利用相切+相切+半径的方法确定圆

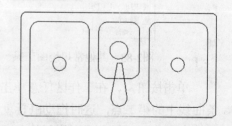

图2-81 修剪后效果

（20）最后，单击◠按钮，绘制两个小椭圆，调整位置后如图2-82所示。

（21）单击快速访问工具栏中的保存按钮🖫，弹出"保存"对话框，输文件名为"利用椭圆工具绘制燃气灶平面图"，其他为默认，然后单击"保存"按钮即可。

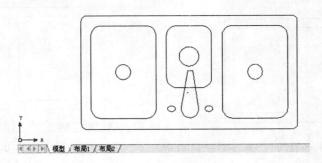

图2-82　绘制两个小椭圆

2.2　利用其他常用绘图工具绘制花瓶立面图

除直线、圆、矩形等基本绘图工具外，AutoCAD 2010还提供了很多其他常用绘图工具，如样式曲线、正多边形、修订云线等。单击"常用"选项卡中的"绘图"按钮，就可以看到其他常用绘图工具，如图2-83所示。

2.2.1　样式曲线和正多边形

样条曲线是经过或接近一系列给定点的光滑曲线，可以控制曲线与点的拟合程度。鼠标指向样式曲线会弹出提示面板，可以看到样式曲线的绘制方法，如图2-84所示。

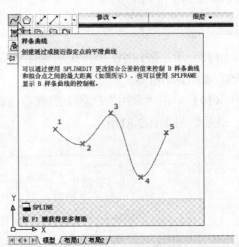

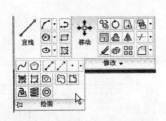

图2-83　其他常用绘图工具　　　　图2-84　样条曲线及提示面板

单击按钮～，在工作区任意单击，产生样条曲线的起点，然后拖动鼠标再单击，产生样条曲线上的第二点，这时拖动鼠标就可以调整样条曲线的曲度，单击多个点后单击右键，可以结束再绘制，但在结束绘制前，还要进一步确定样条曲线起点的切线方向，终点的切线方向，如图2-85所示。

选择样条曲线，可以利用夹点进一步调整样条曲线的曲度，操作方法是，选择样条曲线上任一节点，然后拖动鼠标即可，如图2-86所示。

鼠标指向正多边形就弹出提示面板，可以看到正多边形内接和外切的绘制方法，如图2-87所示。

图2-85 样条曲线

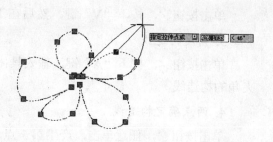

图2-86 夹点编辑

单击按钮⬠，这时提示输入多边形的边数，默认是四边形，这里输入5，按"Enter"键，这时提示指定正多边形的中心点，在工作区任意单击，这时又提示是内接于圆还是外切于圆，采用默认方式，即按"Enter"键，然后拖动鼠标，再单击就可产生正五边形，如图2-88所示。

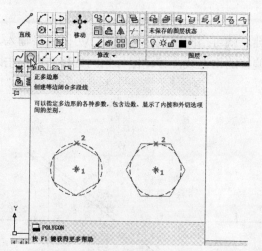

图2-87 正多边形及提示面板

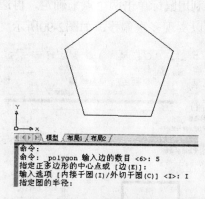

图2-88 正五边形

在利用中心点确定正多边形时，有两个选项：内接于圆（I）或外切于圆（C），要注意由相同半径大小的外接圆和内切圆做出的正多边形大小是不同的，用内切圆作出的正多边形稍大。

创建正多边形，也可以利用确定边长的方式来绘制，具体方法是：输入"POL"，按"Enter"键，输入正多边形的边数，按"Enter"键，这时按下"E"键，按"Enter"键，提示指定第一个端点，任意单击即可，又提示指定第二个端点，拖动鼠标单击即可产生正多边形。

2.2.2 构造线、射线和点

鼠标指向构造线就弹出提示面板，可以看到构造线的绘制方法，如图2-89所示。

单击按钮，就可以在工作区绘制构造线。构造线的作用是辅助线，可以帮助用户更好地完成制图，创建构造线的方法有6种。

1. 水平构造线

单击按钮，按下"H"键，然后在工作区单击即可产生水平构造线。

2. 垂直构造线

单击按钮，按下"V"键，然后在工作区单击即可产生垂直构造线。

3. 角度构造线

单击按钮，按下"A"键，输入具体角度，如30度，然后在工作区单击即可产生30度夹角的构造线。

4. 两点确定构造线

单击按钮，任意单击，产生第一点，然后拖动鼠标再单击，就可以产生构造线。

5. 二等分构造线

单击按钮，再按下"B"键，按"Enter"键，选择二等分构造线的顶点，然后拖动鼠标单击产生二等分构造线的起点，再拖动鼠标单击产生二等分构造线的端点，即可产生二等分构造线。

6. 偏移构造线

单击按钮，按下"O"键，按"Enter"键，就可指向要偏移的距离，可以直接输入，也可以利用鼠标单击两个点来确定。再选择要偏移的构造线，移动鼠标指向偏移方向单击即可，可以实现多次偏移，如图2-90所示。

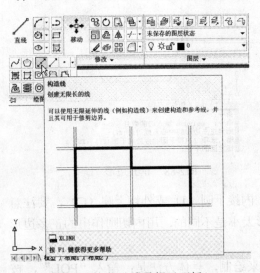

图2-89　构造线及提示面板

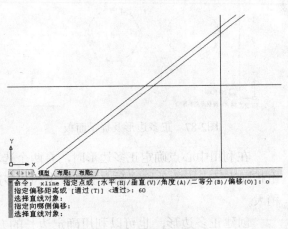

图2-90　偏移构造线

鼠标指向射线工具会就弹出提示面板，可以看到射线的绘制方法，如图2-91所示。

单击按钮，鼠标任意单击，产生射线的始点，然后再单击，就可以产生射线，如图2-92所示。

 注意 射线的另一端是无限长的，通过视图的缩放也看不到射线的另一端。

也可以利用坐标法来绘制射线，具体方法参照直线，这里不再多说。

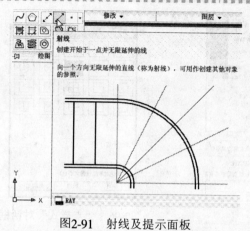

图2-91 射线及提示面板

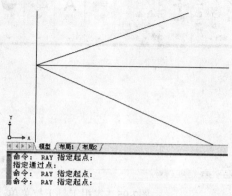

图2-92 射线

点可以分为三种，分别是多点、定数等分点、定距等分点，单击点工具的下拉按钮，如图2-93所示。

1. 多点

在AutoCAD 2010中，绘制多点的方法有两种：一种是直接单击鼠标，另一种是利用键盘输入点的水平与垂直坐标值。

单击按钮·，拖动鼠标在工作区单击即可产生点。AutoCAD 2010有智能提示功能，即鼠标移动时，会显示当前鼠标的水平与垂直坐标值，如图2-94所示。

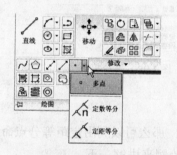

图2-93 点的分类

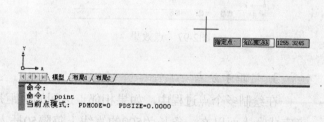

图2-94 绘制点

也可以直接输入点的水平坐标值与垂直坐标值来精确定位点，输入水平坐标值后，按"Tab"键或"，"键，即可输入垂直坐标值，然后按"Enter"键即可产生点。

默认的点样式为小黑点，为了更清楚地看到点，可以修改点的格式。单击"实用工具"下拉按钮，在弹出菜单中选择"点样式"命令，如图2-95所示。

单击"点样式"命令，弹出"点样式"对话框，即可选择不同的点样式，并可以设置点的大小，如图2-96所示。

设置点的样式与大小后，单击"确定"按钮，即可看到如图2-97所示的点效果。

2. 定数等分点

利用定数等分点可以把一个图形等分成若干份。下面把椭圆等分成6份来讲解一下。

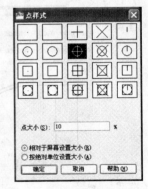

图2-95　实用工具下拉菜单　　　　　　图2-96　"点样式"对话框

（1）单击按钮◉，在工作区绘制椭圆。

（2）单击按钮△，在命令窗口中提示"选择定数等分的对象"，即选择椭圆。

（3）这时命令窗口中提示"输入线段数目"，在这里，输入"6"，按"Enter"键，这时效果如图2-98所示。

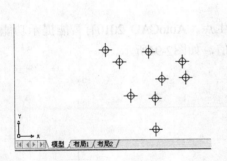

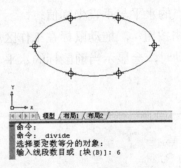

图2-97　点效果　　　　　　　　　图2-98　等分椭圆

3. 定距等分点

在绘制多个点过程中，如果相邻点之间的间距是相同的，那么可以利用定距等分点命令来完成。下面以在一条长为500的直线上每隔50插入一个点为例来讲解一下。

（1）单击直线工具，在工作区绘制长为500的水平直线。

（2）单击按钮△，在命令窗口中提示"选择定距等分的对象"，即选择直线。

（3）这时命令窗口中提示"输入线段长度"，在这里，输入"50"，按"Enter"键，这时效果如图2-99所示。

2.2.3　圆环、修订云线和螺旋

鼠标指向圆环会弹出提示面板，可以看到圆环的绘制方法，如图2-100所示。

单击按钮◎按钮，在命令窗口显示"指定圆环的内径"提示信息，可以直接输入具体的数字，也可以利用鼠标两次单击间的距离来确定，在这里直接输入60，按"Enter"键，这时

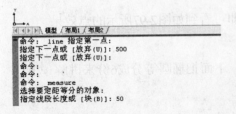

图2-99　定距等分点

在命令窗口又显示"指定圆环的外径"提示信息，具体确定方法同圆环的内径，在这里直接输入90，接下来指定圆环的中心即可，任意单击鼠标即可产生圆环，如图2-101所示。

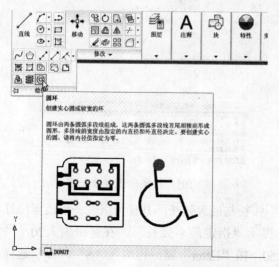

图2-100 圆环及提示面板

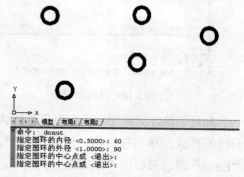

图2-101 绘制圆环

修订云线是由连续圆弧组成的多段线。用于在检查阶段提醒用户注意图形的某个部分。鼠标指向修订云线会弹出提示面板，可以看到修订云线的绘制方法，如图2-102所示。

单击按钮 按钮，在工作区单击产生修订云线的起点，然后拖动鼠标会自动产生修订云线，如图2-103所示。

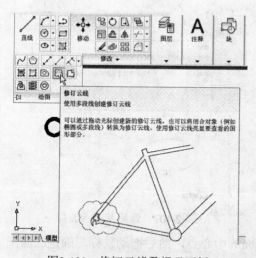

图2-102 修订云线及提示面板

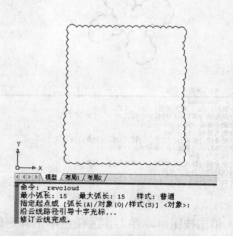

图2-103 修订云线

也可以将对象（例如圆、椭圆、多段线或样条曲线）转换为修订云线。单击按钮 ，绘制如图2-104所示的样条曲线。

单击按钮 ，然后输入"O"，这时提示选择图形，选择刚绘制的样条曲线，样条曲线变成了云线，并显示设置云线方向的提示菜单，如图2-105所示。

单击提示菜单中的"否"命令，修订云线的圆弧方向不变；单击"是"命令，修订云线的圆弧方向反向改变。

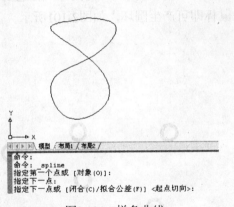

图2-104　样条曲线

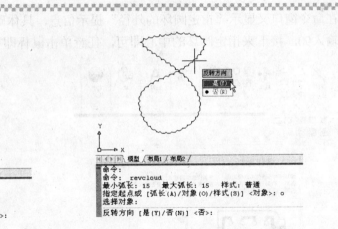

图2-105　样条曲线变成云线

在绘制修订云线时，还可以设置圆弧的最小弧长与最大弧长，并且可以进一步设置修订云线的样式。单击按钮，然后输入"A"，提示"指定最小弧长"，在这里输入20，按"Enter"键，又提示"指定最大弧长"，输入50，按"Enter"键，再输入"S"，提示选择修订云线的样式，普通或手绘。在这里选择"手绘"，单击然后拖动鼠标，就可以产生修订云线，如图2-106所示。

鼠标指向螺旋就弹出提示面板，可以看到螺旋的绘制方法，如图2-107所示。

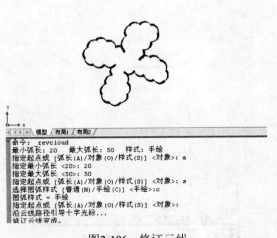

图2-106　修订云线

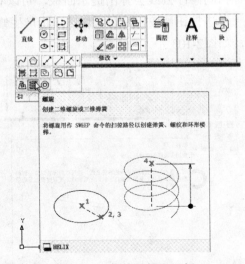

图2-107　螺旋及提示面板

单击按钮，在工作区任意单击确定螺旋底面的中心点，然后拖动鼠标，确定底面圆半径，再拖动鼠标，确定顶面圆半径，再拖动鼠标确定螺旋高度，这时的二维效果如图2-108所示。

单击"视图"选项卡，再单击视图图标的下拉按钮，在弹出菜单中单击"西南等轴测"，就可以看到螺旋的三维效果，如图2-109所示。

2.2.4　绘制花瓶立面图

前面讲解了其他常用绘图工具，下面利用这些工具绘制花瓶立面图。

（1）单击快速访问工具栏中的新建按钮，新建一个图形文件。

（2）单击按钮，在工作区绘制长为82，高为5的矩形，如图2-110所示。

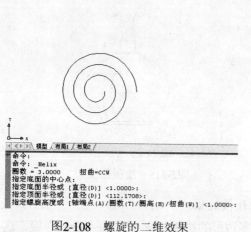

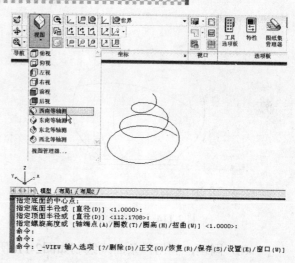

图2-108 螺旋的二维效果　　　　　　　　　图2-109 螺旋的三维效果

（3）单击按钮～，绘制花瓶的外形曲线，具体效果如图2-111所示。

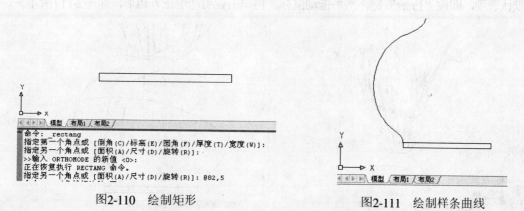

图2-110 绘制矩形　　　　　　　　　　　图2-111 绘制样条曲线

（4）同理，再绘制另一边的外形曲线，如图2-112所示，然后单击直线工具，绘制花瓶嘴部。

（5）单击按钮⌒，绘制三条弧线，如图2-113所示。

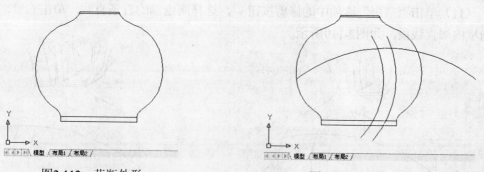

图2-112 花瓶外形　　　　　　　　　　　图2-113 绘制三条弧线

（6）单击"常用"选项中的修剪按钮／，选择最上面的弧线、花瓶右侧边线及底部上边线，单击右键，然后修剪去多余的弧线部分，最后如图2-114所示。

（7）单击绘图工具栏中的样条曲线按钮～，绘制花枝，如图2-115所示。

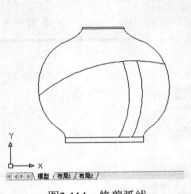

图2-114　修剪弧线

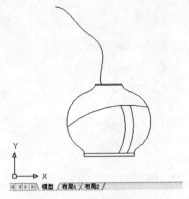

图2-115　绘制花枝

（8）同理，利用样条曲线绘制如图2-116所示花枝效果。

（9）绘制五角星。单击按钮⬠，这时提示输入多边形的边数，输入5，按"Enter"键，这时提示指定正多边形的中心点，在工作区任意单击，这时又提示是内接于圆还是外切于圆，这时采用默认选项，即按"Enter"键，然后拖动鼠标，再单击就可产生正五边形，如图2-117所示。

图2-116　花枝效果

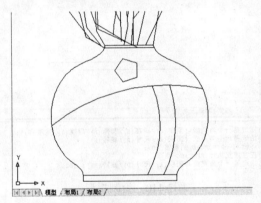

图2-117　绘制五边形

（10）单击直线工具，利用五边形的相隔顶点绘制五条直线，然后选择五边形，按下"Delete"键进行删除，如图2-118所示。

（11）单击"常用"选项中的修剪按钮⊬，选择刚绘制的五条直线，单击右键，再单击五角星内部直线段，如图2-119所示。

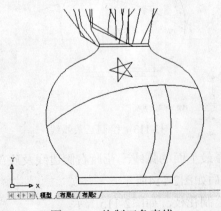

图2-118　绘制五条直线

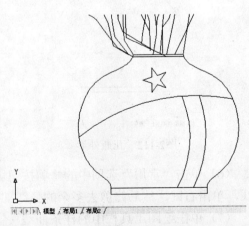

图2-119　五角星

（12）单击按钮🔲，然后输入"A"，提示"指定最小弧长"，在这里输入5，按"Enter"键，又提示"指定最大弧长"，输入15，按"Enter"键，再输入"S"，提示选择修订云线的样式，普通或者手绘。在这里选择"手绘"，单击后拖动鼠标，绘制"花瓶"两个字，如图2-120所示。

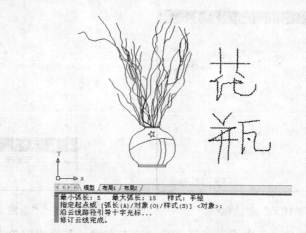

图2-120 利用修订云线绘制文字

（13）单击快速访问工具栏中的保存按钮🖬，弹出"保存"对话框，输入文件名为"利用其他常用绘图工具绘制花瓶立面图"，其他为默认，然后单击"保存"按钮即可。

2.3 利用文字和表格制作功课表

在施工图纸设计制作中，文字是不可缺少的一部分，它能够清楚地表达出设计者的创意意图，同时，施工图纸中必不可少的技术要求及说明等内容都离不开文字的输入。

在施工图纸打印输出时，都要添加相应的说明框，如图纸的设计者、绘制者、审核者、比例、图号等。当然可以利用直线的绘制和偏移来完成。但使用表格工具会更快捷。

2.3.1 文字

AutoCAD 2010为设计者提供了强大的文字处理空间，并能和Windows字库通用。中文字体的引入将使施工图纸的设计制作变得更加方便，更加得心应手。

1. 文字样式的设置

要在平面施工图纸中标注文字，首先要创建文字样式。文字样式的设置包括字体、字符宽高比、放置方式等。

显示菜单栏。单击快速访问工具栏中的按钮⬇，在弹出菜单中单击"显示菜单栏"命令，就可以显示菜单栏，如图2-121所示。

图2-121 显示菜单栏

单击菜单栏中的"格式→文字样式"命令，这时会弹出"文字样式"对话框，如图2-122所示。

首先设置样式名，单击"新建"按钮，弹出"新建文字样式"对话框，命名为标题文字，如图2-123所示。

图2-122　"文字样式"对话框　　　　　　　图2-123　"新建文字样式"对话框

如果要修改文字样式名，首先选择该样式名，单击右键，在弹出菜单中单击"重命名"按钮即可进行重命名，如果要删除该文字样式，单击"删除"按钮即可。

设定好样式名后，就可以对字体、字体样式、字体高度进行设置，同里也可以字体的特殊效果进行设置，设置好后，如图2-124所示。

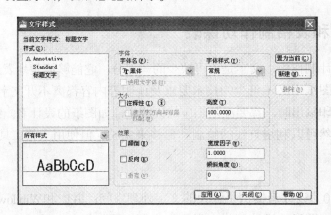

图2-124　标题文字的文字样式设置

单击"新建"按钮，再创建一个"表格文字"样式，字体为"宋体"，字体高度为60。在实际施工图纸设计中，还可以根据实际需求，设置字体的特殊效果：颠倒、反向等。

2. 单行文字

单击"常规"选项卡中的**A**对应的下拉按钮，就可以看到单行文字工具，鼠标指向该工具，可以看到单行文字的使用方法，如图2-125所示。

单击按钮**A**，这时可以设置文字的对齐方式，输入"J"，按"Enter"键，这时的弹出菜单如图2-126所示。

选择对齐方式后，提示指定文字的中间点，移动鼠标并单击，确定中间点，然后提示确定旋转角度，在这里设置为0，然后就可以输入文字了，输入后的效果如图2-127所示。

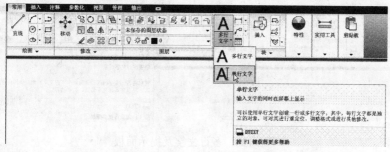

图2-125 单行文字及提示面板

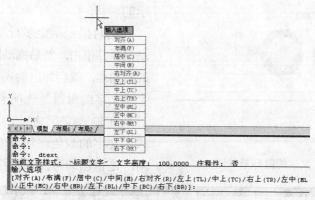

图2-126 单行文字对齐方式的设置

单击按钮AI，还可以设置文字的样式，输入"S"键，按"Enter"键，这时提示输入文字样式，在这里输入上一小节设定的"标题文字"，然后按"Enter"键，这时命令窗口中会显示标题文字的样式信息，如图2-128所示。

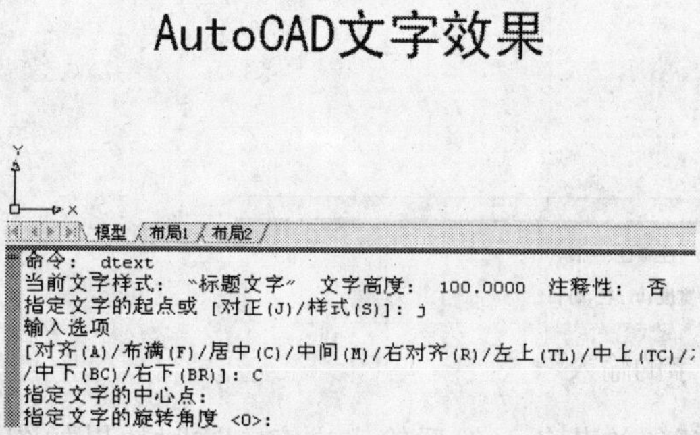

AutoCAD文字效果

图2-127 输入文字

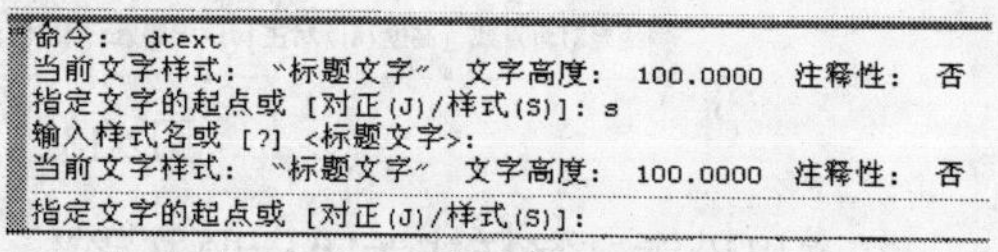

图2-128 显示标题文字的样式信息

单击指定文字的起点，提示指定文字的旋转角度，在这里输入30，按"Enter"键，然后就可输入文字了，这时义字效果如图2-129所示。

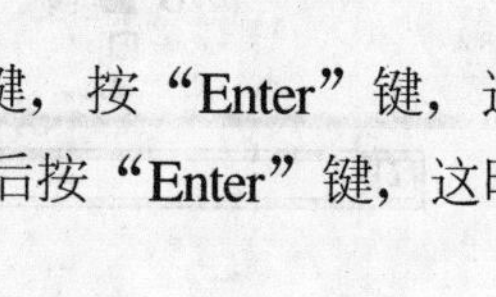

3. 多行文字

鼠标指向多行文字，会弹出提示面板，可以看到多行文字的使用方法，如图2-130所示。

图2-129 旋转30度的文字

图2-130   多行文字及提示面板

图2-131   多行文字的鼠标形状

单击按钮**A**，这时鼠标变成如图2-131所示的形状。

这时提示指定多行文字的第一角点，移动鼠标并单击，然后拖动鼠标，指定多行文字的对角点，就会弹出输入文字界面，并添加一个"文字编辑器"选项卡，如图2-132所示。

在输入文字之前，可以设定文字的样式、文字的颜色、对齐方式、是否加粗、倾斜、是否加编号、项目符号等。

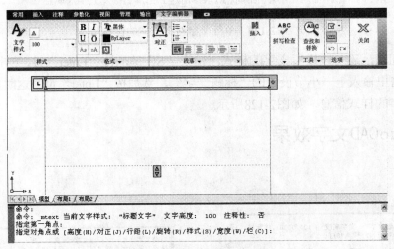

图2-132   多行文字的输入

在这里设置文字样式为"标题文字"，字体颜色为黄色，然后输入文字，这时效果如图2-133所示。

输入文字后，还可以进一步修改文字的样式，最后单击"关闭"按钮即可。

2.3.2   表格

在插入表格前，要先进行表格样式的设置，表格样式的设置包括数据、列表题、标题样式，每一项都包括单元特性、边框特性、表格方向、单元边距。

1. 表格样式的设置

单击菜单栏中的"格式→表格样式"命令，这时会弹出"表格样式"对话框，如图2-134所示。

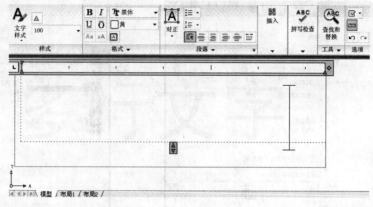

图2-133　多行文字

新建表格样式。单击"新建"按钮，弹出"创建新的表格样式"对话框，设置新样式名及其基础样式，如图2-135所示。

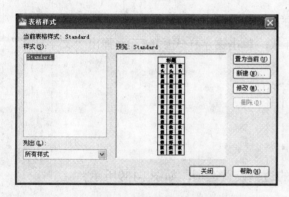

图2-134　"表格样式"对话框

图2-135　"创建新的表格样式"对话框

设置好后，单击"继续"按钮，这时就会弹出"新建表格样式"对话框，如图2-136所示，在该对话框中可以设置表格的方向，也可以设置数据、列标题、标题等各项属性。

各项参数意义如下。

（1）表格方向：在默认情况下，表格方向是向下的，也可以设置其方向是向上的。

（2）表格的常规设置。

• 特性。

填充颜色：用来设置表格数据的背景颜色。

对齐：用来设置单元格中数据的对齐方式，共有9种，分别是左上、中上、右上、左中、正中、右中、左下、中下、右下。

格式：单击格式后的□，弹出"表格单元格式"对话框，可以对表格单元格式进行设置，即可以对点、角度、日期、十进制数、文字、整数等进行设置，如图2-137所示。

类型：表格单元的类型有两种，分别是数据和标签。

• 页边距：可以设置表格的水平和垂直页边距。

提醒　还可以设置在创建行或列时是否合并单元格。

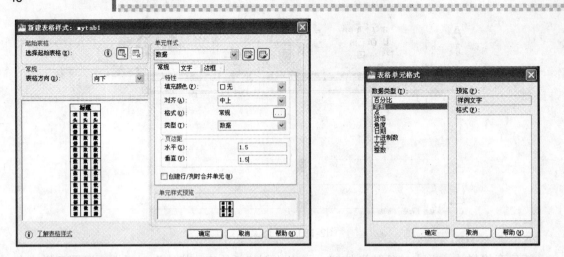

| 图2-136 "新建表格样式"对话框 | 图2-137 "表格单元格式"对话框 |

（3）表格的文字设置。

单击"文字"选项卡，就可以看到表格的文字设置选项，如图2-138所示。

·文字样式：用来设置表格数据的文字样式，单击文字样式后的 ，弹出"文字样式"对话框，可以进行文字样式设置。

·文字高度：用来设置单元格中数据文字的大小。

文字颜色：用来设置数据内容的颜色。

文字角度：用来设置文字的旋转角度。

（4）表格的边框设置。

单击"边框"选项卡，就可以看到表格的边框设置选项，如图2-139所示。

| 图2-138 表格的文字设置 | 图2-139 表格的边框设置 |

·线宽：用来设置边框的宽度。

·线型：用来设置边框的线型。

·颜色：用来设置边框的颜色。

·双线：如果选中"双线"复选框，就可以进一步设置边框双线之间的间距。

单击"单元样式"下面的下拉按钮，还可以设置表格标题和表格表头的样式，如图2-140所示，具体设置参数项同数据项，这里不再多说。

设置好后单击"确定"按钮即可，这样表格样式中就新增了刚设置的样式"mytab1"，如图2-141所示。

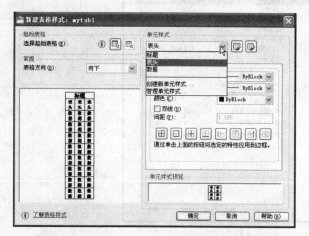

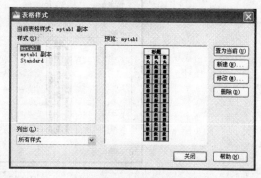

图2-140 设置表格标题和表格表头的样式　　图2-141 新增表格样式

　　如果想删除表格样式，选择后单击"删除"按钮即可，如果要修改已存在的样式，单击"修改"按钮即可。如果要以这种样式插入表格，单击"置为当前"按钮即可。全部设置好后，单击"关闭"按钮即可。

2. 表格的插入与表格内容的输入

　　鼠标指向表格工具，弹出提示面板，可以看到表格的使用方法，如图2-142所示。

图2-142 表格工具及提示面板

　　单击按钮▦，弹出"插入表格"对话框，如图2-143所示。

　　在该对话框中可以选择表格的样式，也可以单击▦，重新设置表格的样式，还可以设置表格的数据行数、列数、列宽及行高值。

　　在这里设置列数10，列宽为200，数据行为2，行高为5，单击"确定"按钮，然后在工作区单击，就可以产生表格，如图2-144所示。

　　然后可以在表格中输入文字，选择文字，就可以设置文字的格式，当一个单元格中输入完成后，按下"Tab"键，可以跳转到下一个单元格，再进行输入，输入文字后，如图2-145所示。

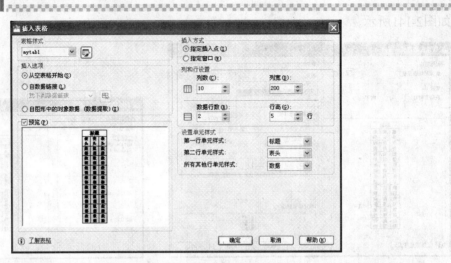

图2-143 插入表格对话框

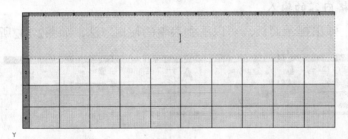

图2-144 插入表格

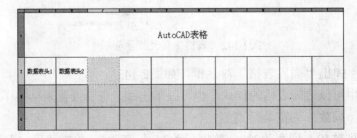

图2-145 输入文字

输入文字后，还可以进一步修改文字的样式，最后单击"关闭"按钮即可。

2.3.3 制作功课表

（1）单击快速访问工具栏中的新建按钮，新建一个图形文件。

（2）单击按钮▦，弹出"插入表格"对话框，设置列数为6，列宽为600，数据行数为7，行高为5，如图2-146所示。

（3）单击按钮▦，弹出"表格样式"对话框，如图2-147所示。

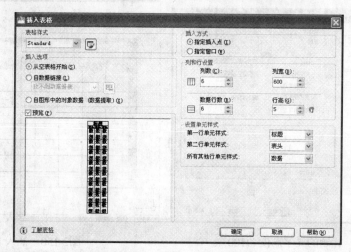

图2-146 "插入表格"对话框

（4）单击"修改"按钮，弹出"新建表格样式"对话框，然后设置数据的"文字高度"为60，如图2-148所示。

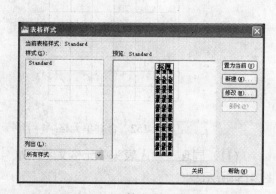

图2-147 "表格样式"对话框

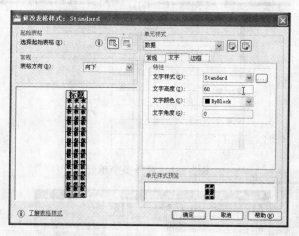

图2-148 设置数据的"文字高度"为60

（5）单击"单元样式"下面的下拉按钮，还可以设置表格标题的"文字高度"为100，如图2-149所示。

（6）同理，设置表头的"文字高度"为60，设置好后，单击"确定"按钮，返回"表格样式"对话框，再单击"关闭"按钮，返回"插入表格"对话框。

（7）单击"确定"按钮，然后在工作区单击，就可以成功插入表格，如图2-150所示。

（8）下面来合并单元格。按下"Shift"键，选择如图2-151所示的四个单元格，然后单击"合并单元"下拉按钮。

（9）单击"合并全部"就可以合并单元格，同理，再合并下面的两个单元格，合并后效果如图2-152所示。

（10）选择标题单元格，然后输入"功课表"，并设置其大小为200，如图2-153所示。

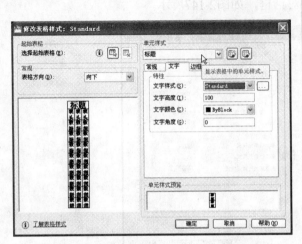

图2-149　标题的文字高度为100

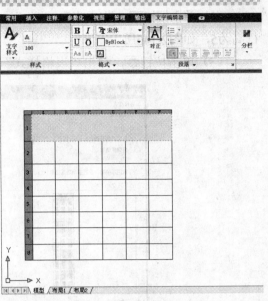

图2-150　插入表格

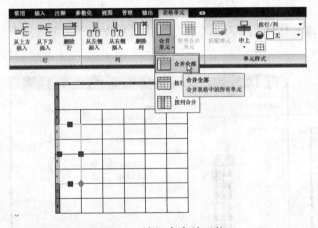

图2-151　选择多个单元格

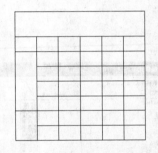

图2-152　合并单元格

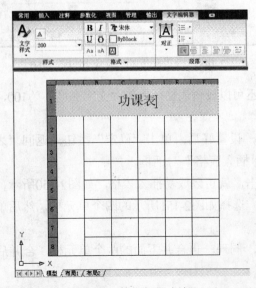

图2-153　输入标题文字

（11）同理，输入表头单元格文字，如图2-154所示。

（12）同理，输入数据单元格文字，如图2-155所示。

（13）单击快速访问工具栏中的保存按钮🖫，弹出"保存"对话框，输入文件名为"利用文字和表格制作功课表"，其他为默认，然后单击"保存"按钮即可。

功课表

星期一	星期二	星期三	星期四	星期五

图2-154　输入表头单元格文字

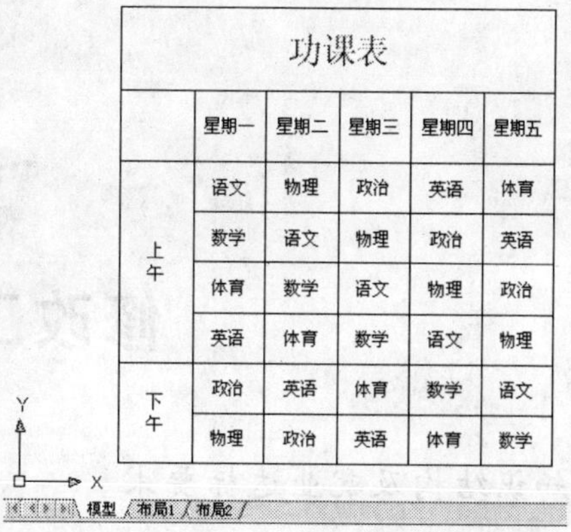

功课表

	星期一	星期二	星期三	星期四	星期五
上午	语文	物理	政治	英语	体育
	数学	语文	物理	政治	英语
	体育	数学	语文	物理	政治
	英语	体育	数学	语文	物理
下午	政治	英语	体育	数学	语文
	物理	政治	英语	体育	数学

图2-155　输入数据单元格文字

练习题

1. 填空题

（1）直线工具的快捷键是_____，圆工具的快捷键是_____，圆弧工具的快捷键是_____，多线工具的快捷键是_____。

（2）圆弧的创建方法共分三种：一是_____，二是_____，三是_____。

（3）输入"REC"键，按"Enter"键，再输入_____，按"Enter"键，这时提示输入倒圆角半径值，假设输入10，按"Enter"键，然后绘制矩形。

（4）单击菜单栏中的_____命令，弹出"点样式"对话框，即可设置点的样式及大小。

2. 简答题

（1）什么是定数等分点，简述如何创建。

（2）简述正多边形的创建方法。

3. 上机操作

利用各种创建工具，绘制如图2-156所示的电热器和洗菜盆。

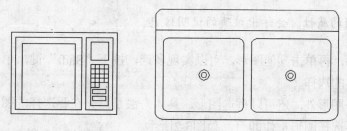

图2-156　电热器和洗菜盆

第3课

修改工具的应用

本课知识结构及就业达标要求

本课知识结构具体如下：

✤ 利用偏移、镜像、阵列等修改工具绘制会议室平面图

✤ 利用拉伸和填充渐变色工具设计立体魔方

✤ 利用修剪等工具绘制会议室立面图

✤ 利用圆角等工具绘制沙发平面图

本课重点讲解AutoCAD 2010强大的图形选择、编辑、修改功能，如偏移、缩放、修剪等，然后通过具体的实例来讲解各种修改工具的应用。通过本课的学习，掌握AutoCAD 2010选择、编辑、修改图形的功能，并能快捷创建工程中各种常见的平面、立面图。

3.1 利用偏移、镜像、阵列等修改工具绘制会议室平面图

AutoCAD 2010提供了强大的修改功能，下面先来讲解一下基本的修改功能，即选择、偏移、镜像、阵列、删除、复制、移动和旋转。

3.1.1 图形的选择

在修改图形时，要先选择图形，可以直接单击选择图形，即指向要选择的图形单击，这时会弹出其属性面板，如图3-1所示。

 指向不同的属性，会弹出该项的说明信息。

选择图形后，再单击其他图形，可以实现多选；按下"Shift"键，单击已选择的图形，可以取消该图形的选择。

除直接选择图形外，还可以框选图形，具体方法是，先在要选择的图形旁单击，然后拖动鼠标，把所要选择图形框住即可，如图3-2所示。

在实际图纸设计过程中，如果图纸工作量很大，并且复杂，那么就要利用图层来进行管理并选择，在后面课节会详细讲到，这里不再多说。

要取消所有图形选择，只需按下"esc"键即可。

3.1.2 图形的偏移和镜像

鼠标指向偏移修改工具，弹出提示面板，可以看到偏移修改工具的使用方法，如图

3-3所示。

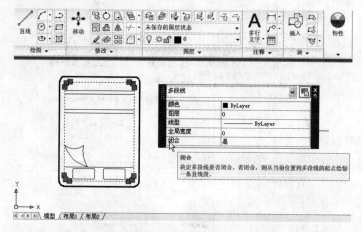

图3-1 选择图形

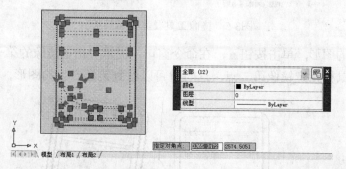

图3-2 框选图形

选择要偏移的图形，单击按钮，这时在命令窗口提示指定偏移的距离，可以直接输入偏移的距离，然后又提示指定偏移的方向，移动鼠标到要偏移的位置单击即可。向外偏移圆角矩形的效果如图3-4所示。

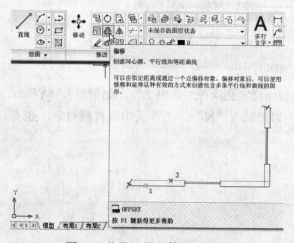

图3-3 偏移工具及其提示面板

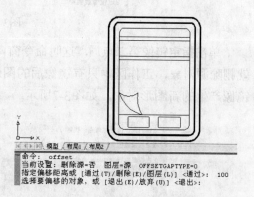

图3-4 向外偏移圆角矩形

 在使用偏移工具时，偏移矩离一般是利用键盘直接输入具体的值，也可以利用具体的两点间距离来确定。

鼠标指向镜像修改工具，弹出提示面板，可以看到镜像修改工具的使用方法，如图3-5所示。

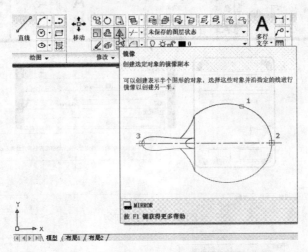

图3-5　镜像工具及其提示面板

选择要镜像的图形，单击按钮▲▲，在命令窗口中提示"指定镜像的第一点"，移动鼠标单击，然后拖动鼠标指定镜像第二点，这时就可以看到镜像产生的图形，如图3-6所示。

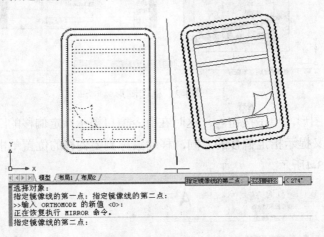

图3-6　镜像图形

单击指定镜像第二点后，这时命令窗口中提示"要删除源对象吗？"，如果输入"Y"，就删除源对象，工作区中只有镜像后的图形，如果输入"N"，工作区中既有源对象，也有镜像产生的新图形对象，如图3-7所示。

图3-7　镜像参数设置

3.1.3　图形的阵列

在AutoCAD 2010中，阵列可以分为环形阵列和矩形阵列，对于环形阵列，可以控制对象副本的数目并决定是否旋转副本。对于矩形阵列，可以控制行和列的数目以及它们之间的距离。对于创建多个定间距的对象，阵列比复制要快。

鼠标指向阵列修改工具，弹出提示面板，可以看到阵列修改工具的使用方法，如图3-8所示。

1. 矩形阵列

单击按钮 ，弹出"阵列"对话框，选择"矩形陈列"前面的单选按钮，如图3-9所示。

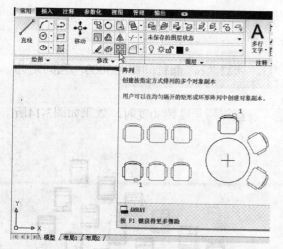

图3-8　阵列工具及其提示面板

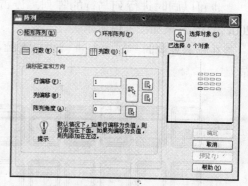

图3-9　"阵列"对话框

单击选择对象按钮 ，自动返回到工作区，选择要矩形阵列的对象，如图3-10所示。

选择对象后，单击右键，这时会自动返回"阵列"对话框，就可以设置矩形阵列的行数和列数以及偏移方向和矩形。

如果只进行"行阵列"，只需设置行数及行偏移量即可，设置行数为6，行偏移为3000，这时效果如图3-11所示。

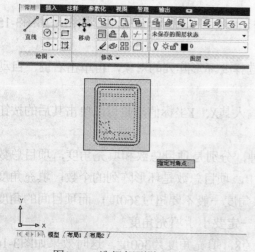

图3-10　选择矩形阵列的对象

图3-11　行阵列

如果只进行"列阵列"，只需设置列数及列偏移量即可，设置列数为6，列偏移为2000，这时效果如图3-12所示。

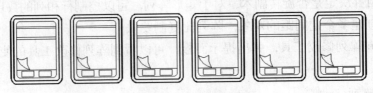

图3-12   列阵列

也可以同时进行列与行的阵列，设置行数为3，列数为6，而行间距为3000，列间距为200，这时效果如图3-13所示。

在矩形阵列时，还可以进一步设置阵列角度，设置阵列角度为30度时，效果如图3-14所示。

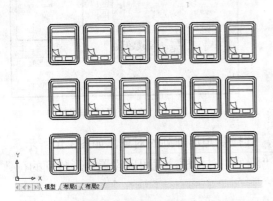

图3-13   矩形阵列效果

图3-14   带有角度的矩列效果

2. 环形阵列

单击按钮 按钮，弹出"阵列"对话框，选择"环形阵列"前面的单选按钮，如图3-15所示。

单击选择对象按钮 ，自动返回到工作区，选择要环形阵列的对象，再单击右键，自动返回"阵列"对话框。

然后设置环形阵列的中心点坐标，可以直接输入其X、Y坐标值，也可以单击其后的按钮 ，选择环形阵列的中心点。

接下来就可以设置环形阵列的方法，共有3种，分别是项目总数和填充角度，项目总数和项目间的角度，填充角度和项目间的角度。其中，项目总数是环形阵列的个数；填充角度是环形阵列总角度值，360度为一个整圈，所以该角度一般不要超过360度；而项目间的角度是任意两个环形阵列对象之间的旋转角度，其值一定要小于填充角度。

设置方法为项目总数和填充角度，项目总数为8，填充角度为360度，这时效果如图3-16所示。

设置方法为项目总数和项目间的角度，项目总数为6，项目间的角度为30度，如图3-17所示。

设置好各项参数后，单击"确定"按钮，效果如图3-18所示。

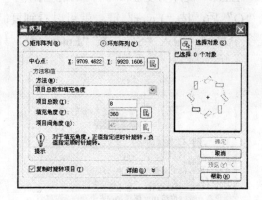

图3-15 环形阵列参数面板

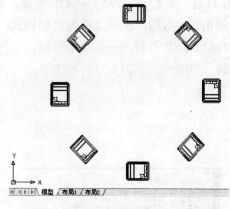

图3-16 360度环形阵列

图3-17 项目总数和项目间的角度的设置

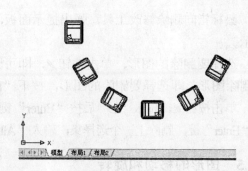

图3-18 环形阵列效果

3.1.4 图形的复制和删除

鼠标指向复制修改工具，弹出提示面板，可以看到复制修改工具的使用方法，如图3-19所示。

选择要复制的图形，单击按钮⅋，这时命令窗口提示"指定基点"，选择复制图形上的一点，然后移动鼠标并单击，即可复制选择的图形，如图3-20所示。

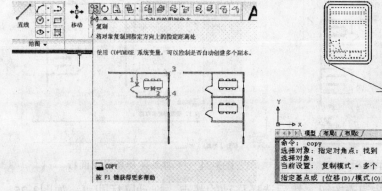

图3-19 复制工具及其提示面板

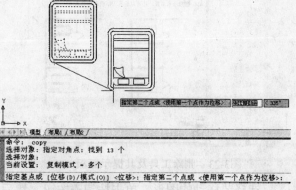

图3-20 复制图形

再移动鼠标，会发现又复制产生一个图形，即实现了多重复制。要结束复制，按下"Esc"键即可。

单击按钮⅋后，还可以通过设置位移量来复制图形，即输入"D"后按"Enter"键，再输入位移量，即X、Y、Z轴方向的位置量，然后按"Enter"键即可复制图形，如图3-21所示。

　　单击按钮圈后，还可以设置复制模式，输入"O"后，按"Enter"键，就可以看到复制图形的模式，共两种，一是单个复制，另一个是多个复制。输入"S"，按"Enter"键，只能复制一个图形，如图3-22所示。

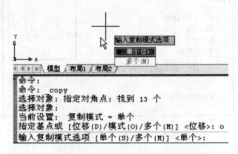

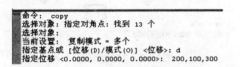

图3-21　通过指定位移来复制图形　　　　　　　　图3-22　复制模式的设置

　　鼠标指向删除修改工具，弹出提示面板，可以看到删除修改工具的使用方法，如图3-23所示。

　　选择要删除的图形，单击按钮⚊，即可删除图形。在实际工作中，常利用"Delete"键来删除图形，即选择要删除的图形，按下"Delete"键。

　　单击按钮⚊，输入"L"后按"Enter"键，就可以删除绘制的上一个对象；输入"P"后按"Enter"键，删除上一个选择集；输入"All"后按"Enter"键，删除工作区中的所有对象。

3.1.5　图形的移动和旋转

　　鼠标指向移动修改工具，弹出提示面板，可以看到移动修改工具的使用方法，如图3-24所示。

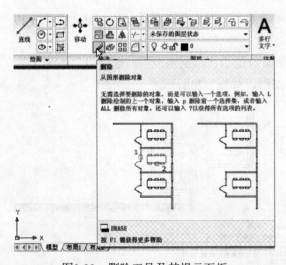

图3-23　删除工具及其提示面板　　　　　　　　图3-24　移动工具及其提示面板

　　选择要移动的图形，单击按钮✛按钮，然后选择移动的基点，拖动鼠标即可，如图3-25所示。

　　在移动图形时，如果指定具体的移动距离，要先输入"D"，按"Enter"键，再输入位移量，即X、Y、Z轴方向的位置量，然后回车即可移动图形，如图3-26所示。

鼠标指向旋转修改工具，弹出提示面板，可以看到旋转修改工具的使用方法，如图3-27所示。

选择要旋转的图形，单击按钮 ○，然后选择旋转的基点，拖动鼠标即可实现旋转，也可输入具体的旋转角度，如图3-28所示。

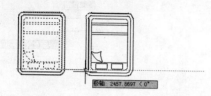

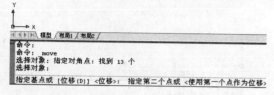

图3-25　移动图形

图3-26　指定移动距离

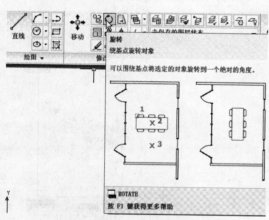

图3-27　旋转工具及其提示面板

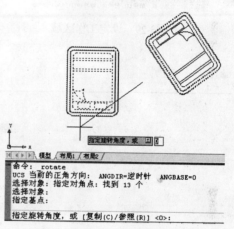

图3-28　旋转图形

3.1.6　会议室平面图

前面讲解了基本的修改工具的使用方法，下面来讲解一下如何利用这些工具绘制会议室平面图。

（1）单击快速访问工具栏中的新建按钮 ，新建一个图形文件。

（2）先来设定工作区域。单击按钮 ，在工作区绘制长为9000，高为9000的矩形，然后单击菜单栏中的"视图→缩放→全部"命令，这样就可以保证下面绘制的平面图在屏幕上全部显示，如图3-29所示。

（3）选择矩形，单击按钮 ，就可以删除矩形。

（4）单击直线工具，在工作区任意单击，产生起始点，然后输入"@830，0"，按"Enter"键，这样就产生长为830的水平直线，如图3-30所示。

（5）同理再输入"@1920，0"，按"Enter"键，输入"@2260，0"，按"Enter"键，输入"@1920，0"，按"Enter"键，输入"@830,0"，按"Enter"键，这样就产生会客厅内墙一边，如图3-31所示。

（6）绘制另一边内墙。在命令窗口中的输入"@0，-1740"，按"Enter"键，输入"@0，-600"，按"Enter"键，输入"@0，-3080"，按"Enter"键，输入"@0，-600"，按"Enter"键，输入"@0，-1740"，按"Enter"键。这时效果如图3-32所示。

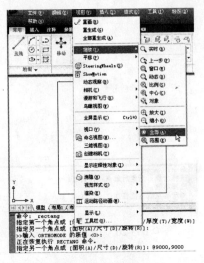

图3-29　设定工作区域

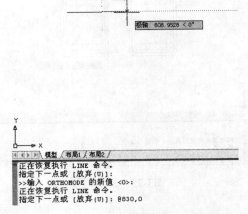

图3-30　产生水平线

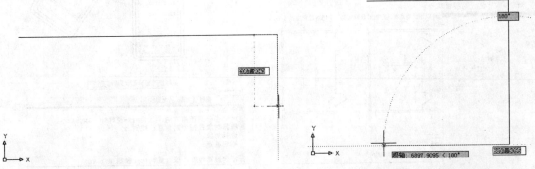

图3-31　会客厅内墙一边　　　　　　　　　　图3-32　绘制另一边内墙

（7）同理，再输入"@-4380，0"，按"Enter"键，输入"@-1500，0"，按"Enter"键，输入"@-1880，0"，按"Enter"键，这时效果如图3-33所示。

（8）最后再输入"@0，7760"，这样会客厅的内墙边绘制完毕，如图3-34所示。

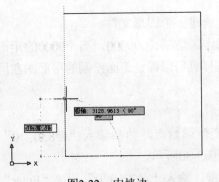

图3-33　内墙边

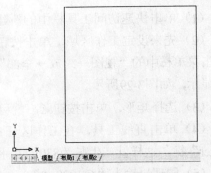

图3-34　会客厅的4条内墙边

（9）通过偏移产生外墙边。单击按钮，再输入偏移距离240，然后选择偏移对象，再向外移动鼠标并单击，就可以偏移选择的内墙，偏移后效果如图3-35所示。

（10）同理，向外偏移所有内墙，偏移后效果如图3-36所示。

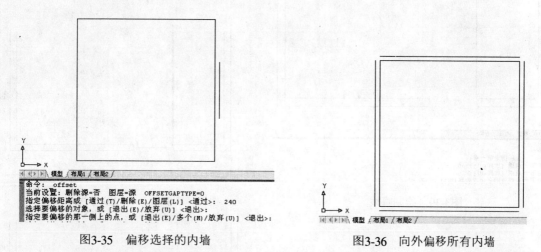

图3-35 偏移选择的内墙　　　　　　　　图3-36 向外偏移所有内墙

（11）单击按钮，进行圆角，再输入"R"，设置圆角半径为0，再选择不相交的两个外墙边，就可以直接连接，如图3-37所示。

（12）同理，连接所有外墙，选择门线，单击按钮进行删除，然后利用直线工具，连接门边线，如图3-38所示。

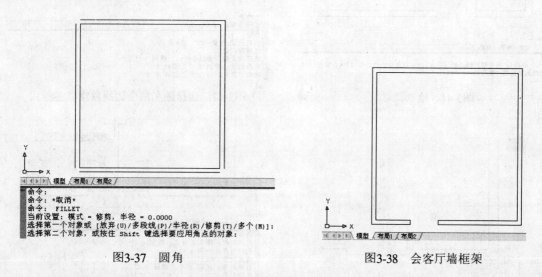

图3-37 圆角　　　　　　　　　　　　图3-38 会客厅墙框架

（13）设计制作门的平面图。单击直线工具，捕捉门边线的中点单击，然后输入"@50，0"，再拖动鼠标绘制一条垂直线，如图3-39所示。

（14）同理，再绘制两条直线，如图3-40所示。

（15）单击按钮，绘制圆，圆心为门边线的中点，半径为750，如图3-41所示。

（16）进行修剪，单击修剪按钮，选择圆和两个边线作修剪参考线，如图3-42所示。

（17）单击右键，然后单击要修剪掉的线段，这样就产生半扇门效果，如图3-43所示。

（18）选择半扇门线，单击按钮，单击圆弧与直线的交点，作为镜像的第一点，然后沿着垂直方向拖动鼠标，这时如图3-44所示。

（19）单击产生第二个镜像点，这时提示是否删除源对象，在这里输入"N"，按"Enter"键，这样就不删除源对象，并产生新的半扇门，如图3-45所示。

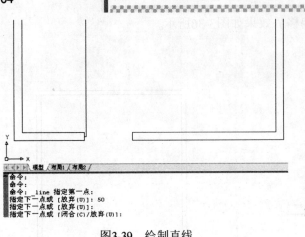

图3-39 绘制直线

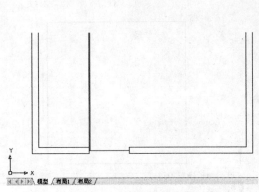

图3-40 门的参考线

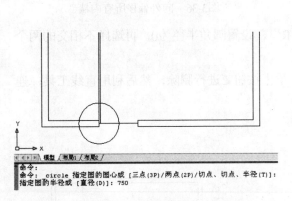

图3-41 绘制圆形

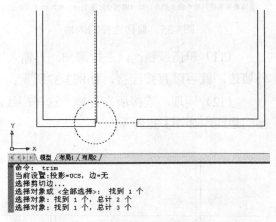

图3-42 选择圆和两个边线做修剪参考线

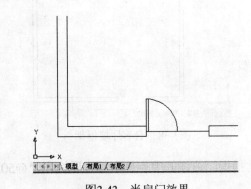

图3-43 半扇门效果

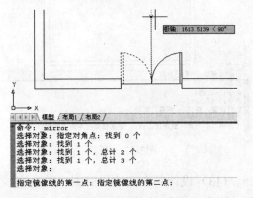

图3-44 指定镜像点

（20）利用偏移设计制作窗。输入"O"，再输入偏移矩离80，向外偏移内窗线，这时效果如图3-46所示。

（21）单击直线工具，绘制窗框线，最后如图3-47所示。

（22）制作背景墙平面图。单击直线工具，捕捉如图3-48所示的交点，然后输入"@-300, 0"。

（23）再输入"@0, -600"，按"Enter"键，再输入"@300, 0"，按"Enter"键，这时效果如图3-49所示。

（24）利用镜像工具镜像复制背景墙的另一边，在中间再添加两条线，最终效果如图3-50所示。

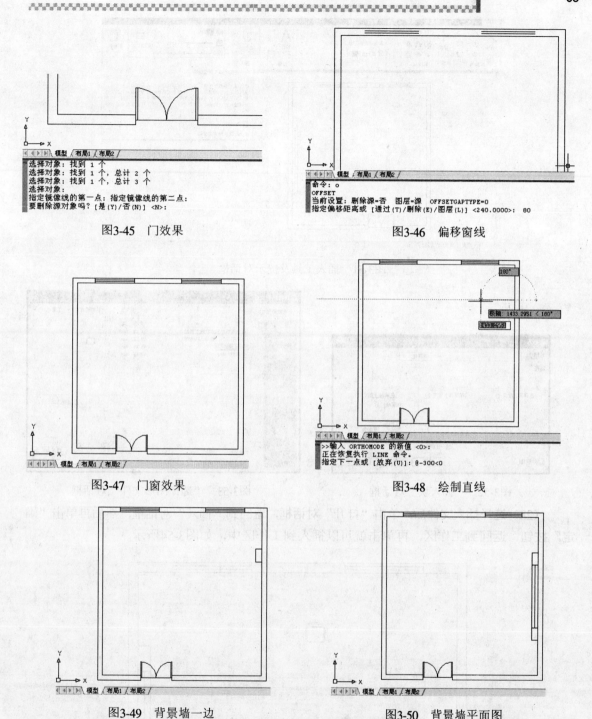

图3-45 门效果

图3-46 偏移窗线

图3-47 门窗效果

图3-48 绘制直线

图3-49 背景墙一边

图3-50 背景墙平面图

（25）插入椅子。鼠标指向插入工具，弹出提示面板，可以看到插入工具的使用方法，如图3-51所示。

（26）单击按钮，弹出"插入块"对话框，如图3-52所示。

（27）单击"浏览"按钮，弹出"选择图形文件"对话框，就可以选择要插入的图形，如图3-53所示。

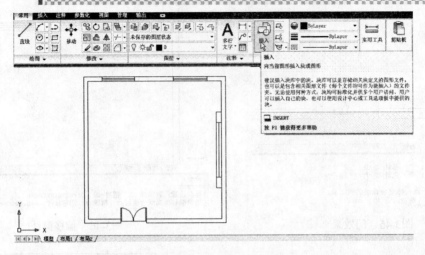

图3-51　插入工具及提示对话框

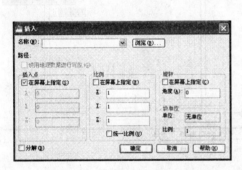

图3-52　"插入块"对话框

图3-53　"选择图形文件"对话框

（28）选择插入文件后，单击"打开"对话框，返回到"插入"对话框，然后再单击"确定"按钮，返回到工作区，再单击就可以插入到工作区中，如图3-54所示。

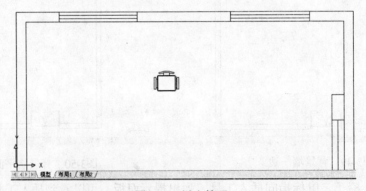

图3-54　插入椅子

（29）单击按钮✛，选择椅子，并单击右键，再选择移动的基点，移动鼠标即可调整椅子的位置，如图3-55所示。

（30）单击按钮▦，弹出"阵列"对话框，选择"矩形阵列"前面的单选按钮，如图3-56所示。

（31）在该对话框中单击选择对象按钮▣，选择椅子。

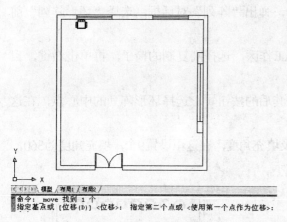

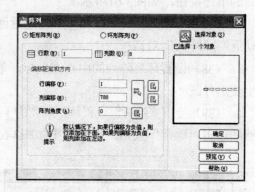

图3-55　调整椅子的位置　　　　　图3-56　矩形阵列参数设置

（32）设置行数为1，列数为8，行偏移为1，列偏移为788，角度为0，然后单击"确定"按钮，这时效果如图3-57所示。

（33）单击按钮⊙，在工作区中，绘制半径为1500的圆，调整其位置后，如图3-58所示。

（34）单击按钮，输入偏移距为500，然后向外偏移得到新的圆，如图3-59所示。

（35）选择一个椅子，然后单击按钮，复制一个椅子，调整位置后，如图3-60所示。

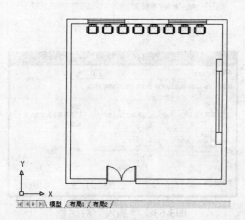

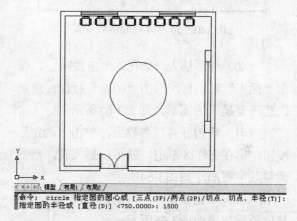

图3-57　矩形阵列效果　　　　　图3-58　绘制圆

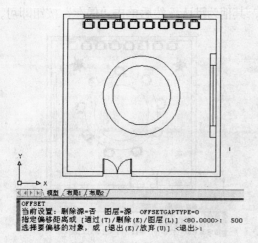

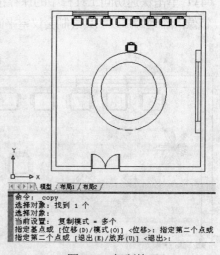

图3-59　偏移得到的圆　　　　　图3-60　复制椅子

（36）对椅子进行环形阵列。单击按钮器，弹出"阵列"对话框，选择"环形阵列"前面的单选按钮，如图3-61所示。

（37）单击选择对象按钮，自动返回到工作区，选择刚复制的椅子，再单击右键，自动返回"阵列"对话框。

（38）设置环形阵列的中心点坐标，单击其后的按钮，选择环形阵列的中心点，在这里要选择圆心。

（39）接下来就可以设置环形阵列的个数及填充角度，在这里设置9个，填充角度为360，然后单击"确定"按钮，这时效果如图3-62所示。

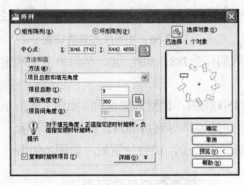

图3-61　环形阵列的参数设置

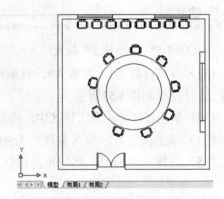

图3-62　环形阵列效果

（40）最后插入一朵花。单击按钮，弹出"插入"对话框，单击"浏览"按钮，就可以选择要插入的图形，如图3-63所示。

（41）设置好各项参数后，单击"确定"按钮，再在工作区单击，就可以插入花，然后调整其位置后，如图3-64所示。

（42）单击按钮，再复制两朵花，调整其位置后效果如图3-65所示。

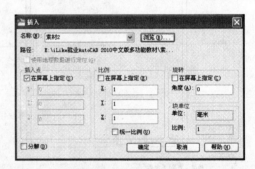

图3-63　"插入"对话框

（43）单击快速访问工具栏中的保存按钮，弹出"保存"对话框，输入文件名为"利用偏移、镜像、阵列等修改工具绘制会议室平面图"，其他为默认，然后单击"保存"按钮即可。

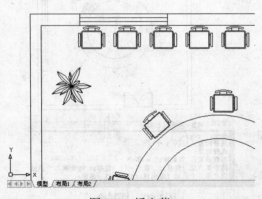

图3-64　插入花

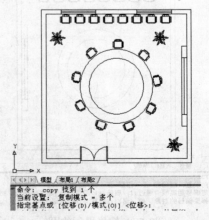

图3-65　复制两朵花

3.2 利用拉伸和填充渐变色工具设计立体魔方

下面先来讲解一下拉伸工具和填充渐变色工具的基本操作，然后再利用这两个工具设计立体魔方。

3.2.1 图形的拉伸

鼠标指向拉伸修改工具，弹出提示面板，可以看到拉伸修改工具的使用方法，如图3-66所示。

单击拉伸按钮，在命令窗口中提示"以交叉窗口或交叉多边形选择要拉伸的对象"，所以在选择图形时，只能选择一部分，不能全选，然后指定基点，拖动鼠标就可以拉伸图形，如图3-67所示。

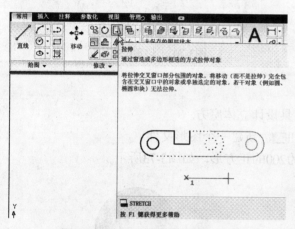

图3-66 拉伸工具及其提示面板

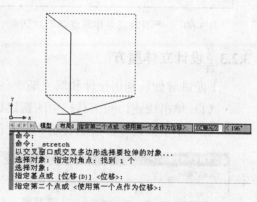

图3-67 拉伸矩形

3.2.2 填充渐变色工具

单击"常用"选项卡中的"绘图"按钮，然后鼠标指向填充渐变色工具，弹出提示面板，可以看到填充渐变色工具的使用方法，如图3-68所示。

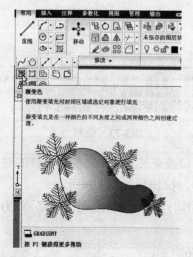

图3-68 填充渐变色工具及其提示面板

单击填充渐变色工具按钮，弹出"图案填充和渐变色"对话框，如图3-69所示。

单击按钮 添加:选择对象，可以返回到工作区，然后选择填充对象，如图3-70所示。

单击右键，在弹出菜单中单击"确定"按钮，返回"图案填充和渐变色"对话框，然后设置渐变色为红色和黄色，如图3-71所示。

设置好后，单击"确定"按钮，就可以看到填充渐变色效果，如图3-72所示。

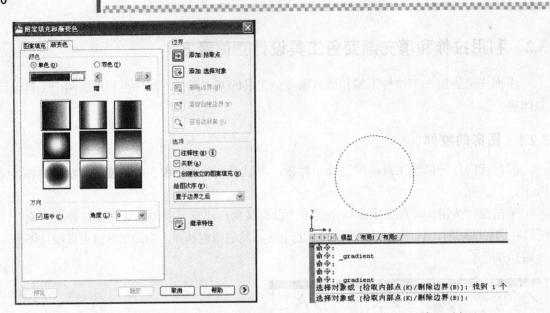

图3-69　"图案填充和渐变色"对话框

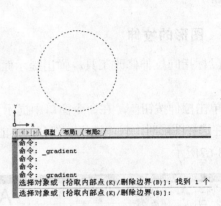

图3-70　选择填充对象

3.2.3　设计立体魔方

下面讲解如何利用拉伸和填充渐变色工具设计立体魔方。

（1）单击快速访问工具栏中的新建按钮，新建一个图形文件。

（2）单击按钮，绘制长度和宽度都为200的正方形，如图3-73所示。

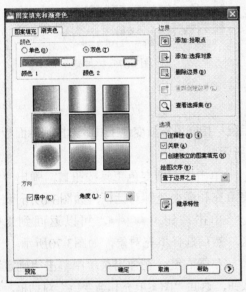

图3-71　设置渐变色为红色和黄色

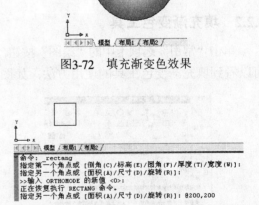

图3-72　填充渐变色效果

图3-73　绘制矩形

（3）单击拉伸按钮，命令窗口提示"以交叉窗口或交叉多边形选择要拉伸的对象"，通过框选来选择正方形右侧的三个边，然后进行拉伸，拉伸后如图3-74所示。

（4）单击按钮，捕捉拉伸后的正方形右上侧的端点，绘制长度和宽度都为200的正方形，如图3-75所示。

（5）同理，对其进行拉伸，拉伸后效果如图3-76所示。

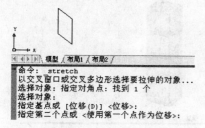

图3-74 拉伸正方形

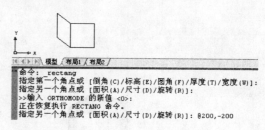

图3-75 绘制矩形

（6）同理，再绘制长度和宽度都为200的矩形，然后再进行拉伸，这样就制作完成一个长方体，效果如图3-77所示。

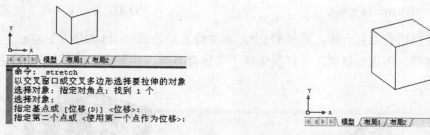

图3-76 拉抻效果

图3-77 长方体

（7）下面来填充渐变色。单击填充渐变色工具按钮▦，弹出"图案填充和渐变色"对话框，设置颜色为"双色"，颜色分别为暗红色和黄色，如图3-78所示。

（8）单击按钮▦ 添加:拾取点，自动返回到绘图界面，然后分别在三个正方形中单击，如图3-79所示。

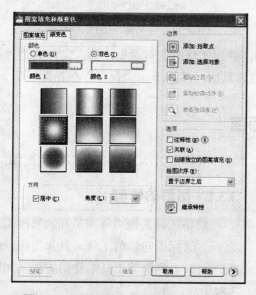

图3-78 "图案填充和渐变色"对话框

图3-79 选择三个矩形的内部

（9）选择三个矩形后，单击右键，在弹出菜单中单击"确定"命令，返回"图案填充和渐变色"对话框，单击该对话框中的"确定"按钮，即可实现渐变色的填充，如图3-80所示。

（10）单击按钮▦，选择填充立方体，基点为立方体左下角端点，复制3个，如图3-81所示。

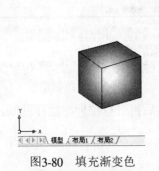

图3-80　填充渐变色

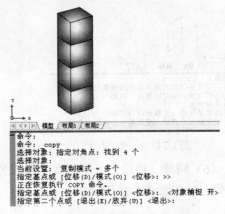

图3-81　复制立方体

（11）选择所有的立方体，再复制3个，调整位置后效果如图3-82所示。

（12）同理，再进行复制，这样就完成了立体魔方的设计制作，效果如图3-83所示。

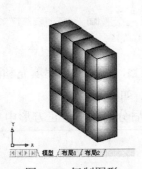

图3-82　复制图形

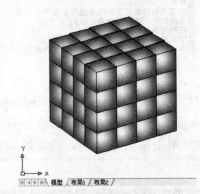

图3-83　立体魔方的设计制作

（13）单击快速访问工具栏中的保存按钮，弹出"保存"对话框，输入文件名为"利用拉伸和填充渐变色工具设计立体魔方"，其他为默认，然后单击"保存"按钮即可。

3.3　利用修剪等工具绘制会议室立面图

下面先来讲解一下修剪等工具的基本操作，然后再利用这些工具绘制会议室立面图。

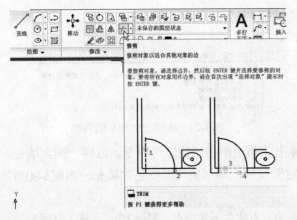

图3-84　修剪工具及其提示面板

3.3.1　图形的修剪

修剪工具是使用频率最高的修改工具之一。鼠标指向修剪工具，就弹出提示面板，可以看到修剪工具的使用方法，如图3-84所示。

单击修剪按钮，先选择修剪参照图形（即选择四个小圆），单击右键，然后再单击要修剪的部分即可（圆内的矩形部分），如图3-85所示。

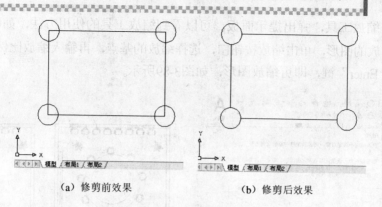

（a）修剪前效果　　　　　　　（b）修剪后效果

图3-85　修剪图形

3.3.2　图形的延伸和缩放

鼠标指向延伸工具，弹出提示面板，可以看到延伸工具的使用方法，如图3-86所示。

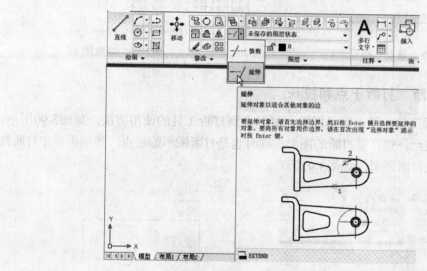

图3-86　延伸工具及其提示面板

单击直线工具，在工作区中绘制两条不相交的直线，单击延伸按钮，这时命令窗口中提示"选择边界的边"，在这里选择垂直的直线，然后单击右键，这时再单击水平直线，水平直线就延伸到垂直直线，如图3-87所示。

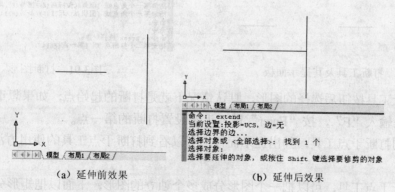

（a）延伸前效果　　　　　　　（b）延伸后效果

图3-87　延伸图形

鼠标指向缩放工具，弹出提示面板，可以看到缩放工具的使用方法，如图3-88所示。

选择要缩放的图形，单击缩放按钮，选择缩放的基点，再输入缩放比例因子，在这里设置0.5，按"Enter"键，即可缩放图形，如图3-89所示。

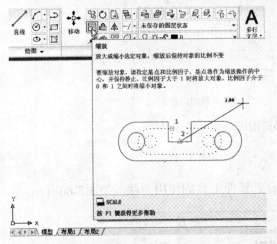

图3-88　缩放工具及其提示面板

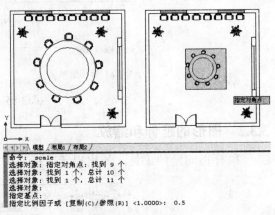

图3-89　缩放图形

3.3.3　图形的打断、打断于点和拉长

鼠标指向打断工具，弹出提示面板，可以看到打断工具的使用方法，如图3-90所示。

单击打断按钮，选择要打断的图形，同时也是打断图形的起点，然后再指定打断终止的点，这样就可以打断图形，如图3-91所示。

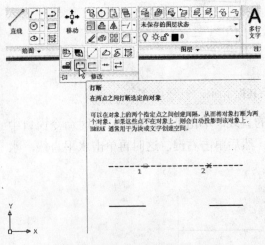

图3-90　打断工具及其提示面板

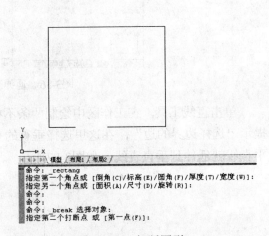

图3-91　打断图形

单击打断工具按钮后选择的图形，默认情况下就是打断的起始点，如果想重新设置打断起始点，可以输入"F"，按"Enter"键，重新设置打断的第一点。

鼠标指向打断于点工具，弹出提示面板，可以看到打断于点工具的使用方法，如图3-92所示。

利用打断于点工具，可以把一个图形分成多个独立的图形，下面以把矩形分成两个图形为例来讲解一下。

　　单击按钮，在工作区绘制一个矩形，然后单击打断于点按钮，选择矩形，指定第一个打断点，再指定第二个打断点，这样就把矩形分解成两部分，如图3-93所示。

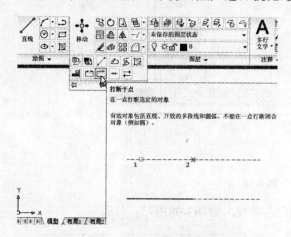

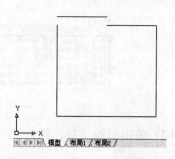

图3-92　打断于点工具及其提示面板　　　　　　图3-93　把矩形分成两个图形

　　鼠标指向拉长工具，弹出提示面板，可以看到拉长修改工具的使用方法，如图3-94所示。

　　利用直线工具绘制长度为1000的直线，然后单击拉长按钮，输入"P"，按"Enter"键，再输入百分比为50%，按"Enter"键，就可以缩短一半直线，如图3-95所示。

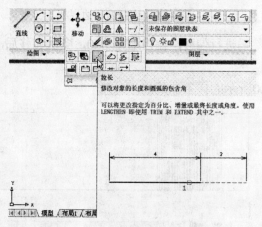

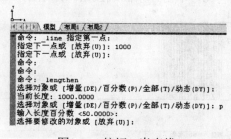

图3-94　拉长工具及其提示面板　　　　　　　图3-95　缩短一半直线

3.3.4　绘制会议室立面图

　　（1）单击快速访问工具栏中的新建按钮，新建一个图形文件。

　　（2）绘制墙的立面图。单击直线工具，任意单击确定第一点，然后向右拖动水平线，再输入"830"，按"Enter"键，输入"1920"，按"Enter"键，输入"2260"，按"Enter"键，输入"1920"，按"Enter"键，输入"830"，按"Enter"键，这时如图3-96所示。

　　（3）接着输入"@0，2800"，按"Enter"键，输入"@-7760，0"，按"Enter"键，输入"@0，-2800"，按"Enter"键，这样墙体立面图就绘制完成，如图3-97所示。

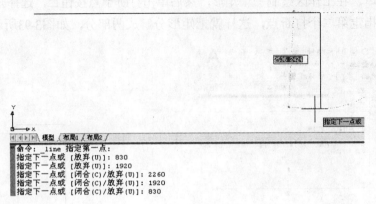

图3-96 绘制直线

（4）单击直线工具，捕捉交点，绘制窗的边界线，如图3-98所示。

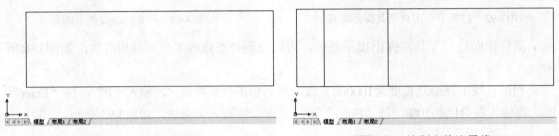

图3-97 墙体立面图   图3-98 绘制窗的边界线

（5）单击按钮，选择窗的一条边界线，然后进行偏移，偏移距离为50，多次偏移后，如图3-99所示。

（6）单击样条曲线按钮，绘制如图3-100所示的样条曲线。

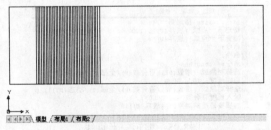
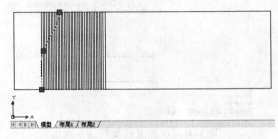

图3-99 多次偏移直线   图3-100 样条曲线

（7）单击按钮，选择样条曲线，进行镜像复制，镜像后如图3-101所示。

（8）单击修剪按钮，选择两条样条曲线作为参照线，然后对偏移的线进行修剪，修剪后如图3-102所示。

（9）再偏移几条样条曲线和直线，调整位置后，最终窗帘立面效果如图3-103所示。

（10）单击按钮，选择窗帘的所有组成部分，然后进行镜像，镜像后如图3-104所示。

（11）偏移产生踢脚线。单击按钮，偏移距离为120，偏移后如图3-105所示。

（12）单击按钮A，字体大小为150，旋转角度为0，并输入"会议室立面图"，这时效果如图3-106所示。

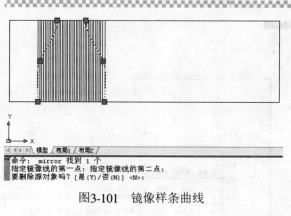

图3-101　镜像样条曲线

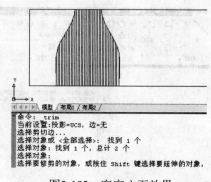

图3-102　窗帘立面效果

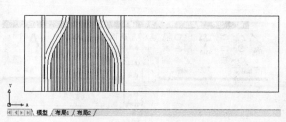

图3-103　窗体效果

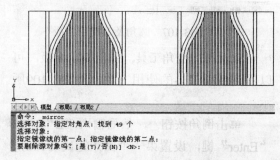

图3-104　镜像产生另一个窗帘

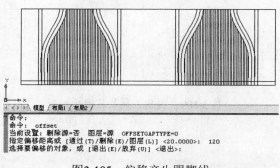

图3-105　偏移产生踢脚线

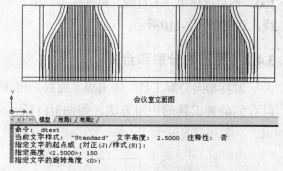

图3-106　输入文字

（13）单击快速访问工具栏中的保存按钮■，弹出"保存"对话框，输入文件名为"利用修剪等工具绘制会议室立面图"，其他为默认，然后单击"保存"按钮即可。

3.4　利用圆角等工具绘制沙发平面图

下面先来讲解一下圆角等工具的基本操作，然后再利用这些工具绘制沙发平面图。

3.4.1　图形的圆角和倒角

鼠标指向圆角工具，弹出提示面板，可以看到圆角工具的使用方法，如图3-107所示。

单击圆角按钮○，然后输入"R"，按"Enter"键，设置圆角半径，这时输入100，按"Enter"键，选择第一条直线，再选择第二条直线，这时如图3-108所示。

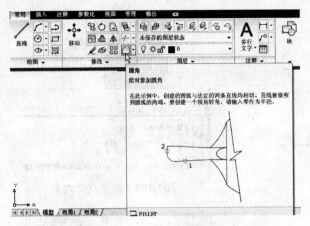

图3-107　圆角及其提示面板

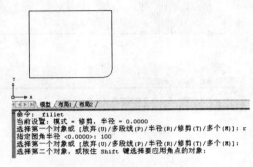

图3-108　圆角

鼠标指向倒角工具，弹出提示面板，可以看到倒角工具的使用方法，如图3-109所示。

单击倒角按钮，然后输入"D"，按"Enter"键，设置第一个倒角矩离为100，按"Enter"键，设置第二个倒角矩离也为100，然后选择第一条直线，再选择第二条直线，这时如图3-110所示。

3.4.2　图形的分解和合并

鼠标指向分解工具，弹出提示面板，可以看到分解工具的使用方法，如图3-111所示。

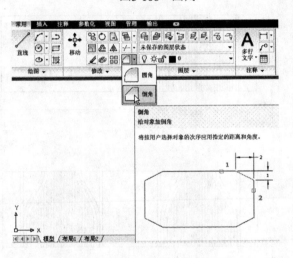

图3-109　倒角工具及其提示面板

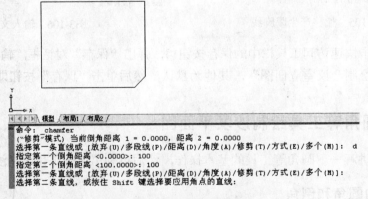

图3-110　倒角效果

分解的作用是把一个复合物体分解成各自独立的物体，如矩形，它是一个整体，分解后，就变成四个边。单击矩形工具，在工作区中绘制一个矩形，然后复制一个，单击分解按钮，选择一个矩形，再单击一条边，效果如图3-112所示。

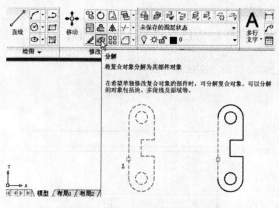

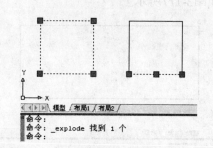

图3-111　分解工具及其提示面板　　　　　图3-112　矩形分解前后选择一条边的对比

在一般绘图过程中分解不经常使用，但当插入块或外部引用后，该命令就非常有用了，即插入的块都是几个实体的集合，没有办法选择其中的一个物体，只能分解后再选择。

　　合并的作用是将对象合并成一个完整的对象。其源对象只能是直线、多段线、圆弧、椭圆弧、样条曲线或螺旋。鼠标指向合并工具，弹出提示面板，可以看到合并工具的使用方法，如图3-113所示。

　　单击工具箱中的直线工具，在工作区绘制三个直线，注意三条直线必在同一条直线上，但它们之间可以有间隔，如图3-114所示。

　　单击合并按钮，命令窗口中提示"选择合并源对象"，可以任意选择一条直线作为合并源对象，又提示"选择合并到源的直线"，这时选择其他直线，然后单击右键，这样就会合并这些直线，如图3-115所示。

图3-113　合并工具及其提示面板

图3-114　绘制有间隔的直线

图3-115　合并直线

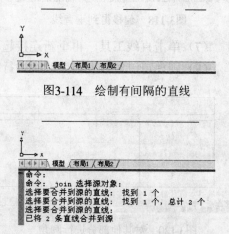

3.4.3　绘制沙发平面图

　　（1）单击快速访问工具栏中的新建按钮，新建一个图形文件。

　　（2）单击按钮，在工作区绘制长为1950，宽为770的长方形，如图3-116所示。

（3）选择矩形，单击分解按钮，从而分解矩形。

（4）单击按钮，选择矩形底部边线，设置偏移距为150和200，两次偏移，偏移后效果如图3-117所示。

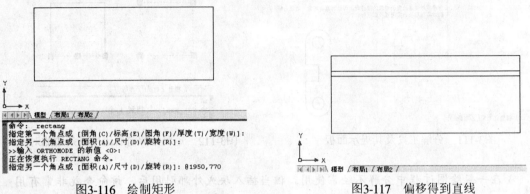

图3-116　绘制矩形　　　　　　　　　　　　图3-117　偏移得到直线

（5）单击按钮，设置偏移距为677，偏移矩形的两个宽，偏移后如图3-118所示。

（6）单击圆角按钮，输入"R"，按"Enter"键，设置圆角半径，这时输入30，按"Enter"键，然后选择两条要倒圆角的直线，圆角后效果如图3-119所示。

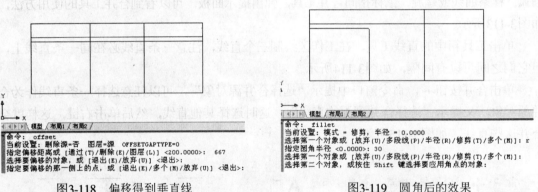

图3-118　偏移得到垂直线　　　　　　　　　图3-119　圆角后的效果

（7）单击直线工具，再重新连接起来，然后再进行圆角，最终效果如图3-120所示。

（8）同理可以对沙发前面的线进行圆角处理，圆角后如图3-121所示。

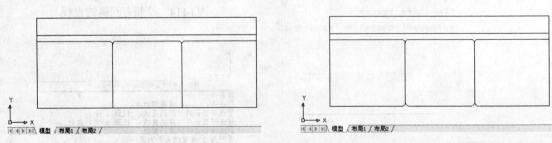

图3-120　对其他部分进行圆角　　　　　　图3-121　沙发前面的线进行圆角后的效果

（9）单击圆角按钮，输入"R"，按"Enter"键，设置圆角半径，这时输入50，回车，对沙发的四个角进行圆角处理，圆角后效果如图3-122所示。

（10）单击按钮，设置偏移距分别为40和200，分别向外和向内偏移沙发的边线，偏移后如图3-123所示。

（11）单击直线工具，连接偏移的两条直线的上边线，然后进行圆角处理，圆角半径为50，最终效果如图3-124所示。

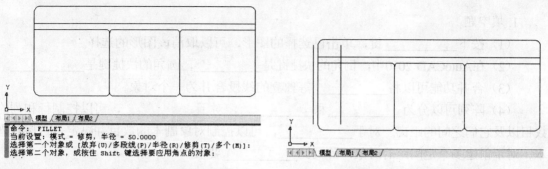

图3-122　对沙发的四个角进行圆角后的效果　　　　图3-123　偏移得到的直线

（12）同理，设计制作另一边的沙发扶手，然后单击修剪按钮 ⊬，对扶手矩形中的直线，进行修剪，修剪后如图3-125所示。

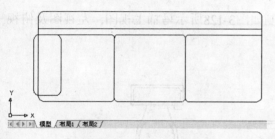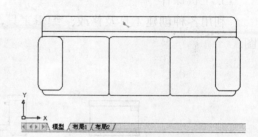

图3-124　圆角后效果　　　　　　　　　　图3-125　沙发扶手效果

（13）单击"实用工具"下拉按钮，在弹出菜单中单击"点样式"命令，弹出"点样式"对话框，可选择不同的点样式，并可以设置点的大小，如图3-126所示。

（14）设置好后，单击"确定"按钮，单击按钮 ·，绘制点，最终效果如图3-127所示。

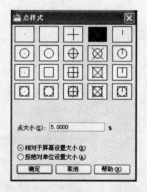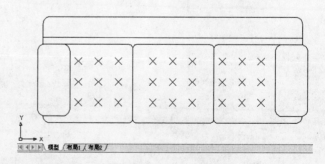

图3-126　"点样式"对话框　　　　　　　　图3-127　沙发平面图

（15）单击快速访问工具栏中的保存按钮 🖫，弹出"保存"对话框，输入文件名为"利用圆角等工具绘制沙发平面图"，其他为默认，然后单击"保存"按钮即可。

练习题

1. 填空题

（1）按下_____键，单击已选择的图形，可以取消该图形的选择。

（2）在AutoCAD 2010中，倒角的快捷键是_____，圆角的快捷键是_____。

（3）合并功能可以将_____等独立的线段合并为一个对象。

（4）阵列可以分为_____和_____，对于_____，可以控制行和列的数目以及它们之间的距离。对于_____，可以控制对象副本的数目并决定是否旋转副本。对于创建多个定间距的对象，阵列比_____要快。

2. 简答题

（1）简述AutoCAD 2010偏移和阵列工具的应用？

（2）简述AutoCAD 2010圆角工具的应用？

3. 上机操作

利用各种创建工具及修改、编辑工具，绘制如图3-128所示马桶主视图、左视图及俯视图。

图3-128　马桶主视图、左视图及俯视图

第4课

坐标系、填充图案及块的应用

本课知识结构及就业达标要求

本课知识结构具体如下：
+ 笛卡儿坐标、极坐标和用户坐标系
+ 套二双厅图案填充效果
+ 块的创建、插入和删除
+ 利用块创建敞开办公空间平面图

本课讲解AutoCAD 2010中两个坐标系和图案填充应用，并通过具体案例来讲各知识点的应用，最后讲解块的定义、插入及删除，也通过具体案例剖析讲解。通过本课的学习，掌握图形的填充应用，并熟悉块的定义与插入的使用方法。

4.1 坐标系

在AutoCAD 2010中，有两个坐标系：一个是被称为世界坐标系（WCS）的固定坐标系，一个是被称为用户坐标系（UCS）的可移动坐标系。在默认情况下，这两个坐标系在新图形中是重合的。

通常，在二维视图中，WCS的X轴水平，Y轴垂直。WCS的原点为X轴和Y轴的交点（0,0）。图形文件中的所有对象均由其WCS坐标定义。但是，使用可移动的UCS创建和编辑对象通常更方便。

根据坐标输入方法的不同，还可以分为笛卡儿坐标（X, Y）和极坐标。

4.1.1 笛卡儿坐标

在创建对象时，可以使用绝对笛卡儿坐标或相对笛卡儿（矩形）坐标定位点。要使用笛卡儿坐标指定点，请输入以逗号分隔的X值和Y值（X, Y）。X值是沿水平轴以单位表示的正的或负的距离。Y值是沿垂直轴以单位表示的正的或负的距离。绝对坐标基于UCS原点（0,0），这是X轴和Y轴的交点。已知点坐标的精确X和Y值时，请使用绝对坐标。

使用动态输入，可以使用#前缀指定绝对坐标。如果是在命令窗口而不是在工具栏提示中输入坐标，可以不使用#前缀。例如，输入#3, 4指定一点，此点在X轴方向距离UCS原点3个单位，在Y轴方向距离UCS原点4个单位。

下例绘制了一条从X值为-2、Y值为1的位置开始，到端点（3, 4）处结束的线段。在工具栏提示中输入以下信息：

```
命令: line
起点: #-2,1
下一点: #3,4
```

直线位置如图4-1所示。

相对坐标是基于上一输入点的。如果知道某点与前一点的位置关系，可以使用相对X, Y坐标。要指定相对坐标，请在坐标前面添加一个@符号。例如，输入@3, 4指定一点，相对起点坐标此点沿X轴方向有3个单位，沿Y轴方向距离上一指定点有4个单位。

下例绘制了一个三角形的三条边。第一条边是一条线段，从绝对坐标（-2, 1）开始，到沿X轴方向5个单位，沿Y轴方向0个单位的位置结束。第二条边也是一条线段，从第一条线段的端点开始，到沿X轴方向0个单位，沿Y轴方向3个单位的位置结束。最后一条边使用相对坐标回到起点。

```
命令: line
起点: #-2,1
下一点: 5,0
下一点: @0,3
下一点: @-5,-3
```

三角形位置如图4-2所示。

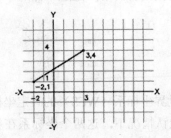
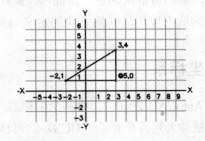

图4-1　用绝对坐标绘制的直线　　　　图4-2　用相对坐标绘制的三角形

4.1.2　极坐标

在创建对象时，可以使用绝对极坐标或相对极坐标（距离和角度）定位点。要使用极坐标指定一点，请输入以角括号（<）分隔的距离和角度。在默认情况下，角度按逆时针方向增大，按顺时针方向减小。要指定顺时针方向，请为角度输入负值。例如，输入1<315和1<-45,都代表相同的点。

绝对极坐标从UCS原点（0, 0）开始测量，此原点是X轴和Y轴的交点。当知道点的准确距离和角度坐标时，请使用绝对极坐标。使用动态输入，可以使用#前缀指定绝对坐标。如果在命令窗口而不是在工具栏提示中输入坐标，可以不使用#前缀。例如，输入#3<45指定一点，此点距离原点有3个单位，并且与X轴成45度角。

下例显示了使用绝对极坐标绘制的两条线段，它们使用默认的角度方向设置。在工具栏提示中输入以下信息：

```
命令: line
起点: #0,0
```

下一点: #4<120

下一点: #5<30

两条线段效果如图4-3所示。

相对坐标是基于上一输入点的。如果知道某点与前一点的位置关系，可以使用相对X, Y坐标。要指定相对坐标，请在坐标前面添加一个@符号。例如，输入@1<45指定一点，此点距离上一指定点1个单位，并且与X轴成45度角。

下例显示了使用相对极坐标绘制的两条线段。线段都是从标有上一点的位置开始。

命令: line

起点: @3<45

下一点: @5<285

用相对极坐标绘制的两条线段效果如图5-4所示。

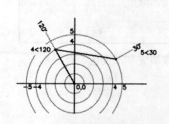

图4-3 用绝对极坐标绘制的两条线段

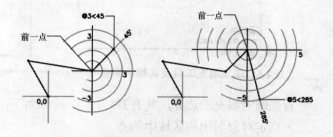

图4-4 用相对极坐标绘制的两条线段

4.1.3 用户坐标系

在设计制作二维施工图纸的过程中，常使用世界坐标系（WCS），前面讲解的绘图方法都是在世界坐标系下完成的。在三维立体图形的设计过程中，常使用用户坐标系（UCS）。

使用用户坐标系，可以重新定位和旋转坐标系，以便于使用坐标输入、栅格显示、栅格捕捉、正交模式和其他图形工具。用户坐标系的使用方法在后面课中会详细讲解，这里不再多说。

4.2 为套二双厅填充图案

下面先来讲解一下图案填充的基本知识和操作，然后再实现套二双厅图案填充效果。

4.2.1 图案填充

在AutoCAD 2010中，图形的填充分为图案填充与渐变色填充。图案填充可以使用预定义填充图案填充区域、使用当前线型定义简单的线图案，也可以创建更复杂的填充图案。有一种图案类型叫做实体，它使用实体颜色填充区域。

渐变色填充在一种颜色的不同灰度之间或两种颜色之间使用过渡。渐变色填充提供光源反射到对象上的外观，可用于增强演示图形。前面已讲过，这里不再重复。

鼠标指向图案填充工具，弹出提示面板，可以看到图案填充工具的使用方法，如图4-5所示。

单击图案填充按钮，弹出"图案填充和渐变色"对话框，如图4-6所示。

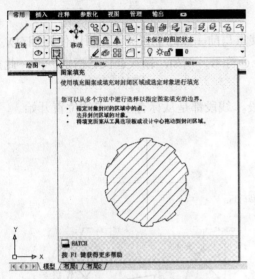

图4-5　图案填充工具及其提示面板　　　　　图4-6　"图案填充和渐变色"对话框

首先确定填充的边界，共有3种方式，具体如下：

- 指定对象封闭的区域中的点。
- 选择封闭区域的对象。
- 将填充图案从工具选项板或设计中心拖动到封闭区域。

单击"添加：选择对象"前的选择对象按钮，自动返回到工作区，然后选择矩形，单击右键，在弹出菜单中单击"确定"，又返回到"图案填充和渐变色"对话框。

接下来就可以设置填充的类型和图案了。单击图案后的按钮，弹出"填充图案选项板"对话框，就可以选择不同的填充图案，如图4-7所示。

选择好图案后，单击"确定"按钮即可返回到"图案填充和渐变色"对话框。然后可以进一步设置填充图案的角度与比例，在这里设置比例为50，单击"确定"按钮，就可以把图案填充到选择的图形中，如图4-8所示。

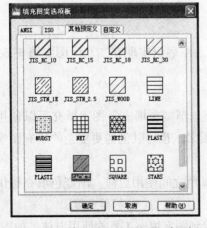

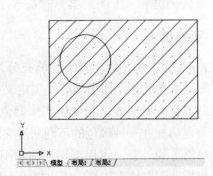

图4-7　"填充图案选项板"对话框　　　　　图4-8　把图案填充到选择的图形中

　　这时会发现，连中间的圆形区域也填充了图案，如果不想在圆形区域填充图案，可以在"图案填充和渐变色"对话框中单击"添加：拾取点"前的拾取一个内部点按钮，自动返回到工作区，在矩形区内单击，如图4-9所示。

　　单击右键，在弹出菜单中单击"确定"，返回到"图案填充和渐变色"对话框，再单击"确定"按钮，这时效果如图4-10所示。

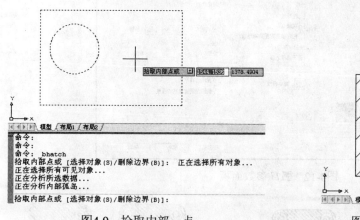

图4-9　拾取内部一点

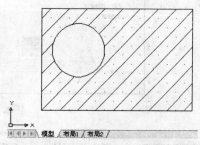

图4-10　拾取点填充图案

　　还可以进一步设置填充角度和比例，角度为45，比例为10及角度为96，比例为30的填充效果如图4-11所示。

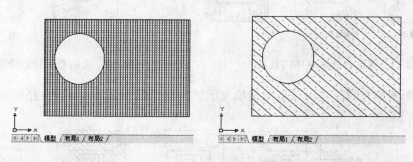

（a）角度为45和比例为10的填充效果　　　　（b）角度为96和比例为30的填充效果

图4-11　不同角度，不同比例的填充图案效果

4.2.2　控制孤岛中的填充

　　单击图案填充按钮，弹出"图案填充和渐变色"对话框，再单击该对话框中的更多选项按钮，就可以看到孤岛参数面板，如图4-12所示。

　　孤岛显示样式共有3种，分别是普通、外部和忽略。

　　"普通"填充样式（默认）将从外部边界向内填充。如果填充过程中遇到内部边界，填充将关闭，直到遇到另一个边界为止。如果使用"普通"填充样式进行填充，将不填充孤岛，但是孤岛中的孤岛将被填充，如图4-13所示。

　　"外部"填充样式也是从外部边界向内填充并在下一个边界处停止。

　　"忽略"填充样式将忽略内部边界，填充整个闭合区域，效果如图4-14所示。

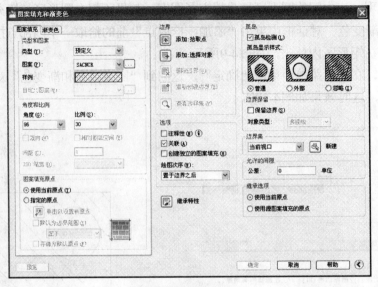

图4-12　弧岛参数面板

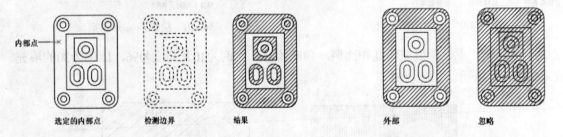

图4-13　弧岛普通填充样式效果　　　　图4-14　弧岛外部和忽略填充样式效果

在进行图案填充时，还可以从图案填充区域中删除任何孤岛，如图4-15所示。

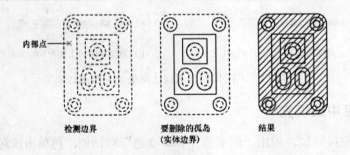

图4-15　从图案填充区域中删除任何孤岛

4.2.3　为套二双厅填充图案

前面讲解了图案填充的基本知识和操作，下面通过具体实例来讲解一下。

（1）单击快速访问工具栏中的"打开"按钮，弹出"选择文件"对话框，如图4-16所示。

（2）选择要打开的文件，单击"打开"按钮就可以打开该文件，如图4-17所示。

（3）为两个卧室赋木地板图案。单击图案填充按钮，弹出"图案填充和渐变色"对话框。

图4-16　　"选择文件"对话框

（4）单击图案后面的按钮▭，弹出"填充图案选项板"对话框，可以选择"DOLMIT"图案，如图4-18所示。

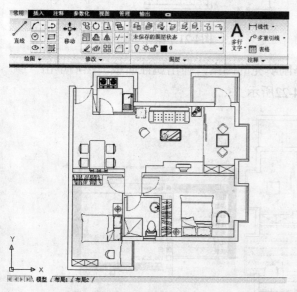

图4-17　打开文件

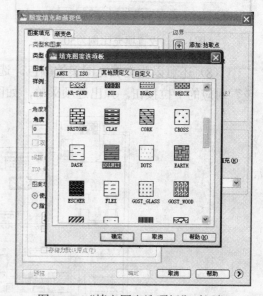

图4-18　　"填充图案选项板"对话框

（5）单击"确定"按钮，单击"添加：拾取点"前的拾取一个内部点按钮▣，自动返回到工作区，然后在两个卧室内分别单击，即选择要填充的区域，如图4-19所示。

（6）单击右键，在弹出菜单中单击"确定"，返回"图案填充和渐变色"对话框，设置填充比例为50，如图4-20所示。

（7）设置好后，单击"确定"按钮，这样两个卧室就填充了图案，效果如图4-21所示。

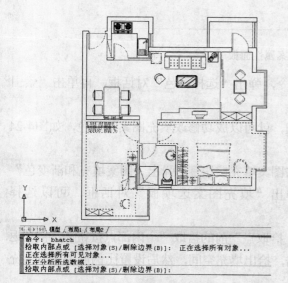

图4-19　选择要填充的区域

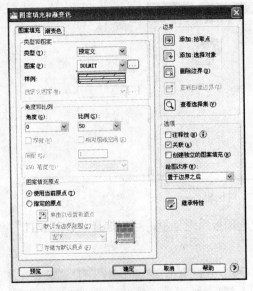

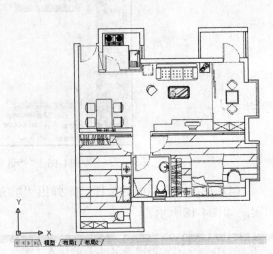

图4-20　设置填充比例为50　　　　　　图4-21　填充木地板效果

（8）还可以改变填充图案的颜色，选择刚填充的图案，弹出属性面板，然后单击"颜色"对应的下拉按钮，弹出选项菜单，如图4-22所示。

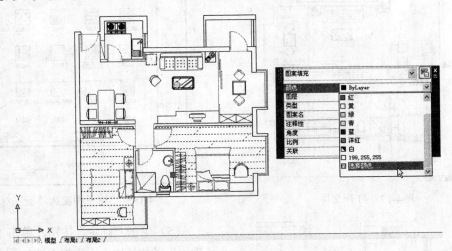

图4-22　图案属性面板

（9）单击选项菜单中的"选择颜色"命令，弹出"选择颜色"对话框，再单击"索引颜色"选项卡并选择暗红色，如图4-23所示。

（10）设置好颜色后，单击"确定"按钮，就可以成功修改填充图案的颜色，如图4-24所示。

（11）下面设置卫生间与厨房图案。单击图案填充按钮，弹出"图案填充和渐变色"对话框，然后单击图案后面的按钮，弹出"填充图案选项板"对话框，可以选择"ANGLE"图案，如图4-25所示。

（12）单击"确定"按钮，单击"添加：拾取点"前的拾取一个内部点按钮，自动返回到工作区，在要选择的空间内部的一点单击，拾出填充空间，然后设置比例值为50，填充后效果如图4-26所示。

图4-23　"选择颜色"对话框

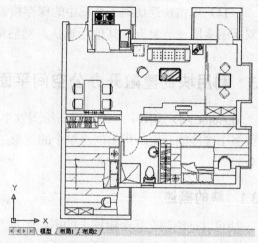

图4-24　成功修改填充图案的颜色

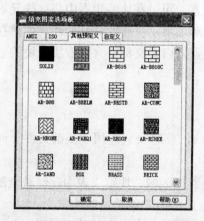

图4-25　"填充图案选项板"对话框

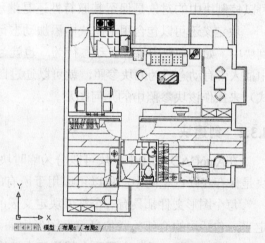

图4-26　卫生间与厨房图案填充

（13）同理，进行其他空间图案填充，然后改变填充图案的颜色，最终效果如图4-27所示。

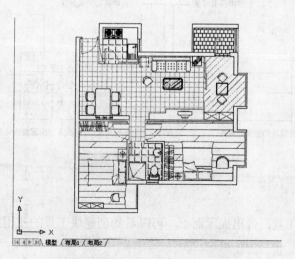

图4-27　填充图案效果

（14）单击快速访问工具栏中的保存按钮🖫，弹出"保存"对话框，输入文件名为"套二双厅图案填充效果"，其他为默认，然后单击"保存"按钮即可。

4.3　利用块创建敞开办公空间平面图

在AutoCAD 2010中，为了提高绘图效率和图纸的通用性，一般都使用块操作。块是一个或多个连接的对象，用于创建单个的对象。块帮助用户在同一图形或其他图形中重复使用对象。

4.3.1　块的概述

块可以是绘制在几个图层上的不同颜色、线型和线宽特性的对象的组合。尽管块总是在当前图层上，但块参照保存了有关包含在该块中的对象的原图层、颜色和线型特性的信息。可以控制块中的对象是保留其原特性还是继承当前的图层、颜色、线型或线宽设置。

块定义还可以包含用于向块中添加动态行为的元素。可以在块编辑器中将这些元素添加到块中。如果向块中添加了动态行为，也就为几何图形增添了灵活性和智能性。如果在图形中插入带有动态行为的块参照，就可以通过自定义夹点或自定义特性（这取决于块的定义方式）来操作该块参照中的几何图形。

4.3.2　创建块

在AutoCAD 2010中，块可以分为临时块和永久块，临时块只能用于当前文件。而永久块是保存在硬盘空间中，所以可以用于所有的文件中。

每个图形文件都具有一个称做块定义表的不可见数据区域。块定义表中存储着全部的块定义，包括块的全部关联信息。在图形中插入块时，所参照的就是这些块定义。

如图4-28所示是三个图形文件的概念性表示。每个矩形表示一个单独的图形文件，并分为两个部分：较小的部分表示块定义表，较大的部分表示图形中的对象。

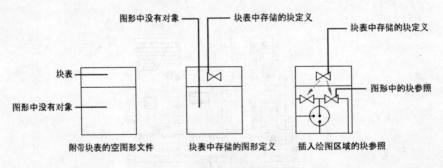

图4-28　三个图形文件的概念性表示

1. 创建临时块

鼠标指向创建块工具，弹出提示面板，可以看到创建块工具的使用方法，如图4-29所示。

图4-29　创建块工具及其提示面板

单击创建块按钮，弹出"块定义"对话框，如图4-30所示。

各项参数意义如下。

•名称：指定块的名称。名称最多可以包含255个字符，包括字母、数字、空格，以及操作系统或程序未作他用的任何特殊字符。块名称及块定义保存在当前图形中。

 不能用DIRECT、LIGHT、AVE_RENDER、RM_SDB、SH_SPOT和OVERHEAD作为有效的块名称。

•基点：指定块的插入基点。默认值是（0，0，0）。指定块的基点有两种方法，一是在屏幕上指定，另一种通过"拾取点"来决定块指入基点的X、Y、Z坐标。

•对象：指定新块中要包含的对象，以及创建块之后如何处理这些对象，是保留，删除，还是将它们转换成块实例。创建块的对象的选定也有两种方法，一是在屏幕上指定，另一种是通过"拾取对象"来选择。

创建块后，工作区中的图形的状态有3种情况，具体如下。

保留：创建块以后，将选定对象保留在图形中作为区别对象。

转换为块：创建块以后，将选定对象转换成图形中的块实例。

删除：创建块以后，从图形中删除选定的对象。

•方式：指定块的行为。注释性，指定块的注释性信息；使块方向与布局匹配，指定在图纸空间视口中的块参照的方向与布局的方向匹配；按统一比例缩放，指定是否阻止块参照不按统一比例缩放；允许分解，指定块参照是否可以被分解。

•设置：可以指定块参照插入单位和某个超链接来与块定义相关联。

单击按钮，这时返回工作区，可以选择要创建块的图形，然后单击右键，即可返回块定义对话框。

单击按钮，这时返回工作区，可以选择要创建块的基点，也可以直接输入确定块的X，Y，Z坐标值。

最后为定义的块命名。还可以进一步设置块的单位，是否按统一比例缩放，是否可以分解等。各参数设定好后，单击"确定"按钮即可创建块。

2. 创建永久块

按下"W"键，按"Enter"键，这时弹出"写块"对话框，如图4-31所示。

各项参数意义如下。

•源

块：选择块前面的单选按钮就可以把已定义的临时块转变成永久块来保存。

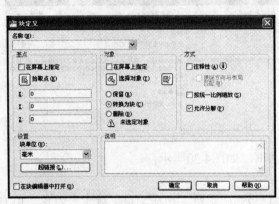
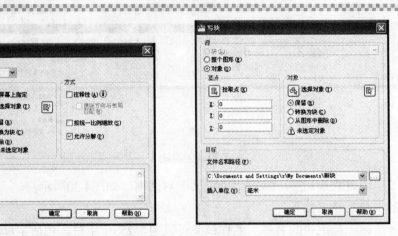

图4-30　"块定义"对话框　　　　　　图4-31　"写块"对话框

整个图形：选择整个图形前面的单选按钮就把当前打开的整个图形保存为永久块。

对象：选择对象前面的单选按钮后就可以单击按钮 选择对象(T)，选择要创建成块的图形，单击按钮 拾取点(K)，拾取块的基点。

· 目标

文件名和路径：单击文件名和路径后的按钮 ，设置要创建块的保存位置及文件名信息。

插入单位：可以指定块参照插入单位。

下面把花定义成永久块，单击按钮 选择对象(T)，这时返回工作区，可以选择要创建块的图形，如图4-32所示。

单击右键即可返回"写块"对话框，再单击按钮 拾取点(K)，返回工作区，单击花朵的中心，又返回"写块"对话框，这样就确定了块的基点，如图4-33所示。

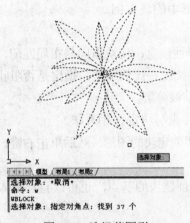

图4-32　选择花图形　　　　　　　　图4-33　"写块"对话框

设置好各项参数后，单击"确定"按钮即可成功创建永久块。

4.3.3　块的插入

定义好临时块或永久块后，就可以进行块插入了。单击插入块按钮 ，弹出"插入"对话框，如图4-34所示。

各参数意义如下。

· 名称：单击其后的"浏览"按钮，选择要插入的块，在名称文本框中就会显示该块的名称，在右侧会显示该块的图形预览。

· 插入点：可以在屏幕上指定，也可以具体设置其X、Y、Z坐标。

· 比例：可以在屏幕上指定，也可以具体设置其X、Y、Z方向的缩放比例，还可以设置是否统一比例缩放。

· 旋转：可以在屏幕上指定，也可以设置其具体旋转角度值。

· 块单位：在这里显示了块的单位及缩放比例。

· 分解：指定块参照是否可以被分解。

单击"插入"对话框中的"浏览"按钮，弹出"选择图形文件"对话框，可以选择已定义的块。然后设置块的插入点，块的缩放比例及旋转角度，设定好后，单击"确定"按钮即可。插入块时进行不同方向的缩放、旋转，效果如图4-35所示。

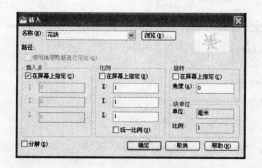

图4-34 "插入"对话框

图4-35 缩放和旋转插入块

4.3.4 嵌套块和块的删除

包含其他块的块参照称为嵌套块。使用嵌套块可以简化复杂块定义的组织。使用嵌套块，可以在几个部件外创建单个块。例如，可以将一个机械部件的装配图作为块插入，该部件包括机架、支架和紧固件，而紧固件又是由螺钉、垫片和螺母组成的块。嵌套块的唯一限制是不能插入参照自身的块，如图4-36所示。

要减少图形尺寸，可以删除未使用的块定义。通过擦除可以从图形中删除块参照，但是，块定义仍保留在图形的块定义表中。单击菜单栏中的"文件→绘图实用程序→清理"命令，弹出"清理"对话框，如图4-37所示。

要清理所有未参照的块，选择"块"。要包含嵌套块，选择"清理嵌套项目"前面的复选框。设置好后，单击"全部清理"按钮，这时弹出确认清理提示对话框，如图4-38所示。

单击"清理此项目"项，即可清除未参照的块。

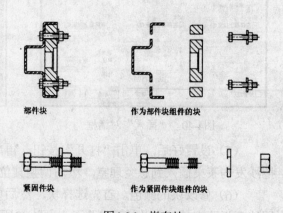

图4-36 嵌套块

4.3.5　创建敞开办公空间平面图

（1）单击快速访问工具栏中的打开按钮 📂，打开"敞开办公空间框架平面图"文件，如图4-39所示。

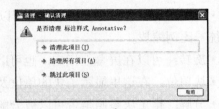

图4-38　确认清理提示对话框

图4-37　"清理"对话框

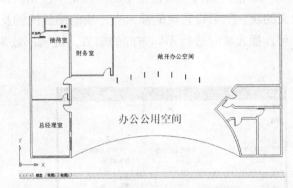

图4-39　敞开办公空间框架平面图

（2）设计制作总经理室，即插入沙发、茶桌、老板桌、老板椅、书柜等块。

（3）利用插入块，插入沙发和茶桌。单击插入块按钮 🔲，弹出"插入"对话框，如图4-40所示。

（4）单击该对话框中的"浏览"按钮，弹出"选择图形文件"对话框，选择"沙发与茶桌"文件，如图4-41所示。

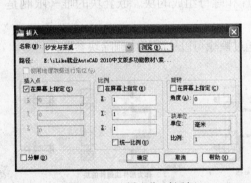

图4-40　"插入"对话框

图4-41　"选择图形文件"对话框

（5）设置好后，单击"打开"按钮，再单击"插入"对话框中的"确定"按钮，即可把沙发与茶桌插入到总经理室，然后调整其位置后，效果如图4-42所示。

（6）修改块的颜色。首先选择块，然后单击分解按钮 📄，把块分解成图形，然后利用属性面板改变其颜色为"黑色"，如图4-43所示。

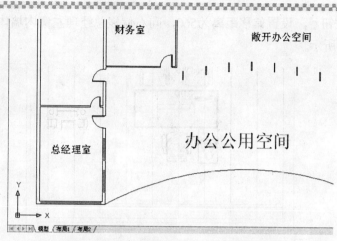

图4-42 把沙发与茶桌插入到总经理室

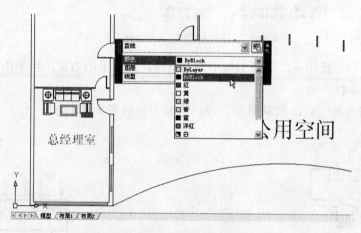

图4-43 修改块的颜色

（7）同理，再插入老板桌和老板椅，插入后改变其颜色并调整其位置，效果如图4-44所示。

（8）制作书柜。单击按钮，设置偏移距离为250，然后向上偏移总经理室的下侧内墙体。

（9）同理，再向上偏移刚偏移得到的直线，偏移距离为50，偏移后如图4-45所示。

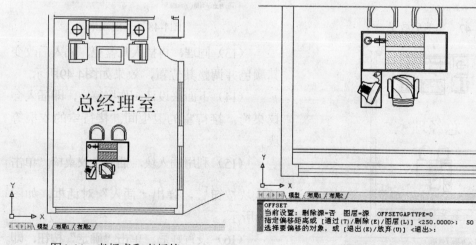

图4-44 老板桌和老板椅   图4-45 偏移得到的直线

　　（10）单击按钮🔲，设置偏移距离为560，向右偏移总经理左侧内墙体，共偏移9次，偏移后效果如图4-46所示。

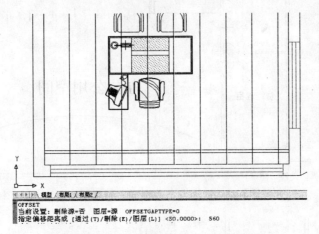

图4-46　偏移总经理左侧内墙体后的效果

　　（11）单击修剪按钮🔲，选择书柜下侧的直线，然后单击右键，再单击要剪除的部分，修剪后效果如图4-47所示。

　　（12）单击直线工具，绘制多条直线，这时书柜效果如图4-48所示。

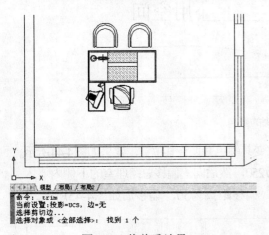

图4-47　修剪后效果

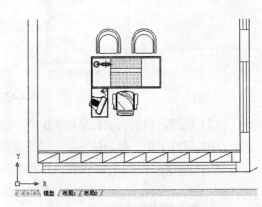

图4-48　书柜效果

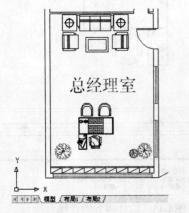

图4-49　总经理室效果

　　（13）同理，再插入几盆花，插入后改变其颜色并调整其位置，效果如图4-49所示。

　　（14）下面来设计制作接待室，即插入会议桌椅、接待室的卫生间、接待室的衣柜等块。

　　（15）利用插入块，插入会议桌椅。单击插入块按钮🔲，弹出"插入"对话框，如图4-50所示。

　　（16）设置好后，单击"确定"按钮，即可把会议桌椅插入到接待室，调整其位置后如图4-51所示。

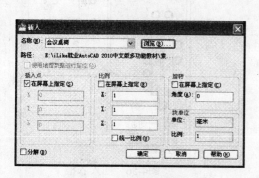

图4-50 "插入"对话框

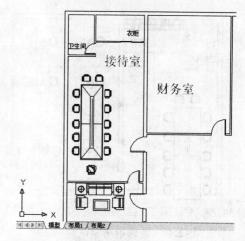

图4-51 插入会议桌椅

（17）同理，再插入衣柜，插入后调整其位置，效果如图4-52所示。

（18）同理，再插入接待室卫生间的马桶和洗脸盆，插入后调整其位置，效果如图4-53所示。

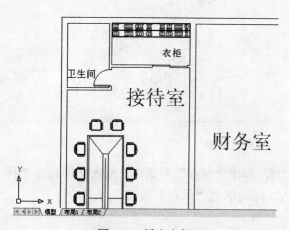

图4-52 插入衣柜

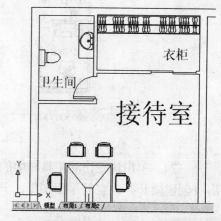

图4-53 插入马桶和洗脸盆

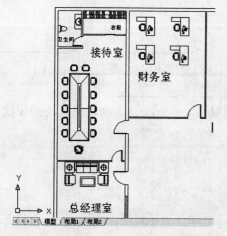

图4-54 插入财务室电脑并复制

（19）下面来设计制作财务室，即插入财务室电脑、财务书柜等。

（20）利用插入块，插入财务室电脑，然后单击按钮，复制3个财务室电脑，调整它们的位置后如图4-54所示。

（21）同理，再复制两个财务室电脑，然后单击旋转工具按钮，旋转财务室电脑后效果如图4-55所示。

（22）同理，再插入衣柜，调整其位置后效果如图4-56所示。

（23）同理，再插入块来布局其他空间，布局完成后效果如图4-57所示。

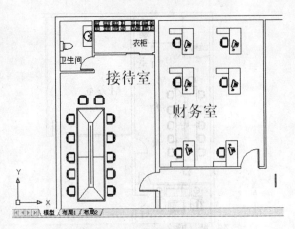

图4-55　旋转财务室电脑

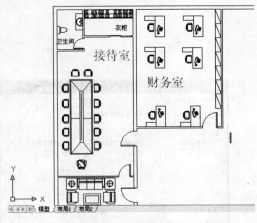

图4-56　插入衣柜

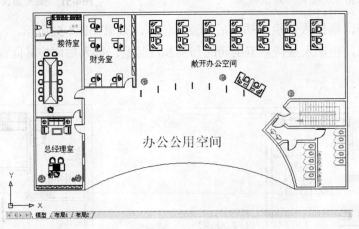

图4-57　敞开办公空间平面图

（24）单击快速访问工具栏中的保存按钮■，弹出"保存"对话框，输入文件名为"利用块创建敞开办公空间平面图"，其他为默认，然后单击"保存"按钮即可。

练习题

1. 填空题

（1）在AutoCAD 2010中，有两个坐标系：一个是＿＿＿＿＿＿＿＿，一个是＿＿＿＿＿＿＿＿。

（2）在AutoCAD 2010中，图形的填充分为＿＿＿＿＿＿＿＿和＿＿＿＿＿＿＿＿。

（3）在AutoCAD 2010中，块可以分为＿＿＿＿＿＿＿＿与＿＿＿＿＿＿＿＿。

（4）在AutoCAD 2010中，创建临时块的快捷键是＿＿＿＿＿＿＿＿，创建永久块的快捷键是＿＿＿＿＿＿＿＿，图案填充的快捷键是＿＿＿＿＿＿＿＿。

2. 简答题

（1）简述如何创建临时块和永久块？

（2）简述如何向工作区插入已定义块？

3. 上机操作

绘制如图4-58所示的厨房家具，然后利用填充工具，将其填充成如图4-59所示的图形。

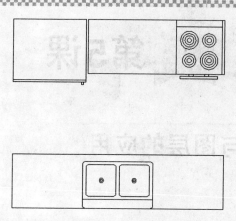

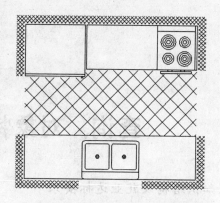

图4-58　厨房家具　　　　　　　　　图4-59　填充后的厨房家具

第5课

查询、对象特性与图层的应用

本课知识结构及就业达标要求

本课知识结构具体如下：

✚ 会议室平面图信息的查询

✚ 利用特性面板美化会议室平面图

✚ 利用图层管理会议室平面图

本课讲解AutoCAD 2010对象特性、图形信息查询、图层的应用，并通过具体的实例讲解信息查询和图层的应用。通过本课的学习，掌握对象特性、图形信息查询、图层的使用方法，并且在具体工程图纸设计中进行灵活运用。

5.1 会议室平面图信息的查询

在平面施工图纸设计过程中，图形信息是相当重要的。如在设计过程中，为了更好地设计图纸，要了解某些重要点的信息，或直线的长度等。在工程预算中，要知道图形的面积、周长信息。AutoCAD提供了强大的图形信息查询功能。

5.1.1 查询工具及其菜单命令

单击"常用"选项卡中的"实用工具"下拉按钮，然后在"测量"对应的下拉按钮中可以看到常用查询工具按钮，如图5-1所示。

图5-1 常用查询工具按钮

单击菜单栏中的"工具→查询"命令，弹出下一级子菜单，就可以看到所有的菜单命令，如图5-2所示。

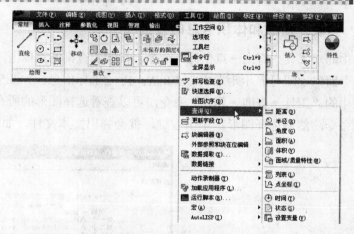

图5-2 查询菜单命令

5.1.2 距离、半径、角度和面积信息的查询

单击菜单栏中的"工具→查询→距离"命令，指向一个端点单击，然后拖动鼠标，指向另一个端点单击，就可以看到两点之间距离，与XY平面的倾角、与XY平面的夹角及X、Y、Z方向的增量值信息，如图5-3所示。

单击菜单栏中的"工具→查询→半径"命令，指向圆或圆弧单击，就可以看到圆或圆弧的半径和直径信息，如图5-4所示。

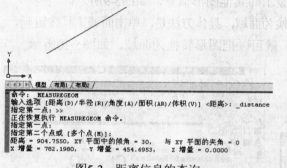

图5-3 距离信息的查询

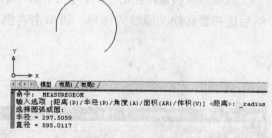

图5-4 半径信息的查询

单击菜单栏中的"工具→查询→角度"命令，指向一条直线单击，然后再单击另一条直线，就可以看到两条直线的夹角角度信息，如图5-5所示。

单击菜单栏中的"工具→查询→面积"命令，分别选择矩形的四个端点，然后按"Enter"键，这时就显示矩形的周长与面积信息，如图5-6所示。

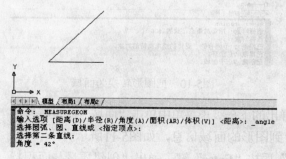

图5-5 两条直线的夹角角度信息

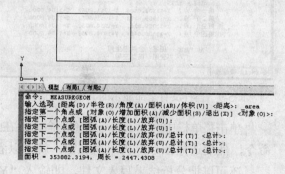

图5-6 矩形的周长与面积信息

5.1.3   点坐标、列表、面域和体积信息的查询

单击菜单栏中的"工具→查询→点坐标"命令，指向要查询的点单击，在这里指向矩形的中心点，在命令窗口中即可显示矩形中心点的*X*、*Y*、*Z*坐标信息，如图5-7所示。

利用菜单栏中的"工具→查询→列表"命令，可以查看选择图形的所有信息，具体方法是，单击该菜单命令，然后选择图形，单击右键，就会弹出文本文件，如图5-8所示。

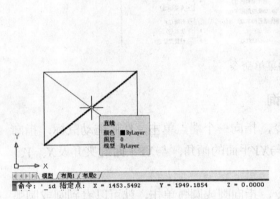

图5-7   点坐标信息查询

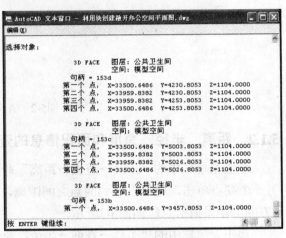

图5-8   选择图形的所有信息

按下"Enter"键，就可以查看没有全部显示的其他图形信息，如图5-9所示。

查看面域质量特性信息，首先要把图形转换为面域，具体方法是，单击面域工具按钮 ◎，然后选择要转换为面域的图形，再单击右键，就可以把图形转换为面域，如图5-10所示。

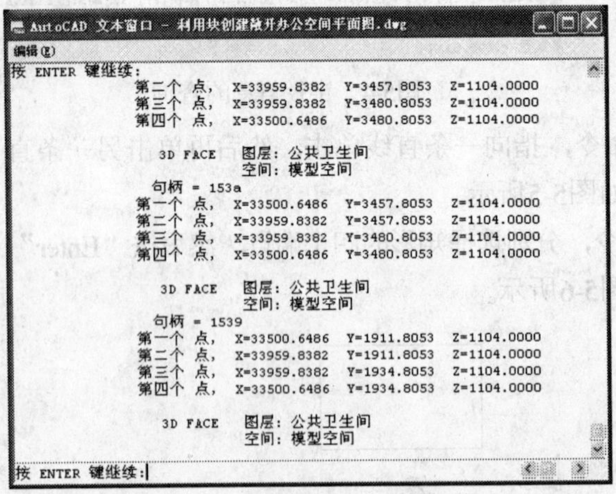

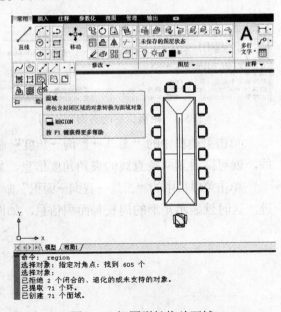

图5-9   查看没有全部显示的其他图形信息

图5-10   把图形转换为面域

单击菜单栏中的"工具→查询"命令，在弹出的下一级子菜单中单击"面域→质量特性"命令，然后选择图形，再单击右键，就可以看到图形的面域信息，如图5-11所示。

还可以把分析结果写入文件，即输入"Y"后按"Enter"键，弹出"创建质量与面积特

性文件"对话框，如图5-12所示。

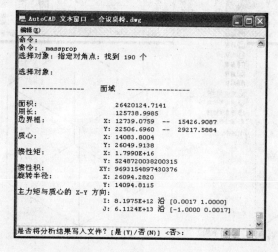

图5-11 图形的面域信息

图5-12 "创建质量与面积特性文件"对话框

在这里可以选择保存位置和文件名，其文件类型为"*.mpr"，然后单击"保存"按钮，即可成功保存图形的面域信息。

体积信息。单击菜单栏中的"绘图→建模→长方体"命令，首先确定长方体的宽度和高度，然后再确定长方体的高度，就可以成功绘制长方体，如图5-13所示。

默认状况下是俯视图，单击"视图"选项卡，然后单击视图下拉按钮，在弹出菜单中单击"西南等轴测"，就可以看到长方体的三维效果，如图5-14所示。

下面来测量长方体的体积信息。单击菜单栏中的"工具→查询→体积"命令，首先单击长方体底面上的四个端点，然后单击右键，再指向长方体的高度，再次单击右键，就可以看到长方体的体积信息，如图5-15所示。

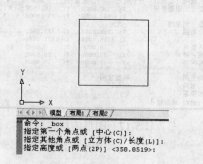

图5-13 绘制长方体

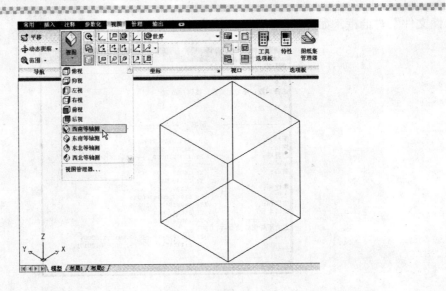

图5-14　长方体的三维效果

5.1.4　时间与状态信息的查询

新建或打开一个图形文件，单击菜单栏中的"工具→查询→时间"命令，即可看到该图形的创建时间、打开时间、修改时间等信息，如图5-16所示。

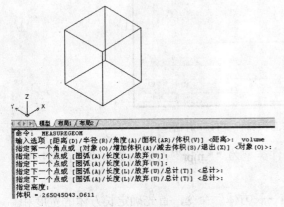

图5-15　长方体的体积信息

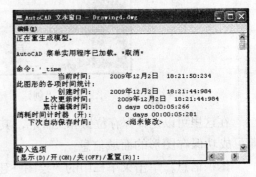

图5-16　图形文件的时间信息查询

新建或打开一个图形文件，单击菜单栏中的"工具→查询→状态"命令，即可看到该图形的模型空间图形界限、显示范围、插入基点、捕捉分辨率、栅格间距、当前空间、当前布局等信息，如图5-17所示。

5.1.5　查询会议室平面图信息

（1）单击快速访问工具栏中的打开按钮，打开前面绘制的会议室平面图，如图5-18所示。

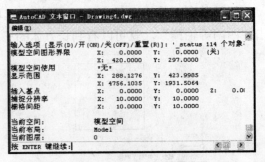

图5-17　图形的状态信息

（2）先来测量一下会议室的室内面积。单击菜单栏中的"工具→查询→面积"命令，沿着内墙线，分别选择内墙的四个角点，然后按"Enter"键，这时就可以看到会议室的室内面积信息，如图5-19所示。

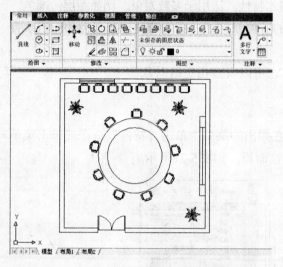

图5-18 会议室平面图

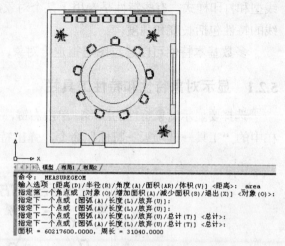

图5-19 会议室的室内面积信息

（3）根据这个室内面积，可以计算出地面铺瓷砖的多少，从而计算出具体的费用。

（4）在平面施工图纸中，可以通过距离查询，看一下图纸设计是否合理。

（5）下面测量一下餐桌椅与休闲椅之间的距离是否合理。单击菜单栏中的"工具→查询→距离"命令，单击餐桌椅外边上的一点，然后拖动鼠标单击休闲椅外边上的一点，就可以看到它们之间的距离，如图5-20所示。

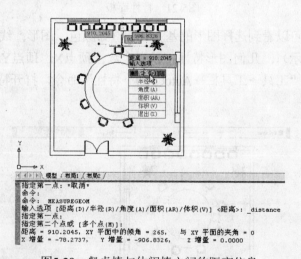

图5-20 餐桌椅与休闲椅之间的距离信息

（6）在这里，可以看到两个椅子的距离为906，也就是说从两个椅子之间走过一个人是很宽裕的（人横走尺寸为450，人正走尺寸为600），所以这个尺寸设计是合理的。

（7）用户可以打开该平面或自己做过的平面图来查询一下尺寸的合理性。

5.2　利用特性面板美化会议室平面图

绘制的每个对象都具有特性。有些特性是基本特性，适用于多数对象。例如图层、颜色、线型和打印样式。有些特性是专用于某个对象的特性。例如，圆的特性包括半径和面积，直线的特性包括长度和角度。

多数基本特性可以通过图层指定给对象，也可以直接指定给对象。

5.2.1　显示对象特性和特性工具栏

选择要显示对象特性的图形，单击右键，在弹出的菜单中单击"特性"命令或单击菜单栏中的"工具→选项板→特性"命令，弹出特性面板，如图5-21所示。

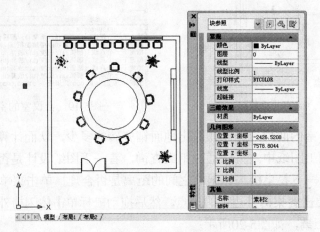

图5-21　特性面板

在特性面板中，可以看到选择图形的基本特性（如颜色、图形、线型、线宽等）、三维效果（材质、阴影显示）、几何图形特性（顶点个数、顶点X、顶点Y、顶点Z）。

单击菜单栏中的"工具→工具栏→AutoCAD→特性"命令，打开特性工具栏，如图5-22所示。

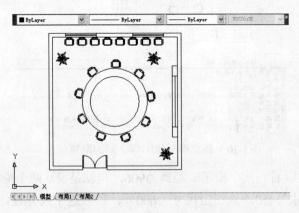

图5-22　特性工具栏

各项参数意义如下。

· 颜色设定：选择图形，单击特性工具箱左侧第一个下拉按钮，选择"红色"，就可以设置图形的颜色为红色，如图5-23所示。

可以设置具体的某一个颜色，也可以设置随层（ByLayer）或随块（ByBlock）。还可以自定义颜色，单击"选择颜色"命令，弹出"选择颜色"对话框，可以设置更丰富的颜色，如图5-24所示。

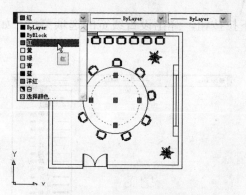

图5-23 设置图形的颜色为红色　　　　　　　　图5-24 "选择颜色"对话框

· 线型设定：单击特性工具箱左侧第二个下拉按钮，可以设置线型随层或随块，单击"其他"命令，弹出"线型管理器"对话框，如图5-25所示。

加载线型。单击该对话框中的"加载"按钮，弹出"加载或重载线型"对话框，如图5-26所示。

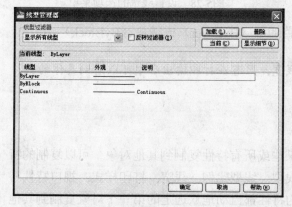

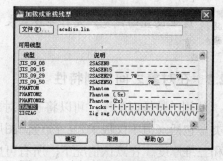

图5-25 "线型管理器"对话框　　　　　　　　图5-26 "加载或重载线型"对话框

在该对话框中，选择要加载的线型，单击"确定"按钮，即可加载该线型。

显示线型的细节。选择线型，单击"细节"按钮，即可显示该线型的详细信息，如图5-27所示。

设置线型为当前线型。选择线型，单击"当前"按钮，即可把该线型设置为当前线型。

将当前线型设置为"随层"，意味着对象采用指定给特定图层的线型。将线型设置为随块，意味着对象采用Continuous线型，直到它被编组为块。不论何时插入块，全部对象都继承该块的线型。

删除线型。选择线型，单击"删除"按钮，即可把该线型删除。

只能删除未使用的线型。不能删除随层、随块和Continuous线型。

反向过滤器：根据与选定的过滤条件相反的条件显示线型。符合反向过滤条件的线型显示在线型列表中。

·线宽设定。单击特性工具箱左侧第三个下拉按钮，弹出设置线宽的选项菜单，如图5-28所示。

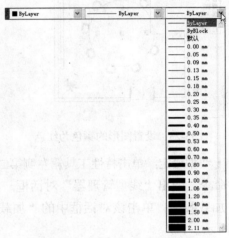

图5-27　显示线型的细节　　　　图5-28　设置线宽的选项菜单

可以设置具体的某一个线宽，也可以设置随层（ByLayer）或随块（ByBlock）。

　这里设置的线宽，是打印样式表中的线宽，只有在打印输出后才可以看到具体的线宽。

5.2.2　在对象之间复制特性

使用"特性匹配"，可以将一个对象的某些或所有特性复制到其他对象。可以复制的特性类型包括（但不仅限于）：颜色、图层、线型、线型比例、线宽、打印样式、视口特性替代和三维厚度。在默认情况下，所有可应用的特性都自动地从选定的第一个对象复制到其他对象。

具体操作方法是，选择源对象，然后单击菜单栏中的"修改→特性匹配"命令，再单击目标对象即可实现对象之间复制特性，如图5-29所示。

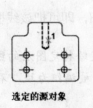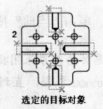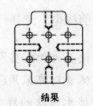

选定的源对象　　　　　选定的目标对象　　　　　结果

图5-29　在对象之间复制特性

5.2.3 美化会议室平面图

（1）单击快速访问工具栏中的打开按钮 ☞，打开前面课节绘制的会议室平面图。

（2）单击菜单栏中的"文件→另存为"命令，弹出"图形另存为"对话框，然后设置文件名为"利用特性面板美化会议室平面图"，再单击"保存"按钮。

（3）选择会议室的门，然后设置颜色为"红色"，如图5-30所示。

（4）选择会议室的窗，然后设置其颜色为"蓝色"，如图5-31所示。

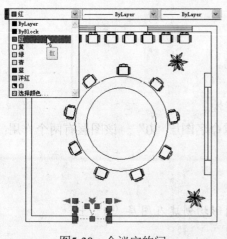

图5-30 会议室的门

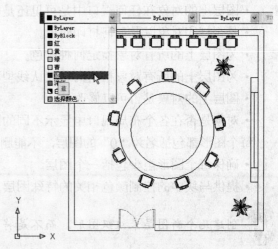

图5-31 会议室的窗

（5）同理，再美化会议室平面图，最终效果如图5-32所示。

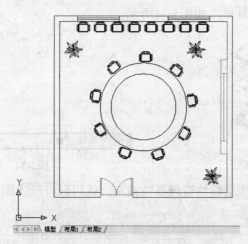

图5-32 美化会议室平面图

5.3 利用图层管理会议室平面图

设计制作一幅复杂的平面施工图纸，如果把所有的内容都放到一层上，以后修改管理起来会相当麻烦。所以在设计制作作品时，要灵活地运应用层，这样会给平面施工图的设计及修改带来极大的方便。

5.3.1 图层的作用

在AutoCAD 2010中，一个图形最多有3 2000个层，但每个层上的对象数则是无限的。图层相当于图纸绘图中使用的重叠图纸。图层是图形中使用的主要组织工具。可以使用图层将信息按功能编组，以及执行线型、颜色及其他标准，如图5-33所示。

通过创建图层，可以将类型相似的对象指定给同一个图层使其相关联。例如，可以将构造线、文字、标注和标题栏置于不同的图层上。然后可以控制以下操作：

- 图层上的对象在任何视口中是可见还是暗显。
- 是否打印对象以及如何打印对象。
- 为图层上的所有对象指定何种颜色。
- 为图层上的所有对象指定何种默认线型和线宽。
- 图层上的对象是否可以修改。
- 对象是否在各个布局视口中显示不同的图层特性。

每个图形都包括名为"0"的图层，不能删除或重命名图层"0"。该图层有两个作用：

- 确保每个图形至少包括一个图层。
- 提供与块中的控制颜色相关的特殊图层。

 创建几个新图层来组织图形，而不是将整个图形均创建在图层"0"上。

5.3.2 图层特性管理器和新建图层

通过图层工具栏来显示图层特性管理器。单击菜单栏中的"工具→工具栏→AutoCAD→图层"命令，打开图层工具栏，如图5-34所示。

图5-33　图层

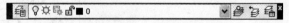

图5-34　图层工具栏

单击图层工具栏中的图层特性管理器按钮，就可以打开"图层特性管理器"对话框，如图5-35所示。

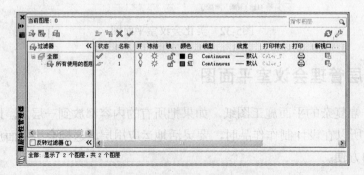

图5-35　"图层特性管理器"对话框

单击新建图层按钮，就会增加一个新层，可以为图层命名，如图5-36所示。

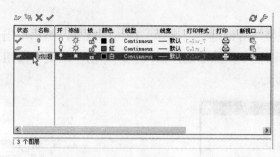

图5-36　新建图层

新建图层各参数意义如下。

- 状态：利用该项显示普通层和当前图层。图标表示普通层，图标✓表示当前图层。
- 名称：图层名最多可以包括255个字符（双字节或字母数字）：字母、数字、空格和几个特殊字符。图层名不能包含以下字符：< > / \ " : ; ? * | = ' 。

 注意 图层特性管理器按名称的字母顺序排列图层。

- 开：利用该项控制图层是否可见。图标💡表示该层中的对象可见，图标💡表示该层中的对象不可见。
- 冻结：利用该项控制图层是否冻结。图标❄表示该层中的对象冻结，图标○表示该层中的对象不冻结。

 提醒 层的冻结与关闭都可以把图层中的对象隐藏起来，但冻结后层中的对象不参与图形之间的运算。而关闭后图层中的对象参与图形之间的运算。

- 锁定：利用该项控制图层是否锁定。图标🔒表示该层中的对象锁定，图标🔓表示该层中的对象不锁定。
- 颜色：利用该项设置图层的颜色。单击层的"颜色"项的■图标，弹出"选择颜色"对话框，如图5-37所示，从而进行颜色的设置。
- 线型：利用该项设置该图层的线型。单击层的"线型"项的Continuous图标，弹出"选择线型"对话框，如图5-38所示。

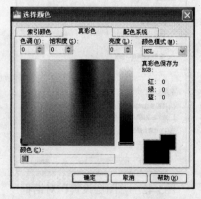

图5-37　"选择颜色"对话框

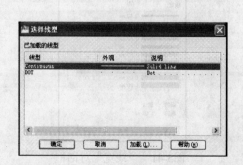

图5-38　"选择线型"对话框

在默认状态下，只有一种线型，单击"加载"按钮，弹出"加载或重载线型"对话框，如图5-39所示。

在"加载或重载线型"对话框中，选择一种可用线型，然后单击"确定"按钮，就把该线型加载到选择线型对话框中。然后选择该线型，单击"确定"按钮，即对层的线型进行了重新设置，如图5-40所示。

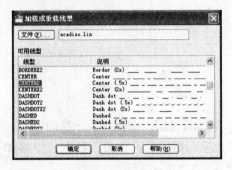

图5-39　"加载或重载线型"对话框

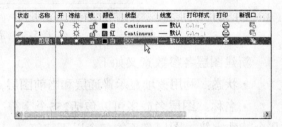

图5-40　层的线型设置

- 线宽：利用该项设置图层的线宽。单击层的"线宽"项的图标■，弹出"线宽"对话框，如图5-41所示。

- 打印：利用该项设置图层是否打印。图标 表示该层中的对象可以打印输出，图标 表示该层中的对象不打印输出。

5.3.3　图层设置

在"图层特性管理器"对话框中，单击设置按钮 ，弹出"图层设置"对话框，如图5-42所示。

图5-41　"线宽"对话框

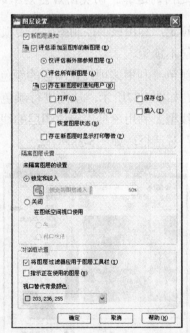

图5-42　"图层设置"对话框

各参数意义如下。

（1）新图层通知设置：只有选择"评估添加至图形的新图层"前面的复选框，才可以检查已添加至图形的新图层。

· 仅评估新的外部参照图层：检查已添加至附着的外部参照的新图层。

· 评估所有新图层：检查已添加至图形的新图层（包括已添加至附着的外部参照的新图层）。

· 存在新图层时通知：只有选择"存在新图层时通知"前面的复选框，才可以打开新图层通知。

打开：使用打开命令时，如果存在新图层，则显示新图层通知。

附着/重载外部参照：附着或重载外部参照时，如果存在新图层，则显示新图层通知。

恢复图层状态：如果正在恢复图层状态，将显示新图层通知。

保存：使用保存命令时，如果存在新图层，显示新图层通知。

插入：使用插入命令时，如果存在新图层，显示新图层通知。

· 存在新图层时显示打印警告：使用打印命令时，如果存在新图层，则显示新图层通知。

（2）隔离图层设置。

· 锁定和淡入：可以设置锁定的图层的淡入百分比，默认为50%。

· 关闭：可以设置在图纸空间视口是否使用视口冻结。

（3）对话框设置。

· 将图层过滤器应用于图层工具栏：通过应用当前图层过滤器，可以控制面板上图层工具栏以及图层控制面板上图层列表中图层的显示。

· 指示正在使用的图层：选择该选项，就可以指示正在使用的图层。

· 视口替代背景色：显示颜色列表和"选择颜色"对话框，从中可以选择视口替代的背景色。

5.3.4 选择多个图层及删除图层

按下"Shift"键，可以同时选择连续的多个图层，按下"Ctrl"键，可以同时选择多个不连续的图层，如图5-43所示。

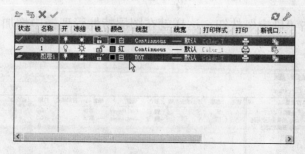

图5-43 选择多个图层

选择图层后，单击删除图层按钮 ✕，就可以成功删除图层。

5.3.5 新建特性过滤器、新建组过滤器及图层状态管理器

在"图层特性管理器"对话框中，单击新建特性过滤器按钮，弹出"图层过滤器特性"对话框，如图5-44所示。

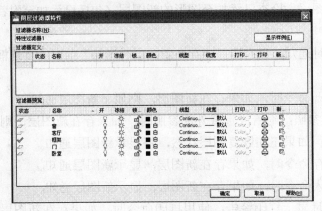

图5-44 "图层过滤器特性"对话框

设置开关过滤器的具体操作是：单击"开"对应的下拉按钮，然后选择 项，如图5-45所示。

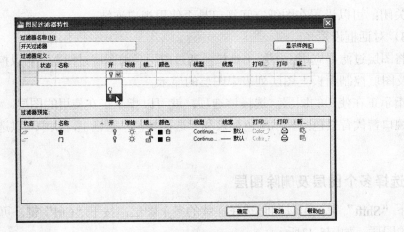

图5-45 按照图层关闭来过滤图层

设置好后，单击"确定"按钮，这样就在图层特性管理器中增加了一个过滤器，如图5-46所示。

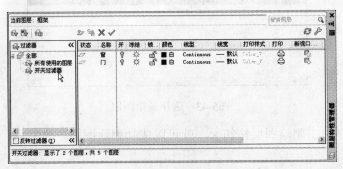

图5-46 增加一个新特性过滤器

新建组过滤器。单击新建组过滤器按钮，这时就会增加一个新组，如图5-47所示。然后就可以在这个新组中新建层，并且对新建的层进行属性设置。

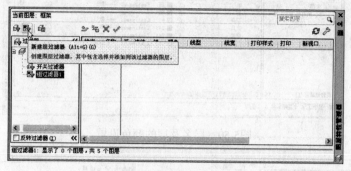

图5-47 新建组过滤器

单击图层状态管理器按钮，弹出"图层状态管理器"对话框，单击该对话框中的"新建"按钮，弹出"要保存的新图层状态"对话框，如图5-48所示。

输入新图层状态名，然后单击"确定"按钮，就可以对图层的状态进行设定，具体如图5-49所示。

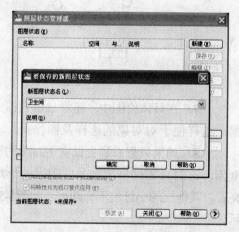

图5-48 "要保存的新图层状态"对话框

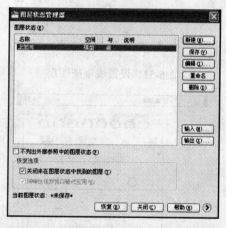

图5-49 "图层状态管理器"对话框

5.3.6 会议室平面图的管理

（1）单击快速访问工具栏中的打开按钮，打开前面课节绘制的会议室平面图。

（2）单击菜单栏中的"文件→另存为"命令，弹出"图形另存为"对话框，然后设置文件名为"利用图层管理会议室平面图"，再单击"保存"按钮。

（3）单击工具栏中的图层特性管理器按钮，就可以打开"图层特性管理器"对话框，然后新建5个层，具体层名及颜色设置如图5-50所示。

（4）设置好后，单击"确定"按钮。选择墙体框架，然后设置成"框架"，如图5-51所示。

（5）隐藏框架图层。单击"框架"图层前的图标，该图标变成，就可隐藏该图层中的所有内容，即隐藏会议室框架，如图5-52所示。

（6）同理，分别把不同的部分放置到不同的层中，最终效果如图5-53所示。

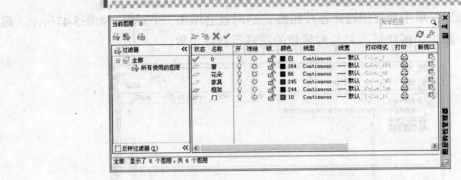

图5-50 层名及层的颜色设置

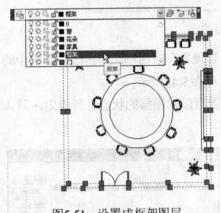

图5-51 设置成框架图层

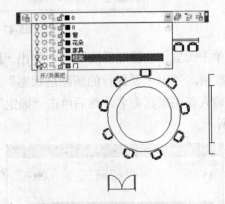

图5-52 隐藏会议室框架

（7）在具体绘图中，还常常用到锁定图层，这样便于对对象的选择及操作。

（8）如果只想看到会议室平面图的整体框架，这时只需把框架层及窗门层的小灯泡亮着，其他层的小灯泡不亮即可，如图5-54所示。

（9）这样就可以方便快捷地查看和复制平面图的不同部分。

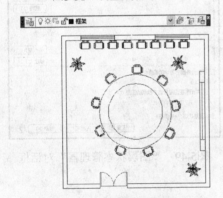

图5-53 层管理平面图

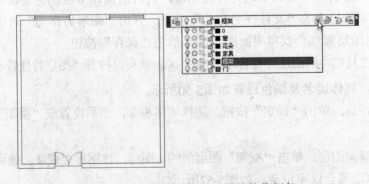

图5-54 只显示会议室平面图的整体框架

练习题

1. 填空题

（1）在AutoCAD 2010中，按下_____键，弹出"特性"面板。

（2）在AutoCAD 2010中，图形信息的查询，包括_____、_____、_____、_____、_____信息的查询。

（3）在AutoCAD 2010中，图有两种：当前层与非当前层。一个图形只能有一个当前层。按下_____键，就可以把选择的层设置为当前层。

2. 简答题

（1）简述如何利用新组过滤器来进一步管理层。

（2）简述在AutoCAD 2010中如何查询图形的信息。

3. 上机操作

打开如图5-55所示的客餐厅立面图，然后利用图层来进行管理。

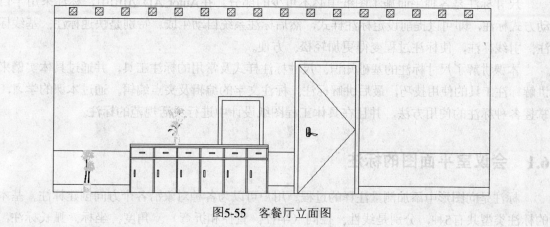

图5-55　客餐厅立面图

第6课

标注工具及夹点编辑

本课知识结构及就业达标要求

本课知识结构具体如下：

+ 会议室平面图的标注
+ 标注的编辑
+ 利用夹点编辑会议室门的立面图

尺寸标注是各种平面施工图纸中必不可少的部分。在AutoCAD 2010中，标注采用半自动方式标注，即可以提前设定标注样式，然后标注系统自动生成。特别是快速标注、基线标注、引线标注，使标注过程变得更加轻松、方便。

本课讲解了尺寸标注的基础知识、尺寸标注样式及常用的标注工具，并通过具体实例来讲解标注工具的使用技巧，最后讲解标注、标注文字的编辑及夹点编辑。通过本课的学习，掌握各种标注的使用方法，并且在具体工程图纸设计中进行灵活规范的标注。

6.1 会议室平面图的标注

标注是向图形中添加测量注释的过程。用户可以为各种对象沿各个方向创建标注。基本的标注类型共有5种，分别是线性、径向（半径、直径和折弯）、角度、坐标、弧长标注，其中线性标注可以是水平、垂直、对齐、旋转、基线或连续（链式）。如图6-1所示为几种常见标注。

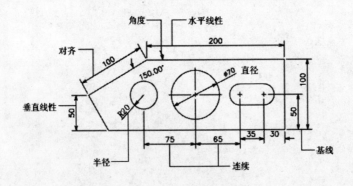

图6-1 常见的几种标注

6.1.1 创建尺寸标注样式

标注样式是标注设置的命名集合，可用来控制标注的外观，如箭头样式、文字位置和尺寸公差等。用户可以创建标注样式，以快速指定标注的格式，并确保标注符合行业或项目标准。

在AutoCAD 2010中，尺寸标注包括标注文字、尺寸线、箭头、尺寸界线，如图6-2所示。

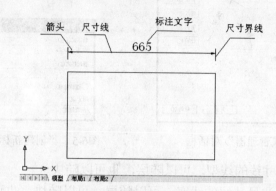

图6-2　尺寸标注的组成

在实际施工图标注过程中，要注意如下几点。

（1）尺寸线要与标注对象有一定的距离，并且偏移距离根据实际情况来定。

（2）尺寸界线的长度将随尺寸线位置的调整而改变，但尺寸界线超出的距离是在标注样式设定时确定的。

（3）AutoCAD提供了大量的箭头样式，可以选择符合国家标准的箭头，也可以自由设计。

（4）标注文字的位置可以在尺寸线的上面、中间或下面，也可以偏左、偏右。

在施工图纸进行标注前，一般要根据实际情况，进行尺寸标注样式设定。鼠标指向"注释"选项卡中标注右侧的·按钮，弹出标注样式的提示信息面板，如图6-3所示。

图6-3　标注样式的提示信息面板

单击"注释"选项卡中标注右侧的·按钮或单击菜单栏中的"格式→标注样式"命令，弹出"标注样式管理器"对话框，如图6-4所示。

单击该对话框中的"新建"按钮，弹出"创建新标注样式"对话框，如图6-5所示。

在该对话框中，可以命名新标注样式、设置新标注样式的基础样式和指示要应用新样式的标注类型。设置好后，单击"继续"按钮，这时弹出"新标准样式"对话框，如图6-6所示。

线设置包括两项，分别是尺寸线设置和延伸线设置。

· 尺寸线设置

颜色：用来设置标注尺寸线的颜色，可以随层，可以随块，也可以设置具体颜色如红色，同样也可以自定义颜色，单击其对应的下拉按钮，弹出相应的菜单选项，如图6-7所示。

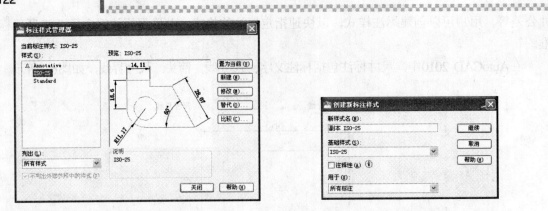

图6-4 "标注样式管理器"对话框

图6-5 "创建新标注样式"对话框

线型：用来设置尺寸线的线型，可以随层，也可以随块。

线宽：用来设置标注尺寸线的线宽。可以随层，可以随块，也可以选定具体的宽度。

超出标记：指定当箭头使用倾斜、建筑标记、积分和无标记时尺寸线超过尺寸界线的距离，如图6-8所示。

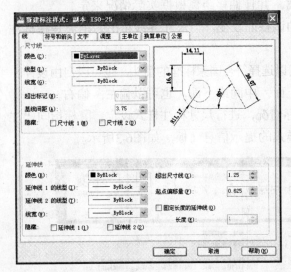

图6-6 "新标准样式"对话框

图6-7 设置标注尺寸线的颜色

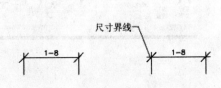

图6-8 超出标记

基线间距：使用基线标注工具时才用到该参数，是设置基线标注的尺寸线之间的距离，如图6-9所示。

隐藏：可以隐藏左边的尺寸线，可以隐藏右边的尺寸线，也可以同时把两边的尺寸线都隐藏，如图6-10所示。

图6-9 基线间距

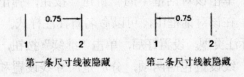

第一条尺寸线被隐藏　　　第二条尺寸线被隐藏

图6-10 隐藏尺寸线

・延伸线设置

颜色：用来设置标注尺寸界线的颜色，可以随层，可以随块，也可以设置具体颜色，如红色，也可以自定义颜色。

延伸线1和延伸线2的线型：用来设定标注尺寸界线的线型。

线宽：用来设置标注尺寸界线的线宽。可以随层，可以随块，也可以选定具体的宽度。

隐藏：可以隐藏标注的尺寸界线1，可以隐藏标注的尺寸界线2，也可以同时把两边的尺寸界线都隐藏，如图6-11所示。

超出尺寸线：用来设置尺过界线超过尺寸线的长度值。其值越大，则超出尺寸线的长度越大，如图6-12所示。

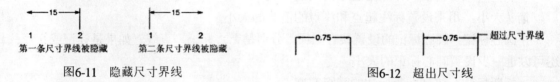

图6-11 隐藏尺寸界线　　　　　　　图6-12 超出尺寸线

起点偏移量：用来设置标注线与标注对象之间的间距，其值越大，则间距越大，如图6-13所示。

固定长度的延伸线：单击其前的复选框，启用固定长度的尺寸界线。

长度：这个选项在选择固定长度的延伸线后才可以使用，如果选择固定长度的延伸线，就可以具体设置其长度值，如图6-14所示。

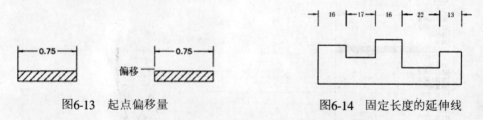

图6-13 起点偏移量　　　　　　　图6-14 固定长度的延伸线

单击"符号和箭头"选项卡，这时符号和箭头设置参数面板如图6-15所示。

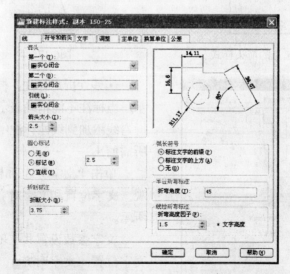

图6-15 符号和箭头参数设置

符号和箭头参数设置包括箭头、圆心标记、弧长符号、折断标注和半径折弯标注的格式和位置。

・箭头

第一个：用来设置标注起点的箭头样式，单击其下拉按钮，就可以看到箭头样式，如图6-16所示。

 注意 如果绘制建筑图纸，要选择建筑标记。

第二个：用来设置标注终点的箭头样式，单击其下拉按钮，就可以看到箭头样式。

引线：用来设置引线标识的起始箭头的样式。

箭头大小：用来设置标注起点和终点的箭头的大小。

・圆心标记：圆心标记的设置共有三项，分别是无、标记、直线。如果是标记或直线，还可以进一步设置圆心标记的大小。

・折断标注：控制折断标注的间距宽度。

・弧长符号：有三个选项，分别是标注文字的前缀，标注文字的上方，无。

・半径折弯标注：控制折弯（Z字型）半径标注的显示，折弯半径标注通常在圆或圆弧的中心点位于页面外部时创建。通过该项可以具体设置半径标注折弯角的大小，如图6-17所示。

图6-16　标注起点的箭头样式

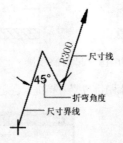

图6-17　半径折弯标注

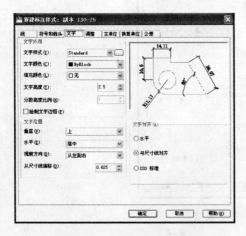

图6-18　标注文字参数设置

・线性折弯标注：控制线性标注折弯的显示。当标注不能精确表示实际尺寸时，通常将折弯线添加到线性标注中。通常，实际尺寸比所需值小。

单击"文字"选项卡，就可以看到文字外观、文字位置和文字对齐设置参数，如图6-18所示。

文字参数设置共三项，分别是文字外观、文字位置、文字对齐。

・文字外观：控制标注文字的格式和大小。

文字样式：用来设置标注文字的文字样式，单击其后的按钮，会弹出"文字样式"对话框，从而设置其文字样式，如图6-19所示。

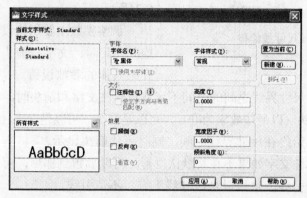

图6-19 文字样式对话框

文字颜色：用来设置标注文字的颜色，可以随层，可以随块，也可以设置具体颜色，如红色，也可以自定义颜色。

填充颜色：用来设置标注文字的背景填充颜色，可以为无，可以为背景色，也可以随层、随块、其他具体颜色及自定义颜色。

文字高度：用来设置标注文字的大小。

设置标注文字是否带有边框：如果要带上边框，单击"绘制文字边框"前的复选框即可，如图6-20所示。

• 文字位置：控制标注文字的位置。

垂直：用来设置标注文字在垂直方向的位置，默认为上方，也可以设置为置中、外部、JIS，如图6-21所示。

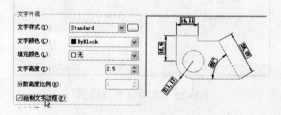

图6-20 带有边框的标注文字

图6-21 文字的垂直位置

水平：用来设置标注文字在水平方向的位置，默认为置中，也可以设置为如图6-22所示的任何一种方式。

图6-22 标注文字的水平位置

从尺寸线偏移：用来设置标注文字与尺寸线之间的垂直间距，如图6-23所示。

• 文字对齐：文字的对齐方式有三种，分别是水平、与尺寸线对齐、ISO标准，其中与尺寸线对齐是默认设置。

图6-23　从尺寸线偏移

单击"调整"选项卡，这时可以设置标注文字、箭头、引线和尺寸线的放置位置，如图6-24所示。

调整参数主要用来设置当尺寸界线之间的空间不足时，文字与箭头应放置的位置，下面介绍具体的参数设置。

· 调整选项：当尺寸界线之间的空间不足放置标注文字和箭头时，可以设置将哪项先移出，可以是文字或箭头（以最佳效果为准），可以是箭头，可以是文字，可以是文字和箭头，也可以设置标注文字始终在尺寸界线之间，同时不让箭头显示。

· 文字位置：标注文字如果不在其默认位置，可以放置到那里，可以是尺寸线旁边，可以是尺寸线上方，带引线，也可以是尺寸线上方，不带引线。

· 在这里还可以对标注特征比例进行设置及优化，一般都采用默认值。

主单位参数主要设置标注单位的格式和精度，并设置标注文字的前缀和后缀。单击"主单位"选项卡，这时设置参数如图6-25所示。

图6-24　调整参数设置

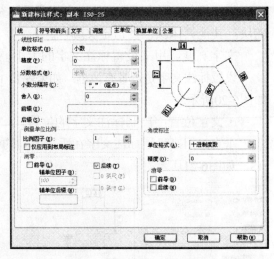

图6-25　主单位参数设置

各项参数意义如下。

· 线性标注：设置线性标注的格式和精度。

单位格式：用来设置线性标注的格式，可以是小数、科学、工程，也可以是建筑。总之，可以设置除角度之外的所有标注类型的当前单位格式。

精度：用来设置线性标注的精确程度，即显示和设置标注文字中的小数位数。

分数格式：设置分数格式。

小数分隔符：设置十进制格式的分隔符，可以是逗号、句号或空格。

舍入：为除"角度"之外的所有标注类型设置标注测量值的舍入规则。如果输入0.25，则所有标注距离都以0.25为单位进行舍入。如果输入1.0，则所有标注距离都将舍入为最接近的整数。小数点后显示的位数取决于"精度"设置。

前缀：在标注文字中包含前缀。可以输入文字或使用控制代码显示特殊符号。例如，输入控制代码%%c显示直径符号。

后缀：在标注文字中包含后缀。可以输入文字或使用控制代码显示特殊符号。

测量单位比例：定义线性比例选项。主要应用于传统图形。比例因子，设置线性标注测量值的比例因子。

消零：控制不输出前导零、后续零以及零英尺和零英寸部分。前导，不输出所有十进制标注中的前导零。例如，0.5000变成.5000。后续，不输出所有十进制标注中的后续零。例如，12.5000变成12.5，30.0000变成30。0英尺，当距离小于一英尺时，不输出英尺-英寸型标注中的英尺部分。例如，0'-6 1/2"变成6 1/2"。0英寸，当距离为英尺整数时，不输出英尺-英寸型标注中的英寸部分。例如，1'-0"变为1'。

· 角度标注

单位格式：用来设置角度标注的格式，可以是十进制度数，百分度、弧度，也可以是度/分/秒。

精度：用来设置角度标注的精确程度。

单击"换算单位"选项卡，这时设置参数如图6-26所示。

图6-26　换算单位参数设置

换算单位主要用来指定标注测量值中换算单位的显示并设置其格式和精度。其各项参数意义如下。

· 显示换算单位：向标注文字添加换算测量单位。

单位格式：设置换算单位的单位格式。

精度：设置换算单位中的小数位数。

换算单位乘数：指定一个乘数，作为主单位和换算单位之间的换算因子使用。例如，要将英寸转换为毫米，请输入25.4。此值对角度标注没有影响，而且不会应用于舍入值或者正、负公差值。

舍入精度：设置除角度之外的所有标注类型的换算单位的舍入规则。如果输入0.25，则所有标注测量值都以0.25为单位进行舍入。如果输入1.0，则所有标注测量值都将舍入为最接近的整数。小数点后显示的位数取决于"精度"设置。

前缀：在换算标注文字中包含前缀。可以输入文字或使用控制代码显示特殊符号。

后缀：在换算标注文字中包含后缀。可以输入文字或使用控制代码显示特殊符号。

• 消零：控制不输出前导零、后续零以及零英尺和零英寸部分。

前导：不输出所有十进制标注中的前导零。例如，0.5000变成.5000。

后续：不输出所有十进制标注的后续零。例如，12.5000变成12.5，30.0000变成30。

0英尺：如果长度小于一英尺，则消除英尺-英寸标注中的英尺部分。例如，0'-6 1/2"变成6 1/2"。

0英寸：如果长度为整英尺数，则消除英尺-英寸标注中的英寸部分。例如，1'-0"变为1'。

• 位置：控制标注文字中换算单位的位置。

主值后：将换算单位放在标注文字中的主单位之后。

主值下：将换算单位放在标注文字中的主单位下面。

单击"公差"选项卡，这时设置参数如图6-27所示。

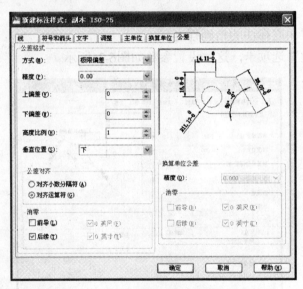

图6-27 公差参数设置

公差主要用来控制标注文字中公差的格式及显示。各项参数意义如下：

• 公差格式：控制公差格式。

方式：设置计算公差的方法，共有5种，分别是无、对称、极限偏差、极限尺寸、基本尺寸。

精度：设置小数位数。

上偏差：设置最大公差或上偏差。如果在"方式"中选择"对称"，则此值将用于公差。

下偏差：设置最小公差或下偏差。

高度比例：设置公差文字的当前高度。

垂直位置：控制对称公差和极限公差的文字对正。

• 公差对齐：堆叠时，控制上偏差值和下偏差值的对齐。

对齐小数分隔符：通过值的小数分割符堆叠值。

对齐运算符：通过值的运算符堆叠值。

• 消零：控制不输出前导零、后续零以及零英尺和零英寸部分。

• 换算单位公差：设置换算公差单位的格式。

各项参数都设置好后，单击"确定"按钮，就返回"标注样式管理器"对话框。

6.1.2 标注样式的修改、比较及置为当前

在"标注样式管理器"对话框中，选择要修改的标注样式，单击"修改"按钮，即可进入"修改标注样式"对话框，然后就可以对标注样式进行修改，如图6-28所示。

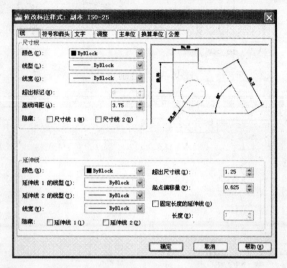

图6-28 "修改标注样式"对话框

如果当前文件中的标注要使用该样式，单击"置为当前"按钮即可。

单击"比较"按钮，弹出"比较标注样式"对话框，就可以查看当前标注样式与基础样式之间的对比，如图6-29所示。

选择不同的比较样式，就会显示两个标注样式的不同。单击"与"下拉按钮，选择"Annotative"，这时"比较标注样式"对话框如图6-30所示。

图6-29 "比较标注样式"对话框

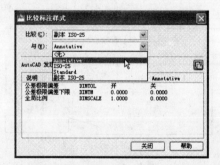

图6-30 与Annotative标注样式对比

6.1.3 线性标注和对齐标注

使用线性标注，可以仅使用指定的对象的水平或垂直部分来创建标注。单击直线工具，绘制如图6-31所示的图形，下面就以这个图为例来讲解一下标注工具的使用方法。

单击菜单栏中的"工具→工具栏→AutoCAD→标注"命令，打开标注工具栏，如图6-32所示。

单击线性工具按钮┣┫，指向一条水平线的一个端点单击，然后拖动鼠标指向另一个端点单击，然后再向上拖动鼠标单击，这样就给直线添加了标注，如图6-33所示。

图6-31　绘制直线

图6-32　标注工具栏

标注文字太小了，看不见，并且标注与对角靠得太近，下面来调整一下。输入"D"，按"Enter"键，这时弹出"标注样式管理器"对话框，然后单击"修改"按钮，首先对起始偏移量进行设置，这里设为50，如图6-34所示。

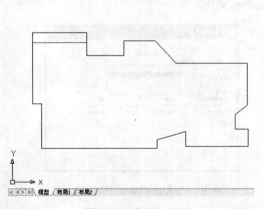

图6-33　线性标注

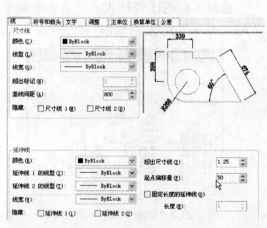

图6-34　设置起始偏移量为50

单击"符号和箭头"选项卡，设置箭头大小为30，如图6-35所示。

单击"文字"选项卡，设置文字大小为60，从尺寸线偏移量为10，如图6-36所示。

单击"主单位"选项卡，设置精度值为0，如图6-37所示。

设置好参数后，单击"确定"按钮，这样返回"标注样式管理器"对话框，一定要记住，单击"置为当前"按钮，然后单击"关闭"按钮即可，这时标注效果如图6-38所示。

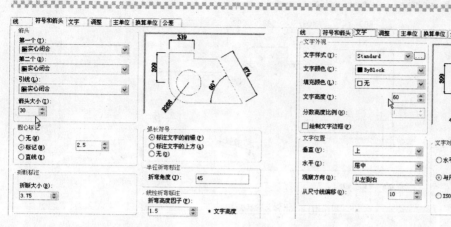

图6-35　设置箭头大小为30

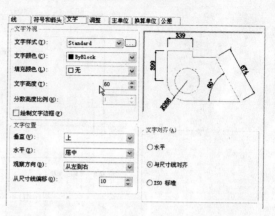

图6-36　设置文字大小为60和从尺寸线偏移量为10

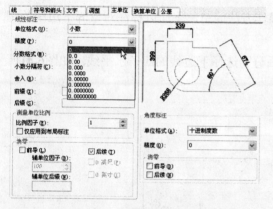

图6-37　设置精度值为0

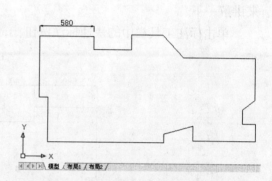

图6-38　标注效果

　　标注样式设置好后，再利用线性标注，就可以直接看到比较理想的标注效果，如图6-39所示。

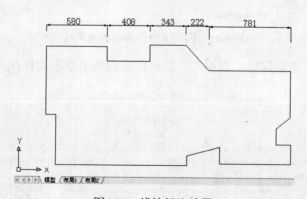

图6-39　线性标注效果

　　线性标注，只能对直线或垂直线进行标注，如果要对斜线进行标注，则要使用对齐标注。

　　单击标注工具栏中的对齐标注按钮，指向一条斜线的一个端点单击，然后拖动鼠标指向另一个端点单击，再向上拖动鼠标单击，这样就给斜线添加了标注，如图6-40所示。

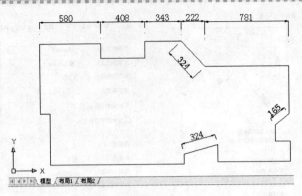

图6-40　对齐标注效果

6.1.4　快速标注、继续标注和基线标注

快速标注是一种快捷、简单的标注方式，操作方法简单，下面以标注对象的下边线为例来讲解一下。

单击标注工具栏中的快速标注按钮，然后分别选择下边线的四条水平线，如图6-41所示。

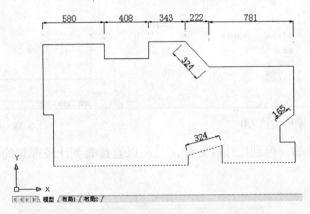

图6-41　选择下边线的四条水平线

然后单击右键，拖动鼠标，再单击，就可以看到四条水平的标注，如图6-42所示。

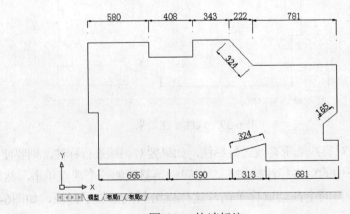

图6-42　快速标注

使用继续标注进行标注，必须有一个前提条件，即存在一个标注，然后在这个标注基础上进行继续标注。下面以标注对象的右侧垂直线为例来讲解一下。

单击"标注"工具栏中的线性标注按钮⊢，先标注一条垂直线，如图6-43所示。

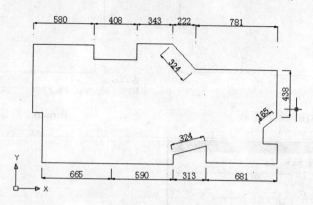

图6-43　标注一条垂直线

然后单击标注工具栏中的继续标注按钮⊢⊢，这时会自动连接刚标注的垂直线性标注，指向垂直线的其他端点单击，再单击右键，在弹出的菜单中单击"确定"按钮即可，这时如图6-44所示。

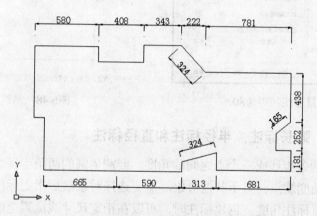

图6-44　继续标注

基线标注的使用方法与继续标注很相似，也必须有一个前提条件，即存在一个标注，然后在这个标注基础上，进行基线标注。下面先来删除图形对象上边线的标注，然后再进行基线标注。

选择图形对象上边线的所有标注，然后按下"Delete"键，进行删除。然后单击标注工具栏中的线性标注按钮⊢，先标注一条水平线，如图6-45所示。

单击标注工具栏中的基线标注按钮⊢，这是会自动连接刚绘制的水平线性标注，然后指向下面的节点单击，最后单击右键，在弹出的菜单中单击"确定"按钮，这时效果如图6-46所示。

这时发现基线间的间距太小了，现在来改变，输入"D"，按"Enter"键，弹出"标注样式管理器"对话框，单击"修改"按钮，然后设置基线间距为80，如图6-47所示。

单击"确定"按钮，这样返回"标注样式管理器"对话框，单击"置为当前"按钮，然后单击"关闭"按钮即可，这时基线标注效果如图6-48所示。

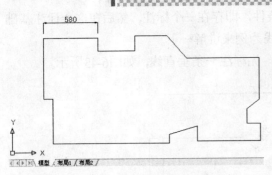

图6-45 标注一条水平线

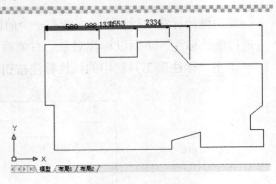

图6-46 基线标注效果

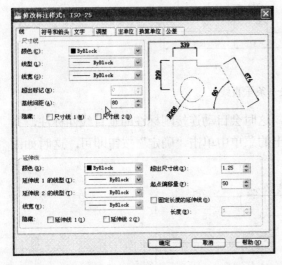

图6-47 设置基线间距为80

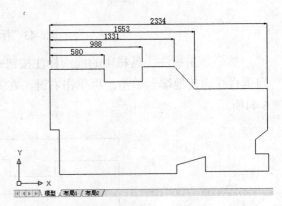

图6-48 基线标注效果

6.1.5 角度标注、弧长标注、半径标注和直径标注

角度标注测量两条直线或三个点之间的角度。要测量圆的两条半径之间的角度，可以选择此圆，然后指定角度端点。对于其他对象，需要选择对象然后指定标注位置。还可以通过指定角度顶点和端点标注角度。创建标注时，可以在指定尺寸线位置之前修改文字内容和对齐方式。

可以相对于现有角度标注创建基线和连续角度标注。基线和连续角度标注小于或等于180度。要获得大于180度的基线和连续角度标注，请使用夹点编辑拉伸现有基线或连续标注的尺寸延伸线的位置。

利用直线工具和圆弧工具绘制如图6-49所示的两条直线和一段弧线。

单击标注工具栏中的角度标注按钮△，选择一条直线，再选择第二条直线，然后拖动单击，即可以标注两条直线的夹角。标注弧线的方法与标注直线相同，标注后，如图6-50所示。

弧长标注只能对圆弧或多段线进行标注。单击多段线工具和弧线工具，绘制一段多段线（要有弧线）和一段弧线，如图6-51所示。

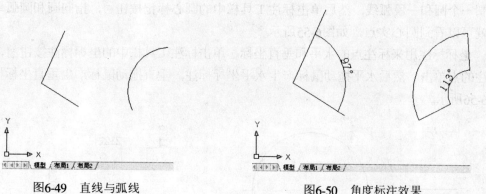

图6-49　直线与弧线　　　　　　　　　图6-50　角度标注效果

单击标注工具栏中的弧长标注按钮 🖉，选择多段线或圆弧，然后拖动鼠标单击即可，如图6-52所示。

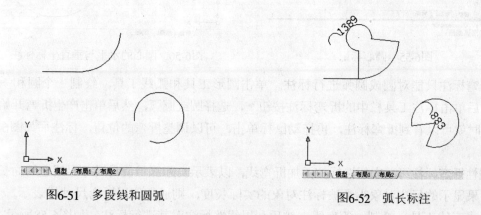

图6-51　多段线和圆弧　　　　　　　　　图6-52　弧长标注

半径标注只能对圆或圆弧进行标注。单击圆形工具和弧线工具，绘制一个圆和一段弧线，然后单击标注工具栏中的半径标注按钮 ◎，分别单击圆和弧线，拖动鼠标单击即可，标注后如图6-53所示。

直径标注只能对圆或圆弧进行标注。单击圆形工具和弧线工具，绘制一个圆和一段弧线，然后单击标注工具栏中的直径标注按钮 ◎，分别单击圆和弧线，拖动鼠标单击即可，标注后如图6-54所示。

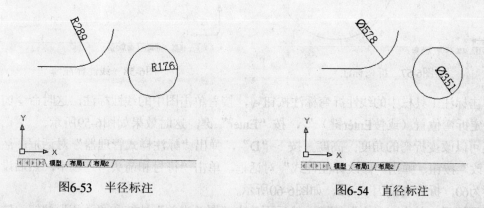

图6-53　半径标注　　　　　　　　　　　图6-54　直径标注

6.1.6　圆心标记、坐标标注、折弯标注和线性折弯标注

使用圆心标记，可以使圆或弧线的圆心以点的方式显示出来。单击圆形工具和弧线工具，

绘制一个圆和一段弧线，然后单击标注工具栏中的圆心标记按钮◉，指向圆和圆弧单击，这时就可以看到圆心实点，如图6-55所示。

坐标标注用来标注点的水平和垂直坐标。单击标注工具栏中的坐标标注按钮，指向要标注的点单击，然后水平拖动鼠标产生水平坐标标注，垂直拖动鼠标产生垂直坐标标注，如图6-56所示。

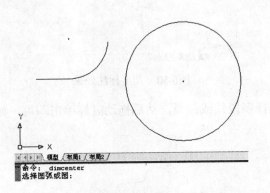

图6-55　圆心标记

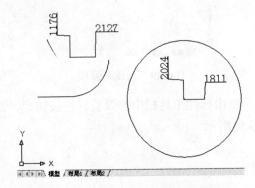

图6-56　圆心的水平与垂直坐标标注

折弯标注只能对圆或圆弧进行标注。单击圆形工具和弧线工具，绘制一个圆和一段弧线，然后单击标注工具栏中的折弯标注按钮，选择圆或圆弧，然后单击产生折弯开始的位置，这时就可以看到折弯标注，再拖动鼠标单击，可以调整折弯的位置，标注后如图6-57所示。

线性折弯标注可以向线性标注添加折弯线，以表示实际测量值与尺寸界线之间的长度不同。如果显示的标注对象小于被标注对象的实际长度，则通常使用折弯尺寸线表示。

单击直线工具，绘制一条直线，然后利用线性标注对其进行标注，如图6-58所示。

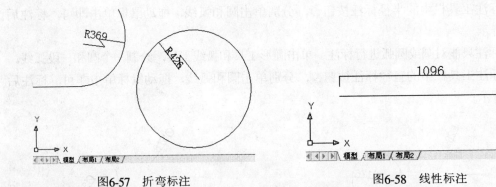

图6-57　折弯标注　　　　　　　　　　图6-58　线性标注

单击标注工具栏中的线性折弯标注按钮，接着单击图中的线性标注，这时命令窗口提示"指定折弯位置（或按Enter键）"，按"Enter"键，这时效果如图6-59所示。

还可以改变折弯的角度、高度。按下"D"，弹出"标注样式管理器"对话框，然后单击"修改"按钮，弹出"修改标注样式"对话框，单击"符号和箭头"选项卡，然后设置折弯角度为60，折弯高度因子为6，如图6-60所示。

设置好后，单击"确定"按钮，然后再单击"置为当前"按钮和"关闭"按钮，这时效果如图6-61所示。

选择折弯标注，再选择中间节点，就可以实现折弯标注的移动，如图6-62所示。

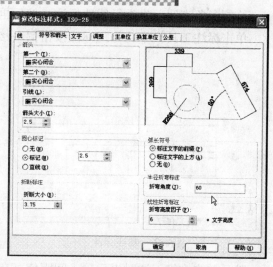

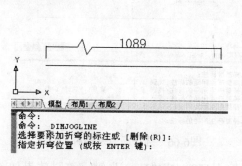

图6-59　折弯标注

图6-60　设置折弯的角度和高度

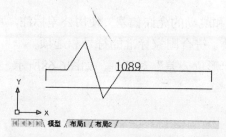

图6-61　改变折弯的角度和高度后的效果

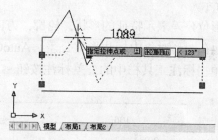

图6-62　移动折弯标注

6.1.7　折断标注、等距标注和形位公差标注

折断标注可以在尺寸线或尺寸界线与几何对象或其他标注相交的位置将其打断。虽然不建议采取这种绘图方法，但是在某些情况下是必要的。

绘制一个矩形、两个圆，并进行线性标注，效果如图6-63所示。

单击标注工具栏中的折断标注按钮⤢，接着单击图中的线性标注，然后输入"M"，单击第一打断点，再单击第二打断点，如图6-64所示。

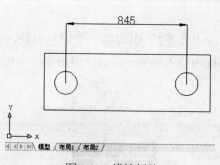

图6-63　线性标注

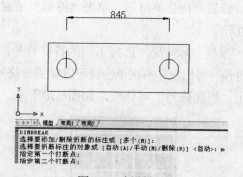

图6-64　折断标注

等距标注可以自动调整平行的线性标注和角度标注之间的间距，或根据指定的间距值进行调整。除了调整尺寸线间距，还可以通过输入间距值0使尺寸线相互对齐。由于能够调整尺寸线的间距或对齐尺寸线，因而无需重新创建标注或使用夹点逐条对齐并重新定位尺寸线。

绘制多条直线，先进行线性标注，然后再进行基线标注，效果如图6-65所示。

单击标注工具栏中的等距标注按钮，接着单击图中的基线标注，如图6-66所示。

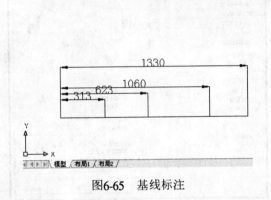

图6-65　基线标注

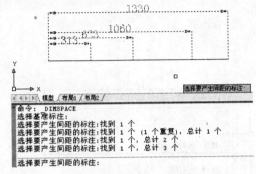

图6-66　选择所有基线标注

然后单击右键，这时提示输入间距值，在这里输入150，按"Enter"键，这时效果如图6-67所示。

形位公差表示特征的形状、轮廓、方向、位置和跳动的允许偏差。使用公差标注，可以方便地在图形对象中标注形位公差。AutoCAD提供了符合国家标准的符号和选项。

单击标注工具栏中的公差标注按钮，弹出"形位公差"对话框，如图6-68所示。

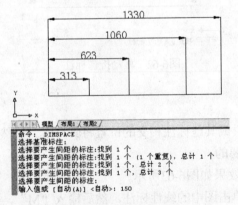

图6-67　等距标注

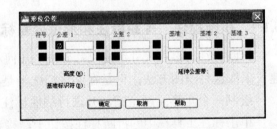

图6-68　"形位公差"对话框

设置形位公差符号。单击"符号"下面的黑色小方块，弹出"特征符号"对话框，如图6-69所示。

根据实际情况，选择不同的特征符号，然后单击"公差1"中的第一个黑色方块，就会有直径符号出现，再次单击就可以除去该符号。文本框内添入形位公差值。单击第二个黑块，弹出"附加符号"对话框，如图6-70所示。

图6-69　"特征符号"对话框

图6-70　"附加符号"对话框

"公差2"各选项的设置方法同"公差1"，这里不再多说。设置好后，直接单击即可产生形位公差，如图6-71所示。

6.1.8　检验标注

检验标注使用户可以有效地传达检查所制造的部件的频率，以确保标注值和部件公差位于指定范围内。将必须符合指定公差或标注值的部件安装在最终装配的产品中之前使用这些部件时，可以使用检验标注指定测试部件的频率。

可以将检验标注添加到任何类型的标注对象上，检验标注由边框和文字值组成。检验标注的边框由两条平行线组成，末端呈圆形或方形。文字值用垂直线隔开。检验标注最多可以包含三种不同的信息字段：检验标签、标注值和检验率，如图6-72所示。

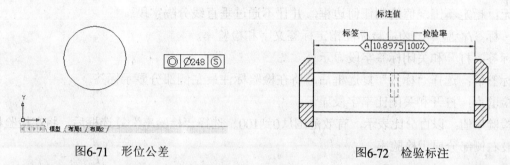

图6-71　形位公差　　　　　　　　　　　　图6-72　检验标注

单击菜单栏中的"标注→检验"命令或单击标注工具箱中的检验按钮 ⋈，立即弹出"检验标注"对话框，如图6-73所示。

各参数意义如下。

·选择标注：指定应在其中添加检验标注的标注。单击按钮 ⑧，就自动返回工作区，选择要检验的标注，如图6-74所示。

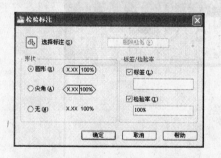

图6-73　"检验标注"对话框

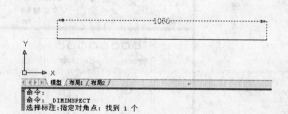

图6-74　选择标注

选择标注后，单击右键，就可以返回到"检验标注"对话框。

·删除检验：从选定的标注中删除检验标注。

·形状：控制围绕检验标注的标签、标注值和检验率绘制的边框的形状。

圆形：利用两端点上的半圆创建边框，并通过垂直线分隔边框内的字段，选择该项后，单击"确定"按钮，如图6-75所示。

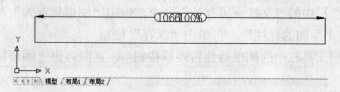

图6-75　圆形

尖角：利用在两端点上形成90度角的直线创建边框，并通过垂直线分隔边框内的字段，选择该项后，单击"确定"按钮，如图6-76所示。

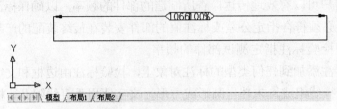

图6-76　尖角

无：指定不围绕值绘制任何边框，并且不通过垂直线分隔字段。

·标签/检验率：为检验标注指定标签文字和检验率。

标签：打开和关闭标签字段显示。

标签值：选择"标签"复选框后，将在检验标注最左侧部分显示标签。

检验率：打开和关闭比率字段显示。

检验率值：以百分比表示，有效范围从0到100。选择"检验率"复选框后，将在检验标注的最右侧部分显示检验率。

6.1.9　标注会议室平面图

（1）单击快速访问工具栏中的打开按钮 ，打开"利用图层管理会议室平面图"文件，如图6-77所示。

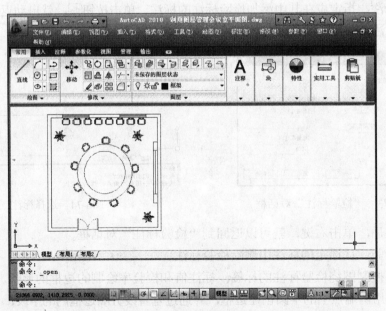

图6-77　打开文件

（2）单击菜单栏中的"文件→另存为"命令，弹出"图形另存为"对话框，然后设置文件名为"会议室平面图的标注"，再单击"保存"按钮。

（3）单击图层工具栏中的图层特性管理器按钮 ，这时弹出"图层特性管理器"对话框。

（4）在"图层特性管理器"对话框中单击新建图层按钮，增加一个新层，并命名为"标注层"，颜色设置为黑色，如图6-78所示。

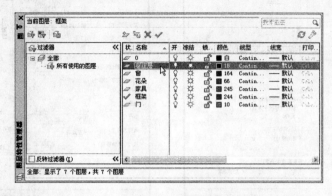

图6-78 新建图层

（5）设置好后，单击"确定"按钮，然后选择"标注层"，设置为当前层，如图6-79所示。

（6）单击菜单栏中的"格式→标注样式"命令，这时弹出"标注样式管理器"对话框，单击"修改"按钮，设置起点偏移量为600，如图6-80所示。

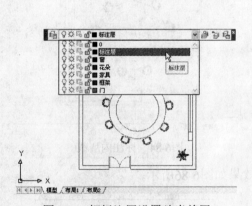

图6-79 把标注层设置为当前层

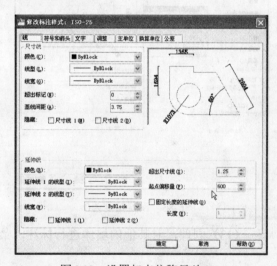

图6-80 设置起点偏移量为600

（7）单击"符号和箭头"选项卡，设置所有箭头类型为建筑标记，箭头大小为60，如图6-81所示。

（8）单击"文字"选项卡，设置文字高度为240，如图6-82所示。

（9）单击"主单位"选项卡，设置精度为0，如图6-83所示。

（10）设置好后，单击"确定"按钮，然后单击"置为当前"按钮，单击"关闭"按钮，这样标注样式设置完毕。

（11）单击标注工具栏中的线性标注按钮，标注一段内墙线，标注后如图6-84所示。

（12）单击标注工具栏中的继续标注按钮，进行继续标注，最后单击右键，在弹出的菜单中单击"确定"，这时效果如图6-85所示。

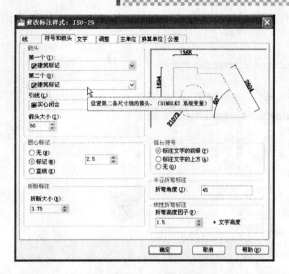

图6-81　所有箭头类型为建筑标记和箭头大小为60

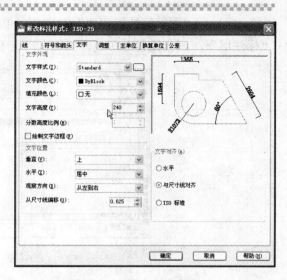

图6-82　设置文字高度为240

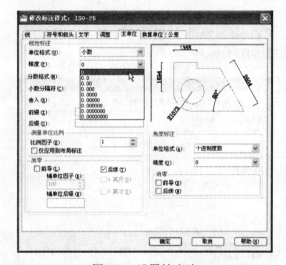

图6-83　设置精度为0

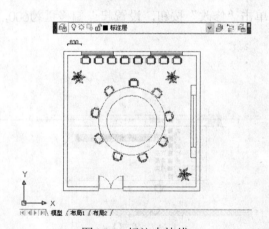

图6-84　标注内墙线

（13）同理，对其他内墙体进行标注，最后效果如图6-86所示。

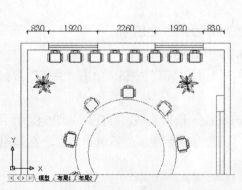

图6-85　连续标注后的效果

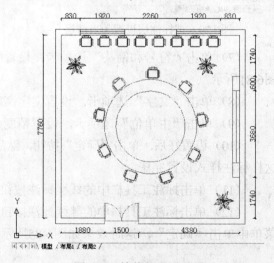

图6-86　墙体标注后效果

（14）对两个圆桌面进行标注。单击标注工具栏中的半径标注按钮◎，分别对两个圆进行半径标注，标注后如图6-87所示。

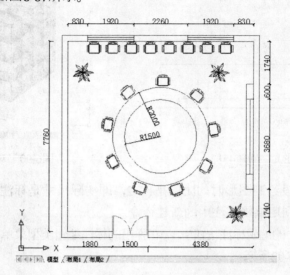

图6-87 标注效果

6.2 标注的编辑

一幅平面施工图标注完成后，还可以进一步修改标注，即对标注进行新建、旋转、倾斜或对标准文字进行移动调整等。

6.2.1 编辑标注

单击标注工具栏中的编辑标注按钮◢，这时会弹出如图6-88所示的标注编辑类型菜单。

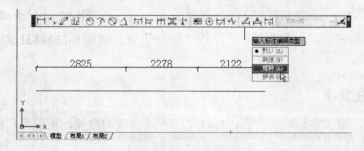

图6-88 标注编辑类型菜单

单击标注编辑类型菜单中的"旋转"命令，这时提示指定标注文字的角度，在这里输入45度，按"Enter"键，然后选择一个标注，再单击右键结束，这时标注文字就旋转了45度，如图6-89所示。

标注的倾斜。设置标注起点偏移距为100，字体高度为50，主单位精度为0。单击标注工具栏中的对齐标注按钮↖，标注后效果如图6-90所示。

单击标注工具栏中的编辑标注按钮◢，在弹出标注编辑类型菜单中选择"倾斜"命令，然后输入倾斜角为-45度，倾斜后效果如图6-91所示。

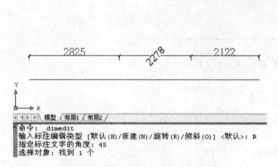

图6-89 标注文字旋转45度

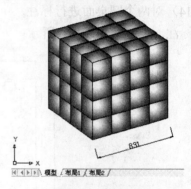

图6-90 对齐标注

标注的新建。假设绘制图形时的比例是1∶2，即实际尺寸是标注尺寸的两倍，即把831变成1662，这就可以利用编辑标注中的新建命令。

单击标注工具栏中的编辑标注按钮，在弹出的标注编辑类型菜单中选择"新建"命令，然后输入1662，如图6-92所示。

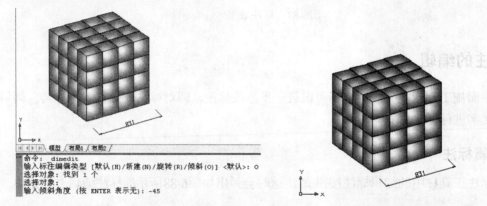

图6-91 标注的倾斜   图6-92 输入1662

正确输入后单击右键，再选择标注，按"Enter"键，这时标注值831就变成为1662，如图6-93所示。

6.2.2 编辑标注文字

标注完成后，要调整标注的位置，标注文字在尺寸线的位置，可以利用编辑标注文字来完成。

单击标注工具栏中的编辑标注文字按钮，然后选择要修改的标注，再移动鼠标就可以调整标注文字的位置，如图6-94所示。

单击编辑标注文字按钮并选择要修改的标注后，输入"L"后按"Enter"键，就可以左对齐标注文字；输入"R"后按"Enter"键，就可以右对齐标注文字，如图6-95所示。

输入"C"后按"Enter"键，就可以居中对齐标注文字；输入"H"后按"Enter"键，就会采用默认方式对齐标注文字；如果输入"A"后按"Enter"键，再输入旋转角度60，然后按"Enter"键，就可以旋转标注文字，如图6-96所示。

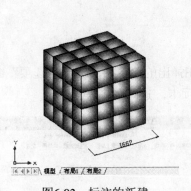

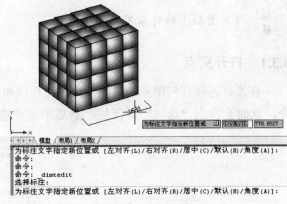

图6-93　标注的新建　　　　　　　图6-94　移动鼠标就可以调整标注文字的位置

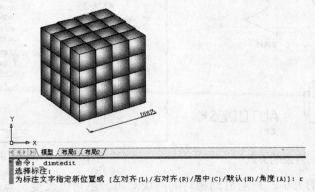

图6-95　右对齐标注文字

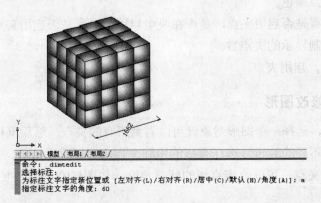

图6-96　旋转标注文字

6.3　利用夹点编辑会议室门的立面图

夹点是一些实心的小方框，使用定点设备指定对象时，对象关键点上将出现夹点。可以拖动这些夹点快速拉伸、移动、旋转、缩放或镜像对象。选择执行的编辑操作称为夹点模式。不同对象的夹点如图6-97所示。

要使用夹点模式，就要先选择作为操作基点的夹点（基准夹点），然后选择一种夹点模式。可以通过按"Enter"键或空格键循环选择这些模式。还可以使用快捷键或单击鼠标右键查看所有模式和选项。

提醒　锁定图层上的对象不显示夹点。

6.3.1　打开夹点

在没有选择任何图形的情况下，在工作区单击右键，在弹出的菜单中，选择"选项"命令，这时会弹出"选项"对话框，然后单击"选择集"选项卡，这时如图6-98所示。

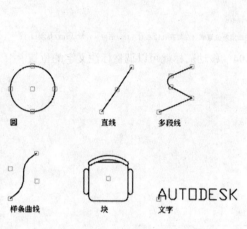

图6-97　不同对象的夹点

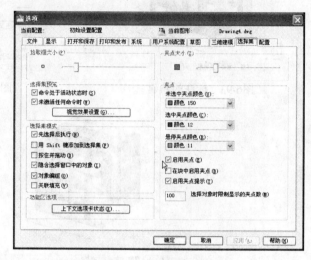

图6-98　"选项"对话框

可以设置夹点的大小，只需滑动相对的滑块即可。还可以改变夹点的颜色，夹点被选中后的颜色，悬停夹点颜色。

可以进一步设置是否启用夹点，是否在块中启用夹点，是否启用夹点提示功能。还可以设置选择对象时限制显示的夹点数。

在默认情况下，启用夹点。

6.3.2　使用夹点修改图形

在启用夹点后，选择一个图形对象就可以看到所有的夹点，然后鼠标指向不同的夹点，就可以对图形进行不同的编辑。选择直线的中间夹点，可以移动直线，如图6-99所示。

选择直线两端夹点，可以改变直线的倾斜角度，如图6-100所示。

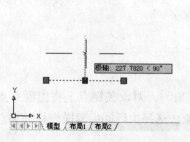

图6-99　利用中间夹点移动直线

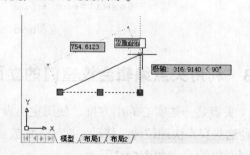

图6-100　改变直线的倾斜角度

利用夹点可以改变弧线的弧度、弧的半径大小及移动弧线，如图6-101所示。

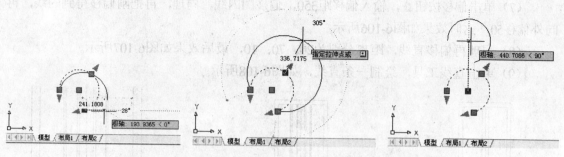

图6-101 利用夹点改变弧线的弧度、弧的半径大小及移动弧线

6.3.3 会议室门的立面图

（1）单击快速访问工具栏中的新建按钮□，新建一个图形文件。

（2）单击□按钮，在工作区绘制长为820，宽为2060的矩形，如图6-102所示。

（3）选择矩形，单击分解按钮□，分解矩形，然后选择矩形下面的边线，按下"Delete"键进行删除。

（4）单击偏移按钮□，设置偏移距离为60，然后把矩形的三边都向内偏移，偏移后如图6-103所示。

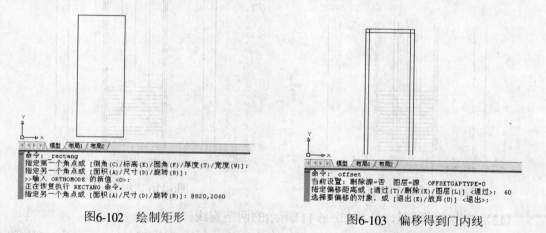

图6-102 绘制矩形

图6-103 偏移得到门内线

（5）利用夹点编辑进行调整。选择一条门内线，然后选择上端点，垂直向下移动鼠标，然后输入60，按"Enter"键，这时效果如图6-104所示。

（6）同理利用夹点编辑，调整其他直线，调整后如图6-105所示。

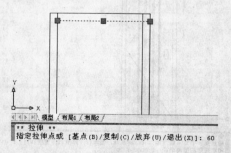

图6-104 夹点编辑

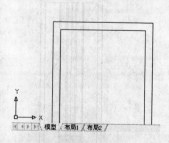

图6-105 夹点编辑后效果

（7）单击偏移按钮✍，输入偏移距350，偏移门内线，同理，再把刚偏移得到的线，再向外偏移50，这时效果如图6-106所示。

（8）同理再偏移直线，距离分别为20、70、10，最后效果如图6-107所示。

（9）单击直线工具，绘制一条直线，如图6-108所示。

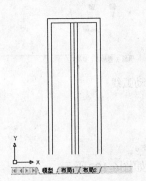
图6-106　偏移直线

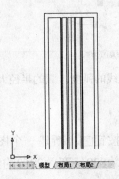
图6-107　多次偏移

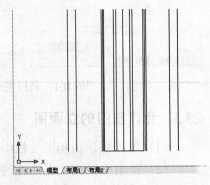
图6-108　绘制直线

（10）单击偏移按钮✍，输入偏移距20，共偏移15次，偏移后如图6-109所示。

（11）利用夹点编辑，调整直线的起点，调整后如图6-110所示。

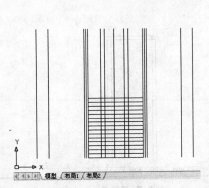
图6-109　多次偏移直线

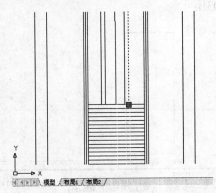
图6-110　夹点编辑

（12）单击直线工具，绘制如图6-111所示的两条直线。

（13）单击按钮▭，输入"F"，设置圆角半径为20，然后绘制长为60，宽为140的倒圆角矩形，调整其位置后如图6-112所示。

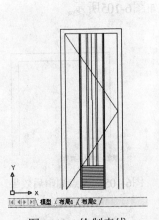
图6-111　绘制直线

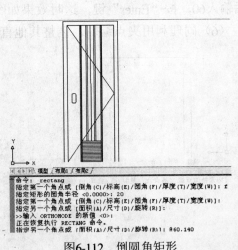
图6-112　倒圆角矩形

（14）选择刚绘制的倒圆角矩形，单击分解按钮，分解矩形。

（15）单击偏移按钮，偏移距设为10，向右偏移圆角矩形左侧垂直边，再设置偏移距为20，向左偏移圆角矩形的右侧垂直边，再设置偏移距为30，向左偏移圆角矩形的右侧垂直边，偏移后如图6-113所示。

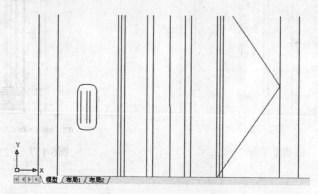

图6-113　偏移得到多条直线

（16）利用夹点编辑，延长直线，夹点编辑后如图6-114所示。

（17）单击样条曲线按钮，绘制如图6-115所示的样条曲线。

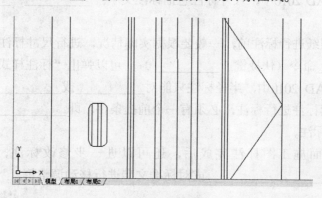

图6-114　夹点编辑后效果

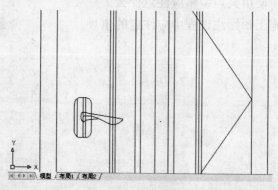

图6-115　样条曲线

（18）单击修剪按钮，进行修剪处理，最后效果如图6-116所示。

（19）这样门立面就设计制作完毕，效果如图6-117所示。

（20）单击快速访问工具栏中的保存按钮，弹出"保存"对话框，输入文件名为"利用夹点编辑会议室门的立面图"，其他为默认，然后单击"保存"按钮即可。

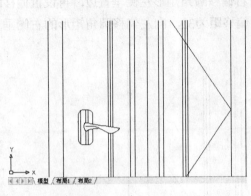

图6-116   修剪后效果

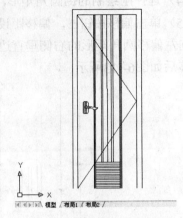

图6-117   门立面

练习题

1. 填空题

（1）在AutoCAD 2010中，尺寸标注包括标注文字、_____、_____、尺寸界线。

（2）在施工图纸进行标注前，一般要根据实际情况，进行尺寸标注样式设定。单击菜单栏中的_____命令（快捷键：_____），可以弹出"标注样式管理器"对话框。

（3）在AutoCAD 2010中，半径标注只能对_____或_____进行标注。

（4）使用继续标注进行标注，必须有一个前提条件，即_____，然后在这个标注基础上，进行继续标注。

（5）一幅平面施工图标注完成后，还可以进一步修改标注，即对标注进行新_____，_____，_____或对标准文字进行移动调整等。

2. 简答题

（1）什么是夹点，使用夹点编辑应注意什么？

（2）简述在实际施工图标注过程中应注意的事项。

图纸的打印设置和布局

本课知识结构及就业达标要求

本课知识结构具体如下：

✚ 页面设置管理器、打印样式管理器和绘图仪管理器

✚ 打印对话框与打印预览

✚ 会议室平面图的打印设置

✚ 会议室平面图的布局

本课讲解AutoCAD 2010的页面设置、打印样式、打印预览、打印、布局的基础知识，并通过具体案例剖析讲解。通过本课的学习，掌握打印输出相关知识及如何在AutoCAD 2010中进行打印输出。

7.1 会议室平面图的打印设置

在AutoCAD 2010中设计完成的平面施工图纸最终要用打印机或绘图仪输出到纸上。AutoCAD 2010提供了方便简捷的打印方式，可以对打印样式、纸张大小、页面设置、打印设备进行设置。

7.1.1 页面设置管理器

利用页面设置管理器，可以提前设置打印设备、打印纸张、打印区域、打印样式等，具体操作如下。

（1）单击菜单栏中的"文件→页面设置管理器"命令或单击"输出"选项卡中的按钮 🗋 页面设置管理器，弹出"页面设置管理器"对话框，如图7-1所示。

（2）如果要修改某页面设置样式，单击"修改"按钮即可，如果要新建页面设置样式，单击"新建"按钮，弹出"新建页面设置"对话框，可以设置新页面设置名及其基础样式，如图7-2所示。

（3）设置好后，单击"确定"按钮，弹出"页面设置"对话框，就可以对打印设备、打印纸张、打印区域、打印样式进行设置，如图7-3所示。

（4）在打印机/绘图仪选项中，单击其下拉按钮，可以选择打印机名或绘图仪名，如图7-4所示。

（5）选择自己计算机上的打印机，然后单击"特性"按钮，会弹出"绘图仪配置编辑器"对话框，可以对设备及其文档进行设置，如图7-5所示。

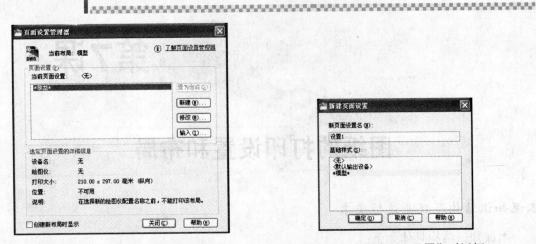

图7-1 "页面设置管理器"对话框　　　图7-2 "新建页面设置"对话框

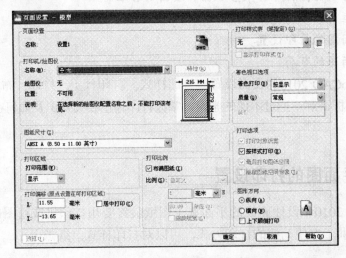

图7-3 "页面设置"对话框

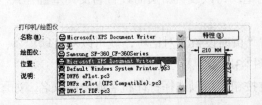

图7-4 选择打印机名或绘图仪名

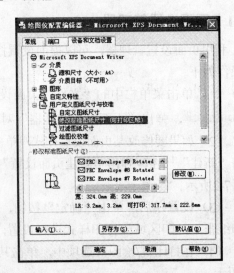

图7-5 "绘图仪配置编辑器"对话框

（6）在该对话框中，可以对介质、图形、自定义特性、用户定义图纸尺寸与校准进行设置，下面重点介绍一下对打印区域的设置。单击"修改标准图纸尺寸（可打印区域）"项，然后选择要修改的具体纸张，在这里选择A4（297×210毫米），然后单击"修改"按钮，弹出"自定义图纸尺寸——可打印区域"对话框，如图7-6所示。

（7）在该对话框中，设置图纸的上、下、左、右页边距离都是1，然后单击"下一步"按钮，弹出"自定义图纸尺寸——文件名"对话框，如图7-7所示。

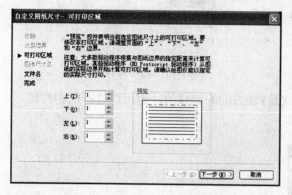

图7-6　"自定义图纸尺寸——可打印区域"对话框

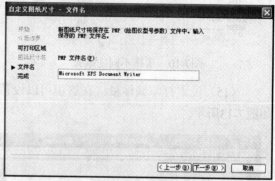

图7-7　"自定义图纸尺寸——文件名"对话框

（8）文件名采用默认，然后单击"下一步"按钮，这时弹出"自定义图纸尺寸——完成"对话框，如图7-8所示。

（9）单击"打印测试页"按钮，就可看到打印输出测试页效果。单击"完成"按钮，修改标准图纸尺寸就完成，返回"绘图仪配置编辑器"对话框，单击"确定"按钮，这时弹出"修改打印机配置文件"对话框，如图7-9所示。

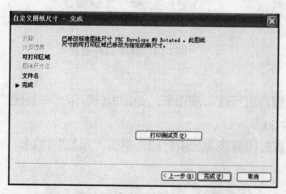

图7-8　"自定义图纸尺寸——完成"对话框

图7-9　"修改打印机配置文件"对话框

（10）单击"确定"按钮，则打印机/绘图仪设置已设置完成，并返回"页面设置—模型"对话框。

（11）单击图纸尺寸的下拉按钮，弹出图纸选择项，可以选择不同的纸张类型，在这里选择"A4"项，如图7-10所示。

（12）打印区域的设置。打印区域设置共有四种方法，分别是窗口、范围、图形界限、显示。其中窗口是最常用的方法，下面就来介绍一下如何利用窗口确定打印区域。

（13）在打印区域选项中，单击下拉菜单，在弹出的菜单中选择"窗口"，如图7-11所示。

（14）单击"窗口"按钮，返回工作区，然后按下鼠标绘制矩形打印范围，就自动返回"页面设置—模型"对话框，这时单击"预览"按钮，就可以看到打印预览效果，如图7-12所示。

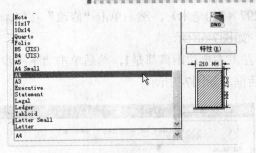

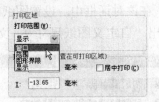

图7-10　选择不同的纸张　　　　　　　　图7-11　选择窗口

（15）设置打印偏移量。在这里可以设置X及Y轴方向的偏移值，也可以进行居中打印，如图7-13所示。

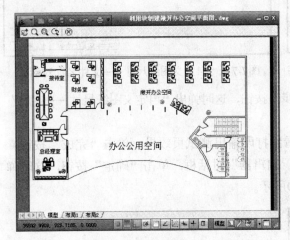

图7-12　打印预览效果　　　　　　　　图7-13　打印偏移设置

（16）一般都选择"居中打印"。

（17）打印比例设置。可以自定义打印比例，也可以布满图纸，如图7-14所示。一般比例都是正数比例，如1∶1，1∶10，1∶20，1∶50等。

（18）设置打印比例为"布满图纸"，设置打印偏移为居中打印，单击"预览"按钮，这时效果如图7-15所示。

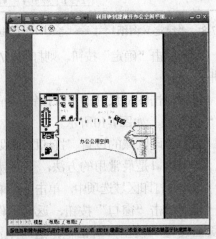

图7-14　打印比例设置　　　　　　　　图7-15　居中布满图纸打印预览

（19）打印样式的选择。单击该项所对应的下拉按钮，弹出打印样式菜单，可以选择不同的打印样式，如图7-16所示。

（20）设置着色视口选项。可以设置着色打印样式及打印质量，如图7-17所示。

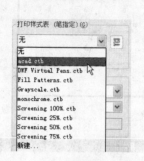

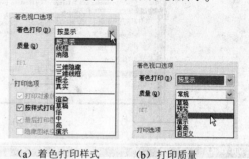

（a）着色打印样式　　（b）打印质量

图7-16　选择不同的打印样式　　　　　　图7-17　设置着色视口选项

（21）图纸方向的设置。可以设置图纸打印方式为横向、纵向或反向打印，在这里设置横向，如图7-18所示。

（22）这时，单击"预览"按钮，预览效果如图7-19所示。

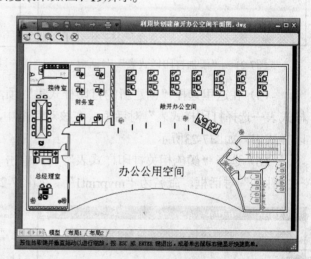

图7-18　图形方向　　　　　　　　　　　　图7-19　预览效果

7.1.2　打印样式管理器

利用打印样式管理器，可以添加、删除、重命名、复制和编辑打印样式表。

（1）单击菜单栏中的"文件→打印样式管理器"命令，打开Plot Styles文件夹，在该文件夹中，可以看到所有的打印样式表及添加打印样式表向导图标，如图7-20所示。

（2）打印样式表的删除、重命名、复制与普通文件的操作相同，这里不再多讲。

（3）添加打印样式表。双击添加打印样式表向导图标，弹出"添加打印样式表"对话框，如图7-21所示。

（4）单击"下一步"按钮，弹出"添加打印样式表—开始"对话框，可以创建新的打印样式表，可以使用现有的打印样式表，也可以使用R14绘图仪配置及PCP或PC2文件，如图7-22所示。

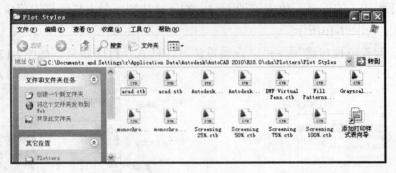

图7-20   Plot Styles文件夹

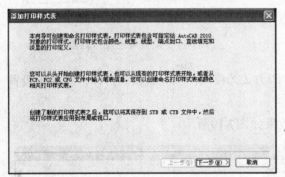

图7-21   "添加打印样式表"对话框

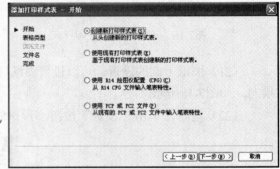

图7-22   "添加打印样式表—开始"对话框

（5）在这里选择"创建新的打印样式表"项，单击"下一步"按钮，弹出"添加打印样式表—选择打印样式表"对话框，在该对话框中，可以选择颜色相关打印样式表或命名打印样式表，如图7-23所示。

（6）选择"颜色相关打印样式表"项，单击"下一步"按钮，弹出"添加打印样式表—文件名"对话框，命名为"myprint1"，如图7-24所示。

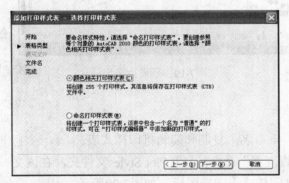

图7-23   "添加打印样式表—选择打印样式表"对话框

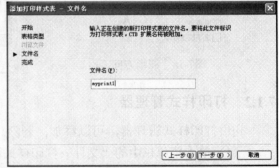

图7-24   "添加打印样式表—文件名"对话框

（7）单击"下一步"按钮，弹出"添加打印样式表—完成"对话框，如图7-25所示。

（8）在单击"完成"之前，可以单击"打开打印样式表编辑器"按钮，对打印样式表进行编辑，单击该按钮后，弹出"打印样式表编辑器"对话框，如图7-26所示。

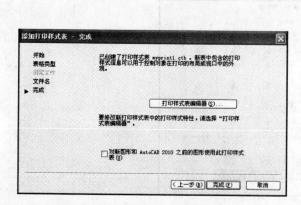

图7-25　"添加打印样式表—完成"对话框

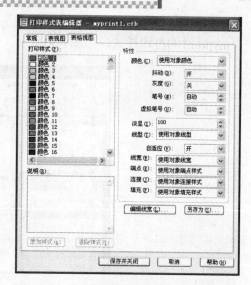

图7-26　"打印样式表编辑器"对话框

打印样式表编辑器各参数意义如下。

- 颜色：设置图形对象经打印机或绘图仪打印后的颜色，默认选项是使用对象颜色。
- 抖动：默认设置为"开"，这样在打印输出时颜色更加丰富。注意在使用该项时，所使用的打印机或绘图仪要支持抖动功能。
- 灰度：默认设置为"开"，这样就会将实体颜色转换为灰度显示效果。
- 笔号和虚拟笔号：用来设置某种颜色打印时使用的绘图笔编号，默认为"自动"。
- 淡显：用来设置打印时颜色的浓度，设定值的范围0~100。设定值为0，打印效果为白色，设定为100，以最高浓度打印。
- 线型：用来设置打印图形对象时的线型，默认设置是"使用对象线型"，也可以单击其下拉按钮选择不同的线型。
- 线宽：用来设置打印图形对象时的线宽，默认设置是"使用对象线宽"，也可以单击其下拉按钮选择不同的线宽。
- 端点：用来设置图形端点的样式，共有四种，柄形、方形、圆形、菱形。默认设置是"使用对象端点样式"，如图7-27所示。
- 连接：用来设置图形连接处的样式，共有四种，斜接、斜角、圆形、菱形。默认设置是"使用对象连接样式"，如图7-28所示。
- 填充：用来设置图形填充的样式，共有九种：实心、棋盘形、交叉线、菱形、水平线、左斜线、右斜线、方形点、垂直线。默认设置是"使用对象填充样式"，如图7-29所示。

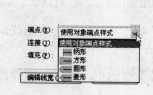

图7-27　端点样式

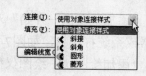

图7-28　连接样式

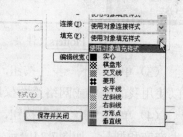

图7-29　填充样式

（9）设置好后，单击"保存并关闭"按钮即可，然后单击"完成"按钮，这样新增了一个myprint1的打印样式，如图7-30所示。

图7-30　新增打印样式

7.1.3　绘图仪管理器

绘图仪管理器是一个Windows窗口，其中列出了用户安装的所有非系统打印机的绘图仪配置（PC3）文件。如果使用的默认打印特性不同于Windows所使用的打印特性，也可以为Windows系统打印机创建绘图仪配置文件。绘图仪配置设置指定端口信息、光栅图形和矢量图形的质量、图纸尺寸以及取决于绘图仪类型的自定义特性。

（1）单击菜单栏中的"文件→绘图仪管理器"命令或单击"输出"选项卡中的按钮 绘图仪管理器，打开Plotters文件夹，在该文件夹中可以看到所有的绘图仪管理样式及添加绘图仪向导图标，如图7-31所示。

（2）双击添加绘图仪向导图标，弹出"添加绘图仪—简介"对话框，如图7-32所示。

图7-31　Plotters文件夹

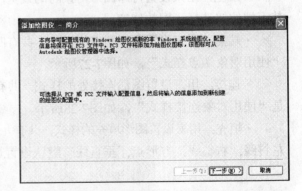

图7-32　"添加绘图仪—简介"对话框

（3）单击"下一步"按钮，弹出"添加绘图仪—开始"对话框，可以配置新绘图仪，可以使用我的电脑或网络绘图仪服务器或系统打印机，如图7-33所示。

（4）单击"下一步"按钮，弹出"添加绘图仪—绘图仪型号"对话框，可以设置绘图仪生产商和型号，如图7-34所示。

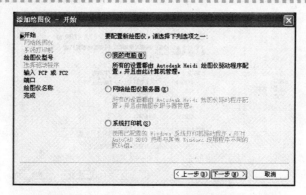

图7-33　"添加绘图仪—开始"对话框

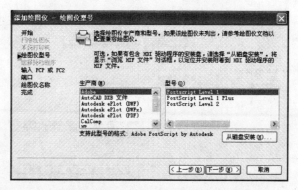

图7-34　"添加绘图仪—绘图仪型号"对话框

（5）在这里采用默认，单击"下一步"按钮，弹出"添加绘图仪—输入PCP或PC2"对话框，如图7-35所示。

（6）单击"下一步"按钮，弹出"添加绘图仪—端口"对话框，可以看到计算机所有的端口，如图7-36所示。

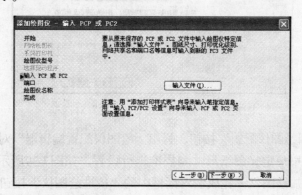

图7-35　"添加绘图仪—输入PCP或PC2"对话框

（7）选择"打印到端口"项，单击"下一步"按钮，弹出"添加绘图仪—绘图仪名称"对话框，命名为"Mypost"，如图7-37所示。

（8）单击"下一步"按钮，弹出"添加绘图仪—完成"对话框，可以编辑绘图仪配置，也可以校准绘图仪，如图7-38所示。

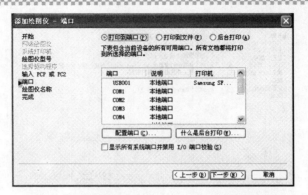

图7-36　"添加绘图仪—端口"对话框

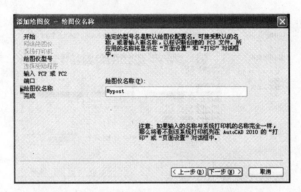

图7-37　"添加绘图仪—绘图仪名称"对话框

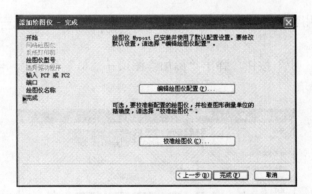

图7-38　"添加绘图仪—完成"对话框

（9）单击"编辑绘图仪配置"按钮，弹出"绘图仪配置编辑器"对话框，可以对介质、图形、自定义特性、用户定义图纸尺寸与校准进行设置，如图7-39所示。

（10）单击"添加绘图仪—完成"对话框中的"校准绘图仪"按钮，弹出"校准绘图仪—开始"对话框，可以校准图纸的尺寸，如图7-40所示。

（11）单击"下一步"按钮，弹出"校准绘图仪—矩形大小"对话框，可以校准图纸可打印区域的高度与宽度，如图7-41所示。

（12）单击"下一步"按钮，弹出"校准绘图仪—文件名"对话框，可以校准图纸的文件名，如图7-42所示。

（13）单击"下一步"按钮，弹出"校准绘图仪—完成"对话框，如图7-43所示。

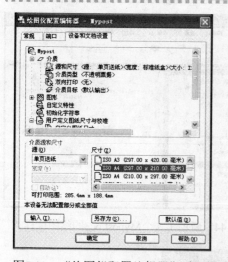

图7-39 "绘图仪配置编辑器"对话框

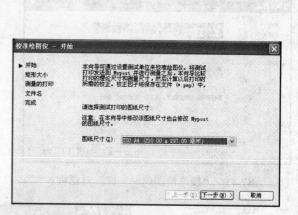

图7-40 "校准绘图仪—开始"对话框

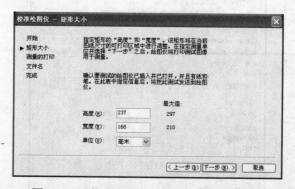

图7-41 "校准绘图仪—矩形大小"对话框

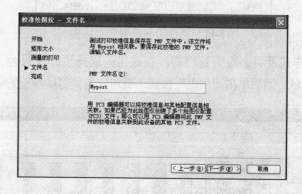

图7-42 "校准绘图仪—文件名"对话框

（14）设置好后，单击"完成"按钮，这样新增了一个Mypost.pc3的绘图仪样式，如图7-44所示。

7.1.4 打印对话框与打印预览

单击菜单栏中的"文件→打印"命令或单击"输出"选项卡中的按钮🖨，弹出"打印—模型"对话框，如图7-45所示。

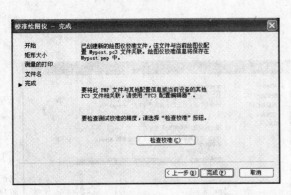

图7-43　"校准绘图仪—完成"对话框

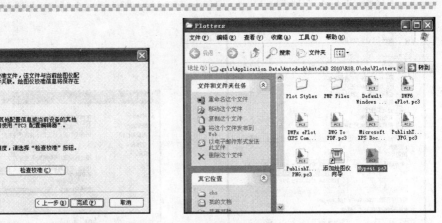

图7-44　新增了一个Mypost.pc3的绘图仪样式

图7-45　"打印—模型"对话框

前面已设置打印样式及页面设置管理器，在这里，选择页面设置为"设置1"，单击"窗口"按钮，选择打印区域，然后单击"预览"按钮，就可以看到打印预览的效果，如图7-46所示。

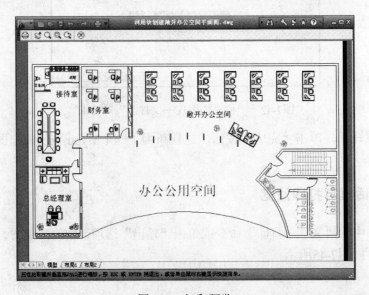

图7-46　打印预览

各按钮意义如下。

· 缩放按钮 🔍：单击该按钮向上拖动可以放大图形，向下拖动可以缩小图形，如图7-47所示。

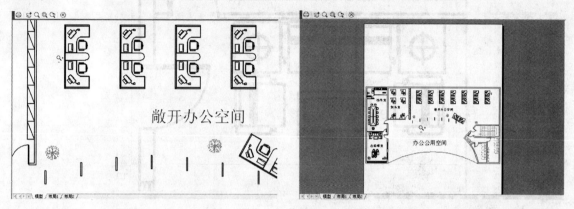

（a）放大图形　　　　　　　　　　　　　（b）缩小图形

图7-47　缩放图形

· 平移按钮 ✋：单击该按钮，按下鼠标左键可以平移打印图形，如图7-48所示。

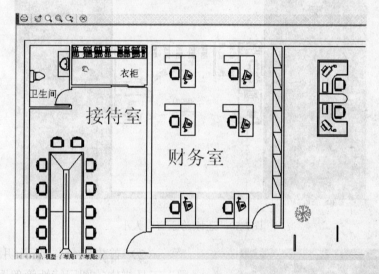

图7-48　平移打印图形

· 窗口缩放按钮 🔍：单击该按钮，按下鼠标左键绘制矩形范围，就可以放大指定的范围区域，如图7-49所示。

· 缩放为原窗口 🔍：放大或缩小图形，单击该按钮，就可以还原为原窗口大小，如图7-50所示。

· 打印按钮 🖨：单击该按钮，就可以打印输出图形。

· 关闭预览按钮 ⊗：单击该按钮，即可关闭打印预览。

7.1.5　会议室平面图的打印输出

（1）单击快速访问工具栏中的打开按钮 📂，打开"会议室平面图的标注"文件，如图7-51所示。

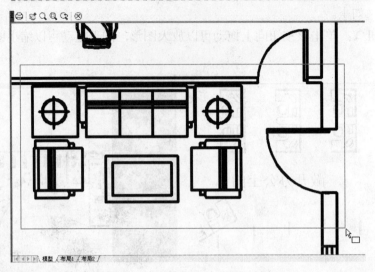

图7-49　放大指定的范围区域

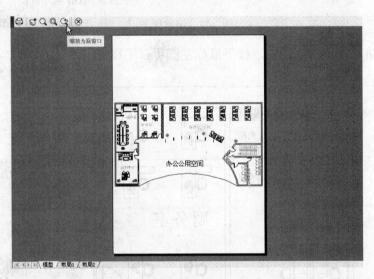

图7-50　还原为原窗口大小

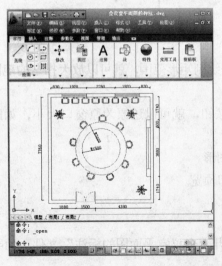

图7-51　打开文件

（2）首先设计图纸说明框。单击"图层"工具栏中的图层特性管理器按钮，可以打开"图层特性管理器"对话框，单击新建图层按钮，增加一个新层，并命名为"说明框"，如图7-52所示。

（3）单击"确定"，在"图层"工具栏中选择"说明框"层，把它设置为当前层，如图7-53所示。

（4）单击绘图工具栏中的矩形按钮，绘制一个长为10280，宽为12000的矩形，绘制完成后，调整其位置后，如图7-54所示。

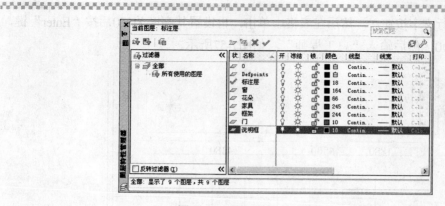

图7-52 "图层特性管理器"对话框

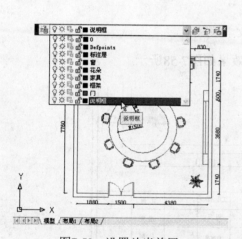

图7-53 设置为当前层

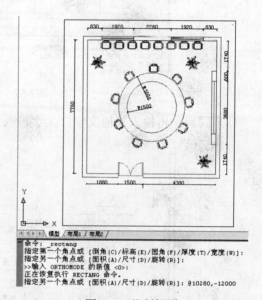

图7-54 绘制矩形

（5）单击偏移按钮，然后输入偏移距离为150，向内偏移后如图7-55所示。

（6）单击直线工具，绘制多条直线，如图7-56所示。

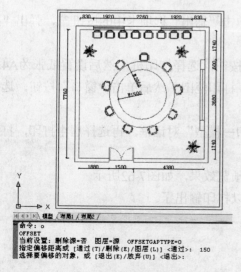

图7-55 偏移矩形

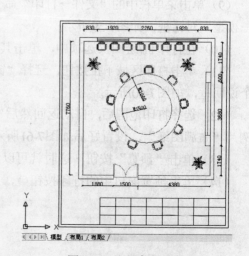

图7-56 绘制多条直线

（7）单击单行文字按钮A，然后在表格中单击，再设置其高度为120后按"Enter"键，再设置旋转角度为0，然后输入"总工程师"，如图7-57所示。

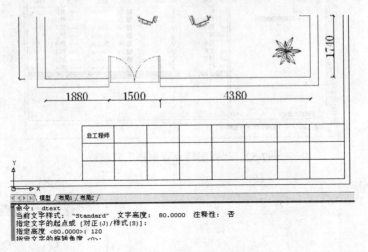

图7-57　输入文字

（8）同理，再输入其他文字，文字输入后，效果如图7-58所示。

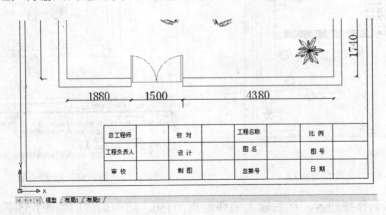

图7-58　输入文字后效果

（9）单击菜单栏中的"文件→打印"命令或单击"输出"选项卡中的按钮，弹出"打印—模型"对话框，如图7-59所示。

（10）在打印机/绘图仪选项中，单击其下拉按钮，选择打印机，然后设置纸张为A4。

（11）单击打印区域下拉按钮，选择"窗口"打印范围，然后单击"窗口"按钮，选择整个说明框，如图7-60所示。

（12）选择打印范围后，自动返回然后"打印—模型"对话框，再选择居中打印，打印比例为"布满图纸"，设置好后如图7-61所示。

（13）单击"预览"按钮，这时就可以看到预览效果，如图7-62所示。

（14）单击预览窗口中的打印按钮，就可以打印输出了。

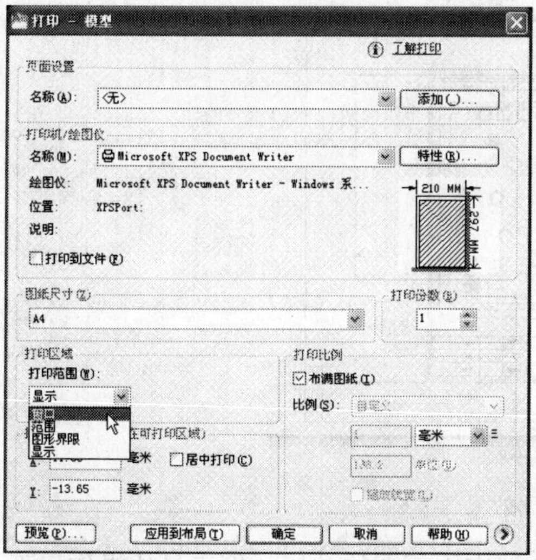

图7-59　“打印—模型”对话框

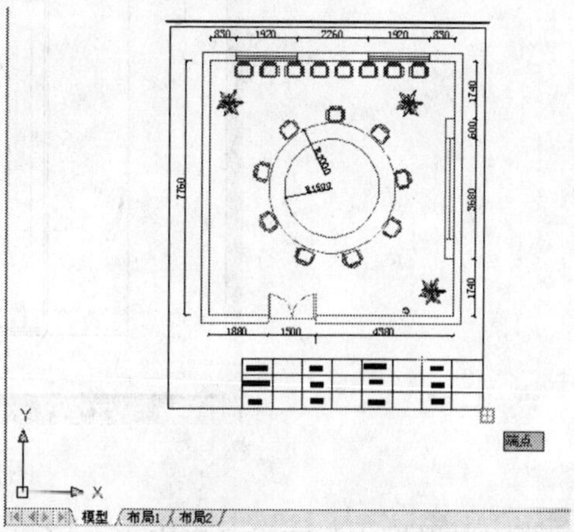

图7-60　选择打印范围

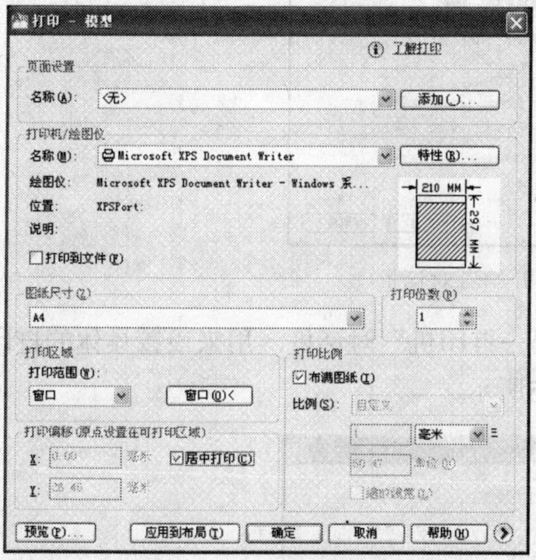

图7-61　打印参数设置

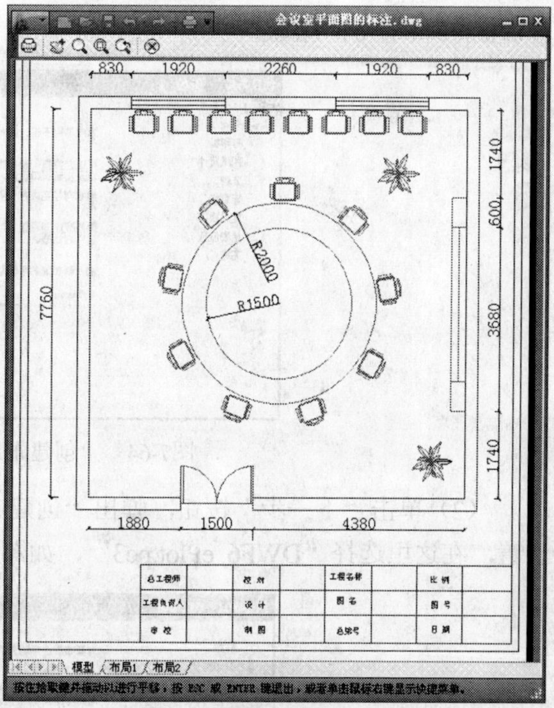

图7-62　打印预览效果

7.2　会议室平面图的布局

平面施工图纸设计完成后，可以直接输出打印，但要经过页面设置、打印设置等操作，如果合理的利用AutoCAD提供的布局功能，则使打印效果可视化并使打印过程更加方便。

布局代表打印的页面。用户可以根据需要创建任意多个布局。每个布局都保存在自己的布局选项卡中，可以与不同的页面设置相关联。

在创建一个图形文件时，AutoCAD 2010自动创建与图形文件同时保存的两个布局，即布局1和布局2，如图7-63所示。

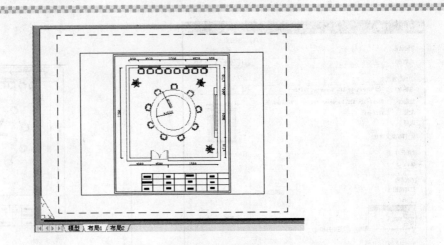

图7-63　布局效果

可以根据实际需求，自定义布局，下面以会议室平面图的布局为例来具体操作一下。

（1）单击菜单栏中的"工具→向导→创建布局"命令，这时弹出"创建布局—开始"对话框，如图7-64所示。

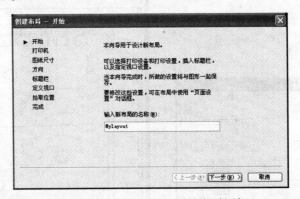

图7-64　"创建布局—开始"对话框

（2）单击"下一步"按钮，弹出"创建布局—打印机"对话框，用来设置具体的打印设置，在这里选择"DWF6 ePlot.pc3"，如图7-65所示。

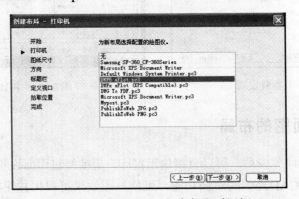

图7-65　"创建布局—打印机"对话框

（3）单击"下一步"按钮，弹出"创建布局—图纸尺寸"对话框，用来设置打印输出的纸张类型、图形单位，具体设置如图7-66所示。

（4）单击"下一步"按钮，弹出"创建布局—方向"对话框，用来设置打印输出的图纸的方向，纵向或横向，这里设置为纵向，如图7-67所示。

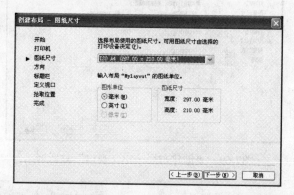

图7-66 "创建布局—图纸尺寸"对话框

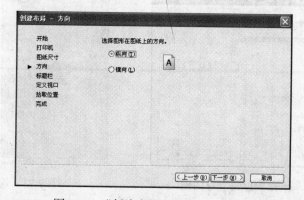

图7-67 "创建布局—方向"对话框

（5）单击"下一步"按钮，弹出"创建布局—标题栏"对话框，用来设置打印输出的图纸的标题栏，有很多模板供选择，在这里选择"无"，如图7-68所示。

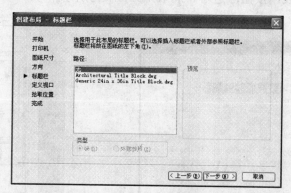

图7-68 "创建布局—标题栏"对话框

（6）单击"下一步"按钮，弹出"创建布局—定义视口"对话框，用来设置视口类型、视口比例、行数、列数及其间距，具体设置如图7-69所示。

（7）单击"下一步"按钮，弹出"创建布局—拾取位置"对话框，如图7-70所示。

（8）单击"选择位置"按钮，这时自动跳转到布局窗口，单击得到布局的起始点，然后拖动鼠标，如图7-71所示。

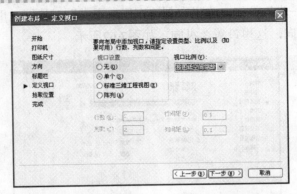

图7-69　　"创建布局—定义视口"对话框

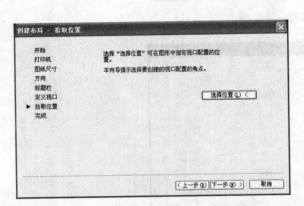

图7-70　"创建布局—拾取位置"对话框

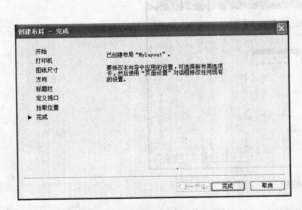

图7-71　　选择布局的位置

（9）拖动到布局终点，然后单击，会自动弹出"创建布局—完成"对话框，如图7-72所示。

（10）单击"完成"按钮，这时布局效果如图7-73所示。

图7-72　　"创建布局—完成"对话框

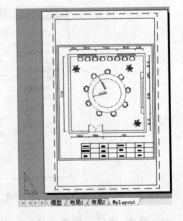

图7-73　　新建布局效果

（11）这样，就可以直接利用布局实现打印预览和打印了。

练习题

1. 填空题

（1）在AutoCAD 2010中，单击菜单栏中的_____命令，弹出"页面设置管理器"对话框，这样，就可以对打印设备、打印纸张、打印区域、打印样式进行设置。

（2）在AutoCAD 2010中，打印区域设置共有四种方法，分别是_____，_____，_____，_____。其中_____是最常用的方法。

（3）单击菜单栏中的"文件→打印"命令（快捷键：_____），弹出"打印—模型"对话框，从而实现对工程图纸的打印。

2. 简答题

（1）简述AutoCAD 2010布局的作用。

（2）简述在打印预览界面中，如何对图形进行移动、缩放、打印等操作。

3. 上机操作

打开如图7-74所示的立面图，然后对其进行布局，并打印输出。

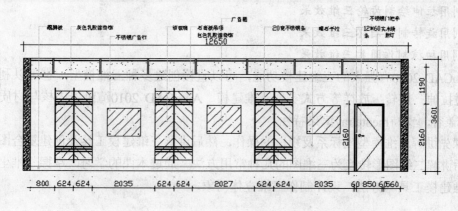

图7-74　立面图

第8课

创建三维模型

本课知识结构及就业达标要求

本课知识结构具体如下：

✛ 笛卡儿坐标、柱坐标和球坐标

✛ UCS坐标和视口

✛ 利用三维模型工具绘制立体餐桌

✛ 利用布尔运算绘制古城墙

✛ 利用拉伸绘制齿轮三维效果

✛ 利用旋转制作酒杯三维效果

✛ 利用扫掠制作圆凳三维效果

AutoCAD 2010有强大的三维建模功能，可以直接创建多种三维模型，也可以利用二维模型通过拉伸、旋转、放样等方式实现三维建模。AutoCAD 2010渲染器内核与材质完全与3ds Max兼容，支持mentalray渲染特性。

本课先讲解三维模型坐标系及视口的操作，然后讲解三维建模工具及创建复合图形的方法，最后讲解二维图形转换为三维图的几种常用方法。通过本课的学习，掌握三维坐标系及常用三维建模工具与方法，设计制作三维立体对象。

8.1 三维模型概述

使用三维建模，可以创建用户设计的实体、线框和网格模型。在三维空间中创建模型有如下优点：

- 从任何有利位置查看模型
- 自动生成可靠的标准或辅助二维视图
- 创建截面和二维图形
- 消除隐藏线并进行真实感着色
- 检查干涉
- 添加光源
- 创建真实感渲染
- 浏览模型
- 使用模型创建动画
- 执行工程分析

· 提取工艺数据

在三维空间中创建对象时，可以使用笛卡儿坐标、柱坐标或球坐标来定位点。

8.1.1 笛卡儿坐标

三维笛卡儿坐标通过使用三个坐标值来指定精确的位置：X、Y和Z。

 输入三维笛卡儿坐标值（X, Y, Z）与输入二维坐标值（X, Y）类似。除了指定X和Y值以外，还需要指定Z值。

如果动态输入处于关闭状态，在命令窗口中输入坐标。如果启用动态输入，可以使用#前缀来指定绝对坐标。

坐标值（3, 2, 5）表示一个沿X轴正方向3个单位，沿Y轴正方向2个单位，沿Z轴正方向5个单位的点，如图8-1所示。

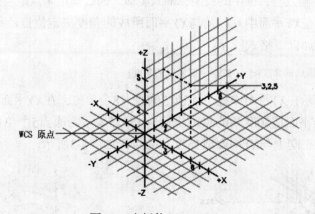

图8-1 坐标值（3, 2, 5）

1. 使用默认Z坐标

以X, Y格式输入坐标时，将从上一输入点复制Z值。因此，可以按X, Y, Z格式输入一个坐标，然后保持Z值不变，使用X, Y格式输入随后的坐标。例如，输入直线的以下坐标：

> 指定第一点: 0,0,5
> 指定下一点或 [放弃(U)]: 3,4

直线的两个端点的Z值均为5。当开始或打开任意图形时，Z的初始默认值大于0。

2. 使用绝对坐标和相对坐标

使用二维坐标时，可以输入基于原点的绝对坐标值，也可以输入基于上一输入点的相对坐标值。要输入相对坐标，请使用@符号作为前缀。例如，输入@1, 0, 0表示在X轴正方向上距离上一点一个单位的点。要在命令提示行输入绝对坐标，无需输入任何前缀。

8.1.2 柱坐标

三维柱坐标通过XY平面中与UCS原点之间的距离、XY平面中与X轴的角度以及Z值来描述精确的位置。

柱坐标输入相当于三维空间中的二维极坐标输入。它在垂直于*XY*平面的轴上指定另一个坐标。柱坐标通过定义某点在*XY*平面中距UCS原点的距离，在*XY*平面中与*X*轴所成的角度以及*Z*值来定位该点。

坐标5<30, 6表示距当前UCS的原点5个单位、在*XY*平面中与*X*轴成30度角、沿*Z*轴6个单位的点，如图8-2所示。

需要基于上一点而不是UCS原点来定义点时，可以输入带有@前缀的相对柱坐标值。例如，坐标@4<45,5 表示在*XY*平面中距上一输入点4个单位、与*X*轴正向成45度角、在*Z*轴正向延伸5个单位的点。

8.1.3 球坐标

三维球坐标通过指定某个位置距当前UCS原点的距离、在*XY*平面中与*X*轴所成的角度以及与*XY*平面所成的角度来指定该位置。

三维中的球坐标输入与二维中的极坐标输入类似。通过指定某点距当前UCS原点的距离、与*X*轴所成的角度（在*XY*平面中）以及与*XY*平面所成的角度来定位点，每个角度前面加了一个左尖括号（<），如以下格式所示：

　　　　X<[与 X 轴所成的角度]<[与 XY 平面所成的角度]

坐标8<60<30表示在*XY*平面中距当前UCS的原点8个单位、在*XY*平面中与*X*轴成60度角以及在*Z*轴正向上与*XY*平面成30度角的点。坐标5<45<15表示距原点5个单位、在*XY*平面中与*X*轴成45度角、在*Z*轴正向上与*XY*平面成15度角的点，如图8-3所示。

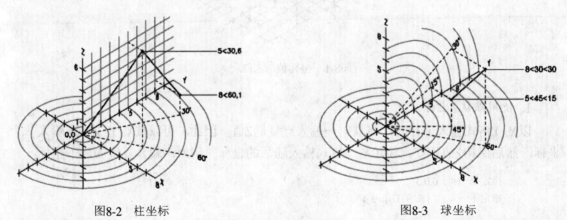

图8-2 柱坐标　　　　　　　　　　　　　　图8-3 球坐标

需要基于上一点来定义点时，可以输入前面带有@符号的相对球坐标值。

8.2 UCS坐标

一般情况下，在平面绘图中所用的坐标系为"世界"坐标系，但在绘制立体图形时，为了更直观、方便、快捷、有效地绘制三维立体图形，会对坐标系进行旋转、转换等操作，这样坐标系就变成"用户"坐标系。

1. UCS图标的显示、隐蔽及是否在原点

单击菜单栏中的"视图→显示→UCS图标→开"命令，就会显示UCS图标，如图8-4所示。

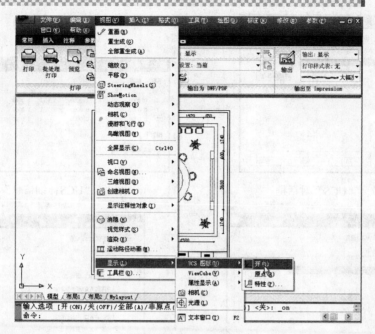

图8-4 显示UCS图标

再次单击该命令，UCS图标就不会显示了。单击菜单栏中的"视图→显示→UCS图标→原点"命令，UCS图标在原点位置，否则就不在原点位置。

2. 新建UCS坐标

单击菜单栏中的"工具→新建UCS"命令，这时会弹出下一级子菜单，可以看到所有新建UCS命令，如图8-5所示。

也可以利用UCS工具栏新建UCS坐标，单击菜单栏中的"工具→工具栏→AutoCAD→UCS"命令，可以打开UCS工具栏，如图8-6所示。

图8-5 所有新建UCS命令   图8-6 UCS工具栏

3. UCS坐标的命名、正交及设置

单击菜单栏中的"工具→命名UCS"命令，弹出如图8-7所示的"UCS"对话框。利用该对话框，可以命名、正交及设置UCS坐标。

双击要命名的对象，就可以重命名UCS坐标。单击"详细信息"按钮，会弹出"UCS 详细信息"对话框，可以看到当前坐标的信息，如图8-8所示。

单击"正交 UCS"选项卡，可以把某个视图设置为正交的UCS坐标系，如图8-9所示。

单击"设置"选项卡，可以对UCS图标及UCS进行设置，如图8-10所示。

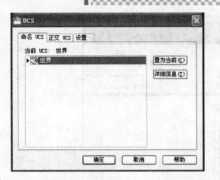

图8-7　"UCS"对话框

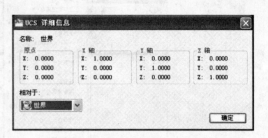

图8-8　"UCS详细信息"对话框

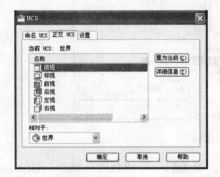

图8-9　正交UCS

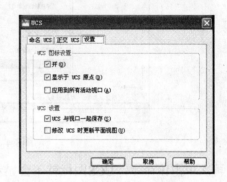

图8-10　UCS图标及UCS设置

在这里可以设置UCS图标是否打开，是否显示于原点，是否应到所有活动视口。还可以设置UCS是否与视口一起保存，修改UCS时是否更新平面视图。

8.3　视口

在"模型"选项卡上，可将工作区域拆分成一个或多个相邻的矩形视图，称为模型空间视口。

视口是显示用户模型的不同视图的区域。使用"模型"选项卡，可以将工作区域拆分成一个或多个相邻的矩形视图，称为模型空间视口。在大型或复杂的图形中，显示不同的视图可以缩短在单一视图中缩放或平移的时间。而且，在一个视图中出现的错误可能会在其他视图中表现出来。

在"模型"选项卡上创建的视口充满整个工作区域并且相互之间不重叠。在一个视口中做出修改后，其他视口也会立即更新。如图8-11显示了三个模型空间视口。

使用模型空间视口，可以完成以下操作：

· 平移、缩放、设置捕捉栅格和UCS图标模式以及恢复命名视图

· 用单独的视口保存用户坐标系方向

· 执行命令时，从一个视口绘制到另一个视口

· 为视口排列命名，以便在"模型"选项卡上重复使用或者将其插入"布局"选项卡

也可以在"布局"选项卡上创建视口。使用这些视口（称为布局视口）可以在图纸上排列图形的视图。还可以移动和调整布局视口的大小。通过使用布局视口，可以对显示进行更多控制，例如，可以冻结一个布局视口中的特定图层，而不影响其他视口。

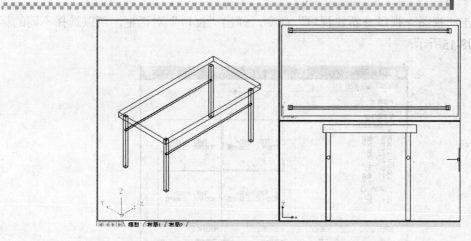

图8-11 三个模型空间视口

下面来看一下视图的具体操作。

（1）单击菜单栏中的"文件→打开"命令，打开一幅三维图形，如图8-12所示。

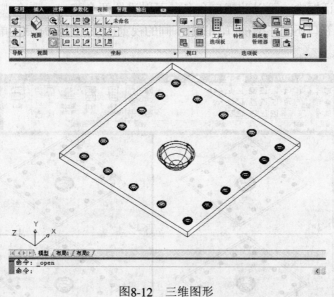

图8-12 三维图形

（2）单击菜单栏中的"视图→视口"命令，弹出下一级子菜单，就可以看到所有视口命令，如图8-13所示。

（3）单击视口配置下拉按钮，就可以看到所有视口命令按钮，如图8-14所示。

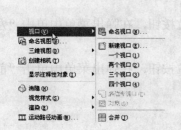

图8-13 所有视口命令

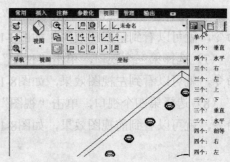

图8-14 所有视口命令按钮

（4）单击"视图→视口→新建视口"命令，弹出"视口"对话框，可以选择不同的标准视口，如图8-15所示。

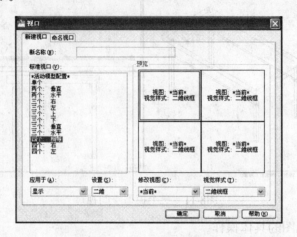

图8-15   "视口"对话框

（5）在该对话框中，可以为视口命名，可以设置两个视口、三个视口或四个视口，并且可以设置是二维视口还是三维视口，以及不同的视觉样式，设置好后，单击"确定"按钮，这时如图8-16所示。

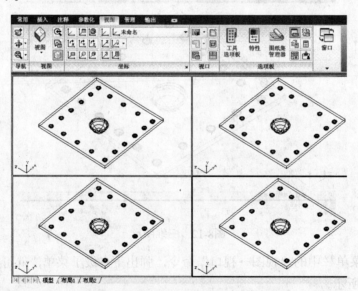

图8-16   四个视口

（6）选择第二个视口，单击"视图"对应的下拉按钮，在弹出菜单中单击"俯视"菜单命令，就可以看到俯视图效果，如图8-17所示。

（7）选择第三个视口，单击"视图"对应的下拉按钮，在弹出菜单中单击"左视"菜单命令，就可以看到左视图效果，如图8-18所示。

（8）选择第四个视口，单击"视图"对应的下拉按钮，在弹出菜单中单击"前视"菜单命令，就可以看到前视图效果，如图8-19所示。

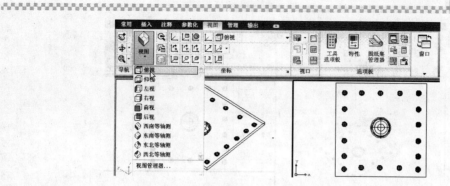

图8-17 俯视图效果

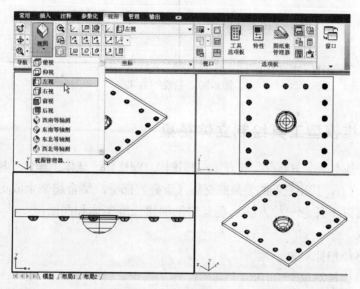

图8-18 左视图效果

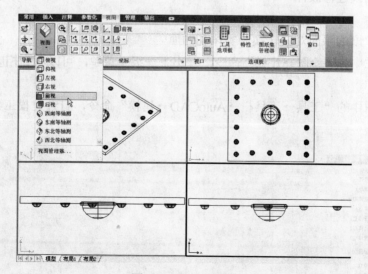

图8-19 前视图效果

（9）当然，也可以设置视口为三个，即单击视口配置下拉按钮，在弹出菜单中单击"三个：左"命令，效果如图8-20所示。

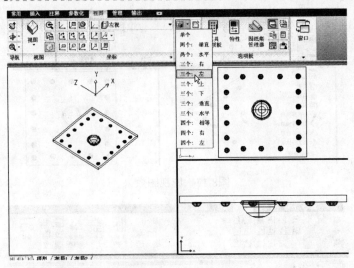

图8-20　三视图效果

8.4　利用三维模型工具绘制立体餐桌

可以创建的基本三维图形有：长方体、圆锥体、圆柱体、球体、楔体、棱锥体和圆环体。对这些形状进行合并，找出它们的差集或交集（重叠）部分，结合起来生成更为复杂的实体。

也可以通过以下任意一种方法从现有对象创建三维实体和曲面：

- 拉伸对象
- 沿一条路径扫掠对象
- 绕一条轴旋转对象
- 对一组曲线进行放样
- 剖切实体
- 将具有厚度的平面对象转换为实体和曲面

单击菜单栏中的"绘图→建模"命令，弹出下一级子菜单，可以看到相应的建模命令，如图8-21所示。

单击菜单栏中的"工具→工具栏→AutoCAD→建模"命令，打开建模工具栏，如图8-22所示。

图8-21　建模菜单

图8-22　建模工具栏

8.4.1 长方体、球体和圆柱体

单击菜单栏中的"绘图→建模→长方体"命令或单击建模工具栏中的长方体按钮▢，命令窗口中的提示是"指定第一个角点"，单击鼠标即确定每一个角点；这时命令窗口中的提示是"指定其他角点"，移动鼠标后单击即确定另一个角点；这时命令窗口中的提示是"指定高度"，在这里输入500，按"Enter"键，这时效果如图8-23所示。

默认状态下是俯视图，所以看到的是二维平面效果。单击菜单栏中的"视图→三维视图→西南等轴测"命令或单击"视图"弹出菜单中的"西南等轴测"，就可以看到长方体的三维效果，如图8-24所示。

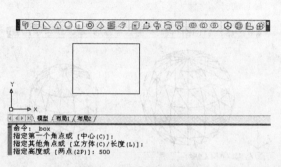

图8-23 绘制的长方体

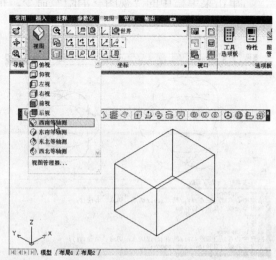

图8-24 长方体的三维效果

单击菜单栏中的"视图→消隐"命令，可以创建对象的消隐视图，用以隐藏被前景对象遮掩的背景对象，这时效果如图8-25所示。

利用长方体工具，还可以绘制正方体，输入"Box"，按"Enter"键，按下"C"键，单击鼠标，确定正方体的中心，然后输入相对坐标@50, 50，按"Enter"键，再输入高度值为100，这时正方体如图8-26所示。

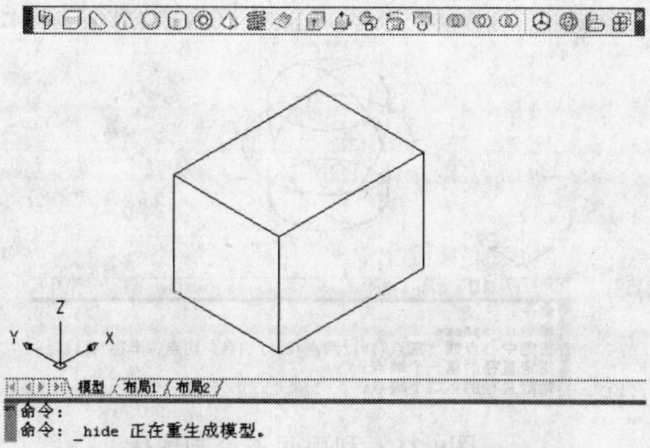

图8-25 消隐后的长方体

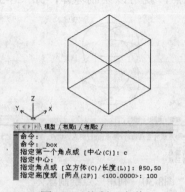

图8-26 绘制正方体

创建球体共有4种方法，分别是中心点，三点，两点和相切、相切、半径。单击菜单栏中的"绘图→建模→球体"命令或单击"建模"工具栏中的球体按钮◯，命令窗口提示如图

8-27所示。

```
命令: _sphere
指定中心点或 [三点(3P)/两点(2P)/切点、切点、半径(T)]: <等轴测平面 俯视>
```

图8-27　命令窗口提示信息

1. 指定球体的中心点

单击建模工具栏中的球体按钮○，指定中心点，然后输出半径值，半径值为80，就可以绘制球体；在指定中心点后，再输入"D"，按"Enter"键，输入直径值120，按"Enter"键，就可以绘制球体，如图8-28所示。

单击菜单栏中的"视图→消隐"命令，把看不到的线给隐藏起来，这时效果如图8-29所示。

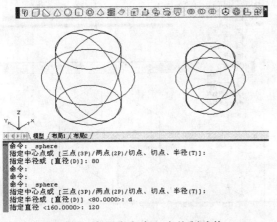

图8-28　利用指定中心点绘制球体

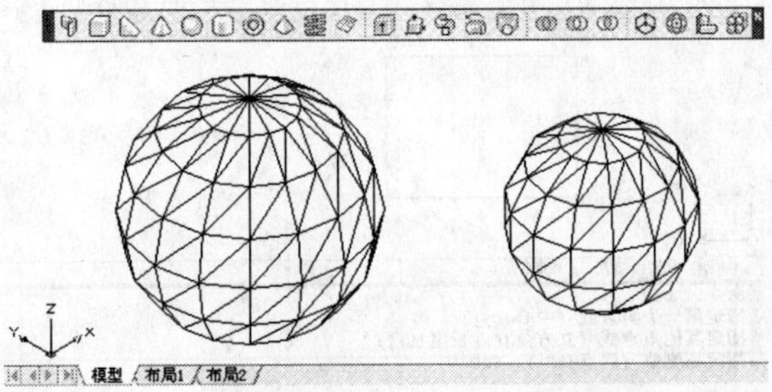

图8-29　消隐后的球体

2. 三点（3P）

单击建模工具栏中的球体按钮○，输入"3P"，按"Enter"键，然后指定第一点，再指定第二点，再指定第三点，就可以绘制球体，如图8-30所示。

3. 两点（2P）

单击建模工具栏中的球体按钮○，输入"2P"，按"Enter"键，然后指定第一点，再指定第二点，就可以绘制球体，如图8-31所示。

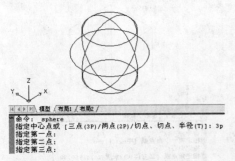

图8-30　利用三点绘制球体

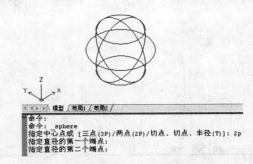

图8-31　利用两点绘制球体

4. 相切、相切、半径（T）

单击直线工具，绘制两条直线。单击建模工具栏中的球体按钮○，输入"T"，按

"Enter"键，先指定对象的第一个切点，再指定对象的第二个切点，然后输入球体半径600，按"Enter"键，就可以绘制球体，如图8-32所示。

　　单击菜单栏中的"视图→消隐"命令，可以创建对象的消隐视图，用以隐藏被前景对象遮掩的背景对象，这时效果如图8-33所示。

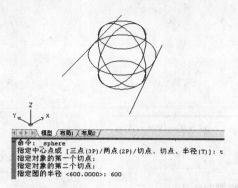

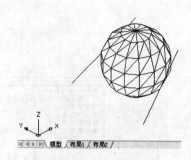

图8-32　利用相切、相切、半径绘制球体　　　　　　　图8-33　消隐后的球体

　　创建圆柱体共有5种方法，分别是中心点，三点，两点，椭圆和相切、相切、半径。单击菜单栏中的"绘图→建模→圆柱体"命令或单击建模工具栏中的圆柱体按钮◎，命令窗口提示如图8-34所示。

```
命令: _cylinder
指定底面的中心点或 [三点(3P)/两点(2P)/切点、切点、半径(T)/椭圆(E)]:
```

图8-34　命令窗口提示信息

1. 指定圆柱体的中心点

　　单击建模工具栏中的圆柱体按钮◎，指定底面的中心点，然后输出底面半径值，半径值为200，再指定高度，输入500，按"Enter"键，就可以绘制圆柱体，如图8-35所示。

　　单击菜单栏中的"视图→消隐"命令，可以创建对象的消隐视图，用以隐藏被前景对象遮掩的背景对象，这时效果如图8-36所示。

图8-35　利用中心点绘制圆柱体　　　　　　　　图8-36　消隐后的圆柱体

2. 三点（3P）

　　通过指定三个点来定义圆锥体的底面周长和底面。单击建模工具栏中的圆柱体按钮◎，输入"3P"，按"Enter"键，指定第一点，再指定第二点，再指定第三点，然后可以指定圆柱体的高度，在这里是600，就可以绘制圆柱体，如图8-37所示。

　　在指定圆柱体高度时，可以利用两点（2P）指定高度，提示如下：

指定第一个点: 指定点

指定第二个点: 指定点

也可以利用轴端点（A）指定高度，提示如下：

指定轴端点: 指定点

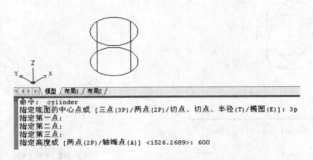

命令: cylinder
指定底面的中心点或 [三点(3P)/两点(2P)/切点、切点、半径(T)/椭圆(E)]: 3p
指定第一点:
指定第二点:
指定第三点:
指定高度或 [两点(2P)/轴端点(A)] <1526.2689>: 600

图8-37　利用三点绘制圆柱体

3. 两点（2P）

通过指定两个点来定义圆柱体的底面直径。单击建模工具栏中的圆柱体按钮◎，输入"3P"，按"Enter"键，指定第一点，再指定第二点，然后可以指定圆柱体的高度，在这里是800，就可以绘制圆柱体，如图8-38所示。

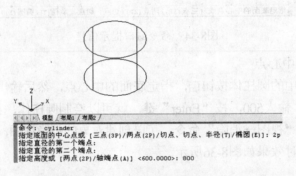

命令: cylinder
指定底面的中心点或 [三点(3P)/两点(2P)/切点、切点、半径(T)/椭圆(E)]: 2p
指定直径的第一个端点:
指定直径的第二个端点:
指定高度或 [两点(2P)/轴端点(A)] <600.0000>: 800

图8-38　利用两点绘制圆柱体

4. 相切、相切、半径（T）

单击直线工具，绘制两条直线。单击建模工具栏中的圆柱体按钮◎，输入"T"，按"Enter"键，先指定对象的第一个切点，再指定对象的第二个切点，然后输入圆柱的半径600，按"Enter"键，再输入圆柱的高度1000，按"Enter"键，就可以绘制圆柱体，如图8-39所示。

单击菜单栏中的"视图→消隐"命令，可以创建对象的消隐视图，用以隐藏被前景对象遮掩的背景对象，这时效果如图8-40所示。

5. 椭圆

单击建模工具栏中的圆柱体按钮◎，输入"E"，按"Enter"键，先指定第一个轴的端点，然后指定第一个轴的其他端点，再指定第二个轴的端点，最后输入圆柱体的高度，在这里输入1000，就可以绘制圆柱体，如图8-41所示。

单击菜单栏中的"视图→消隐"命令，可以创建对象的消隐视图，用以隐藏被前景对象遮掩的背景对象，这时效果如图8-42所示。

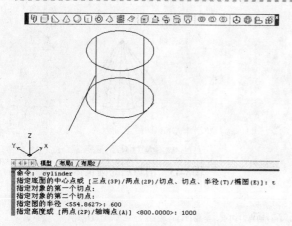

图8-39　利用相切、相切、半径绘制圆柱体

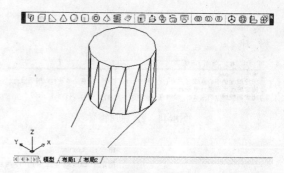

图8-40　消隐后的圆柱体

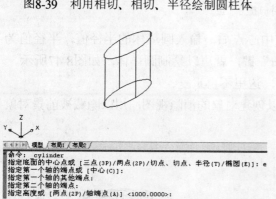

图8-41　椭圆形的圆柱体

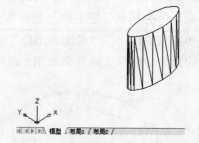

图8-42　消隐后的椭圆形的圆柱体

8.4.2　圆锥体、圆环体和棱锥面

创建圆锥体共有5种方法，分别是中心点，三点，两点，椭圆和相切、相切、半径。单击菜单栏中的"绘图→建模→圆锥体"命令或单击建模工具栏中的圆锥体按钮△，命令窗口提示如图8-43所示。

命令：_cone
指定底面的中心点或 [三点(3P)/两点(2P)/切点、切点、半径(T)/椭圆(E)]：

图8-43　命令窗口提示信息

单击建模工具栏中的圆锥体按钮△，指定底面的中心点后，输出底面半径值，半径值为600，然后指定高度，输入1000，按"Enter"键，就可以绘制圆锥体，如图8-44所示。

圆锥体的其他绘制方法与圆柱体几乎相同，这里不再重复。

单击菜单栏中的"视图→消隐"命令，可以创建对象的消隐视图，用以隐藏被前景对象遮掩的背景对象，这时效果如图8-45所示。

创建圆环体共有4种方法，分别是中心点，三点，两点和相切、相切、半径。单击菜单栏中的"绘图→建模→圆环体"命令或单击建模工具栏中的圆环体按钮◎，命令窗口提示如图8-46所示。

图8-44　绘制圆锥体

图8-45　消隐后的圆锥体

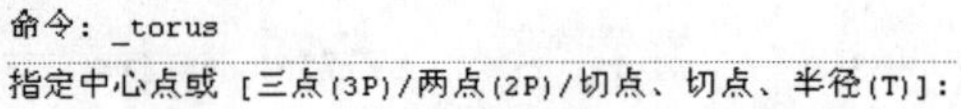

图8-46　命令窗口提示信息

单击建模工具栏中的圆环体按钮◎，指定中心点后，输入圆环体的半径值，半径值为1200，然后指定圆管半径，输入200，按"Enter"键，就可以绘制圆环体，如图8-47所示。

圆环体的其他绘制方法与圆柱体几乎相同，这里不再重复。

单击菜单栏中的"视图→消隐"命令，可以创建对象的消隐视图，用以隐藏被前景对象遮掩的背景对象，这时效果如图8-48所示。

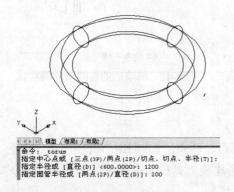

图8-47　绘制圆环体

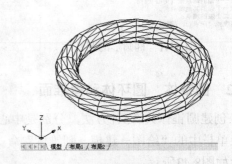

图8-48　消隐后的圆环体

创建圆环体共有3种方法，分别是中心点、边和相侧面。单击菜单栏中的"绘图→建模→棱锥面"命令或单击建模工具栏中的棱锥面按钮◇，命令窗口提示如图8-49所示。

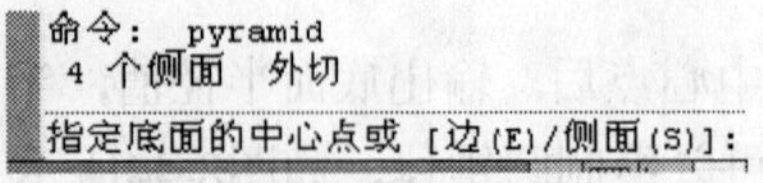

命令：pyramid
4 个侧面　外切
指定底面的中心点或 [边(E)/侧面(S)]：

图8-49　命令窗口提示信息

1. 中心点

单击建模工具栏中的棱锥面按钮◇，指定底面中心点后，输入底面内接圆的半径值，半径值为1200，然后指定高度，输入2000，按"Enter"键，就可以绘制棱锥面，如图8-50所示。

2. 边（E）

单击建模工具栏中的棱锥面按钮◇，输入"E"，按"Enter"键，然后指定边的第一个端点，再指定边的第二个端点，最后指定高度，输入1000，按"Enter"键，就可以绘制棱锥面，如图8-51所示。

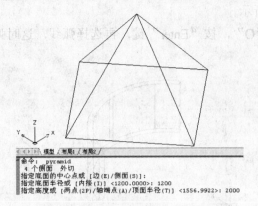

图8-50　绘制棱锥面

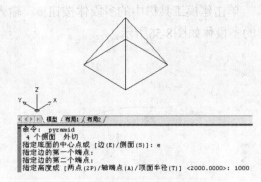

图8-51　利用边绘制棱锥面

3. 侧面（S）

单击建模工具栏中的棱锥面按钮◇，输入"S"，按"Enter"键，输入侧面数为8，按"Enter"键，指定底面中心点后，输入底面内接圆的半径值，半径值为1200，然后指定高度，输入2000，按"Enter"键，就可以绘制棱锥面，如图8-52所示。

8.4.3　多段体、楔体、螺旋和平面曲面

单击菜单栏中的"绘图→建模→多段体"命令或单击建模工具栏中的多段体按钮，命令窗口提示如图8-53所示。

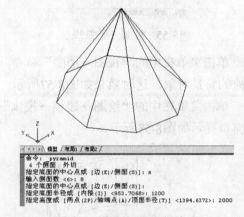

图8-52　利用侧面绘制棱锥面

命令：_Polysolid 高度 = 120.0000, 宽度 = 20.0000, 对正 = 居中
指定起点或 [对象(O)/高度(H)/宽度(W)/对正(J)] <对象>:

图8-53　命令窗口提示信息

单击建模工具栏中的多段体按钮，输入"H"，按"Enter"键，就可以设置多段体的高度，在这里设置为600，然后再输入"W"，按"Enter"键，就可以设置多段体的宽度，在这里设置为60，然后指定起点，再指定下一点，最后单击右键，在弹出菜单中单击"确定"命令，如图8-54所示。

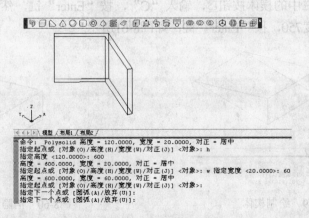

图8-54　绘制多段体

单击弧线工具，绘制一条弧线，如图8-55所示。

单击建模工具栏中的多段体按钮⬚，输入"O"，按"Enter"键，再选择弧线，这时弧形的多段体如图8-56所示。

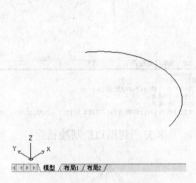

图8-55　绘制一条弧线

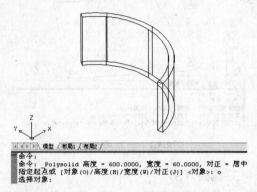

图8-56　弧形的多段体

单击菜单栏中的"视图→消隐"命令，可以创建对象的消隐视图，用以隐藏被前景对象遮掩的背景对象，这时效果如图8-57所示。

单击菜单栏中的"绘图→建模→楔体"命令或单击"建模"工具栏中的楔体按钮⬚，命令窗口提示如图8-58所示。

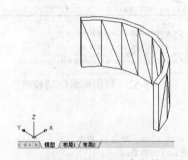

图8-57　消隐后的多段体

命令: _wedge
指定第一个角点或 [中心(C)]:

图8-58　命令窗口提示信息

单击建模工具栏中的楔体按钮⬚，首先指定第一个角点，然后指定其他角点，再指定高度，在这里输入350，按"Enter"键，就可以绘制楔体，如图8-59所示。

单击菜单栏中的"视图→消隐"命令，可以创建对象的消隐视图，用以隐藏被前景对象遮掩的背景对象，这时效果如图8-60所示。

单击建模工具栏中的楔体按钮⬚，输入"C"，按"Enter"键，然后指定中心，再指定角点，最后输入高度750，按"Enter"键，如图8-61所示。

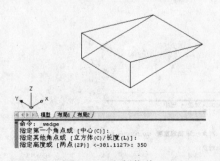

图8-59　绘制楔体

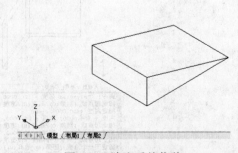

图8-60　消隐后的楔体

单击菜单栏中的"绘图→建模→楔体"命令或单击建模工具栏中的螺旋按钮 ，首先指定底面的中心点，再指定底面的半径为1200，再指定顶面半径为500，最后指定其高度为1500，如图8-62所示。

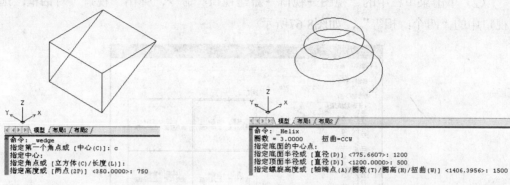

图8-61 利用中心点绘制楔体

图8-62 螺旋效果

在绘制螺旋时，输入"T"，按"Enter"键，可以设置螺旋圈数，在这里设置为10，如图8-63所示。

单击菜单栏中的"绘图→建模→平面曲面"命令或单击建模工具栏中的平面曲面按钮 ，首先指定第一个角点，然后指定其他角点，这时如图8-64所示。

图8-63 设置螺旋圈数为10

图8-64 绘制平面曲面

还可以把其他封闭图形转换为平面曲面。首先绘制一个椭圆，如图8-65所示。

单击建模工具栏中的平面曲面按钮 ，然后输入"O"键，按"Enter"键，再单击椭圆，再单击右键，就可以把椭圆转换为平面曲面，如图8-66所示。

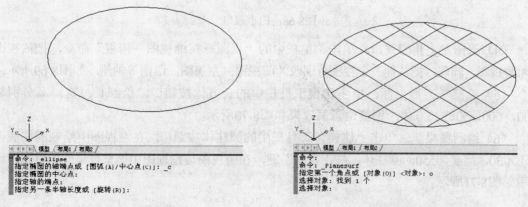

图8-65 绘制椭圆

图8-66 把椭圆转换为平面曲面

8.4.4 绘制立体餐桌

（1）单击快速访问工具栏中的新建按钮 ，新建一个图形文件。

（2）单击菜单栏中的"视图→视口→新建视口"命令，弹出"视口"对话框，选择标准视口中的"四个：相等"，如图8-67所示。

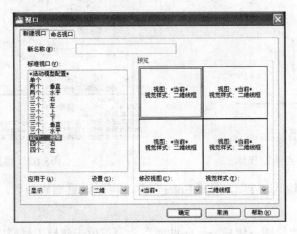

图8-67 "视口"对话框

（3）设置好后，单击"确定"按钮，这时工作区被分成四个视口，如图8-68所示。

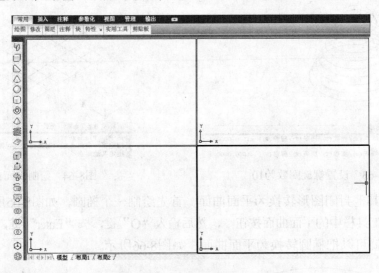

图8-68 四个视口

（4）选择左上角的视口，单击菜单栏中的"视图→三维视图→俯视"命令，把该视图改为俯视图，同理，把其他三个视图分别改为前视图、左视图、西南等轴测，如图8-69所示。

（5）绘制长方形桌面，单击建模工具栏中的长方体按钮 ，绘制长、宽、高分别为1200，600，50的长方体，调整位置后效果如图8-70所示。

（6）绘制餐桌腿。单击"建模"工具栏中的圆柱体按钮 ，在左视图中绘制圆柱底面半径为30，高度为550的圆柱体，按下"M"键，在俯视图与左视图中调整餐桌腿的位置，调整后如图8-71所示。

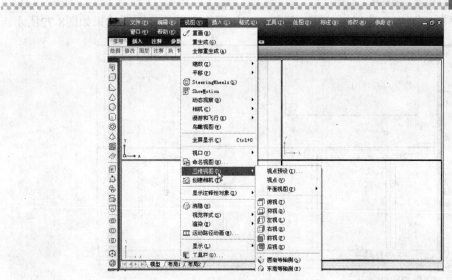

图8-69 改变视图

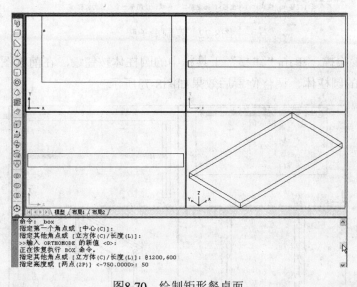

图8-70 绘制矩形餐桌面

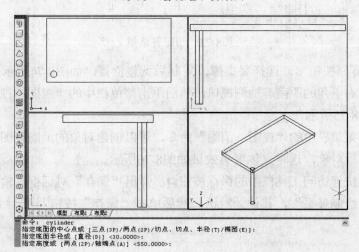

图8-71 绘制桌子腿

（7）单击复制按钮⌗，选择桌子腿，复制三个，调整它们的位置后效果如图8-72所示。

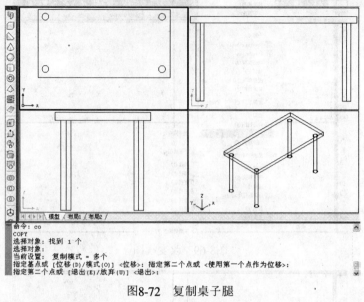

图8-72 复制桌子腿

（8）绘制餐桌撑。单击"建模"工具栏中的圆柱体按钮⌗，在前视图中绘制底面半径为10，长为1080的圆柱体，调整位置后效果如图8-73所示。

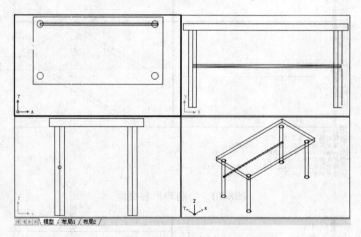

图8-73 绘制餐桌撑

（9）单击复制按钮⌗，选择餐桌撑，复制后调整位置，如图8-74所示。

（10）单击右下角的西南等轴测视口，然后单击菜单栏中的"视图→视口→一个视口"命令，效果如图8-75所示。

（11）单击菜单栏中的"视图→消隐"命令，可以创建对象的消隐视图，用以隐藏被前景对象遮掩的背景对象，这时立体餐桌效果如图8-76所示。

（12）单击快速访问工具栏中的保存按钮⌗，弹出"保存"对话框，输入文件名为"利用三维模型工具绘制餐桌"，其他为默认，然后单击"保存"按钮即可。

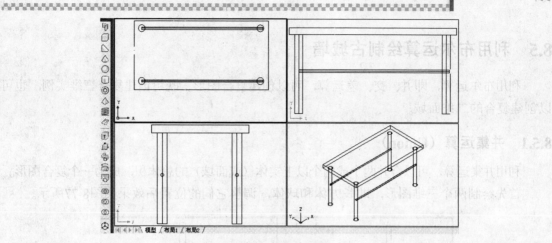

图8-74 复制餐桌撑

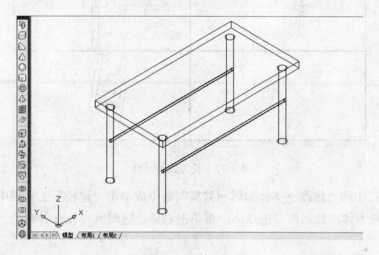

图8-75 一个视口

图8-76 消隐后的餐桌效果

8.5 利用布尔运算绘制古城墙

利用布尔运算，即并、交、差运算，可以创建复合图形。既可创建复合三维实例，也可以创建复合的二维面域。

8.5.1 并集运算（Union）

利用并集运算，可以合并两个或两个以上实体（或面域）的总体积，成为一个复合图形。

首先绘制两个三维图形，即长方体和球体，调整它们的位置后效果如图8-77所示。

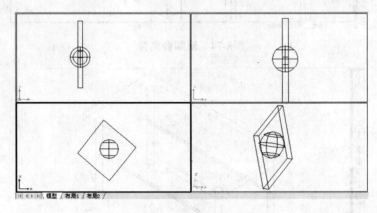

图8-77 长方体和球体

单击菜单栏中的"修改→实体编辑→并集"命令或单击"建模"工具栏中的并集运算按钮⊕，先单击长方体，然后再单击球体，再单击右键，这时就可以合并两个三维图形，如图8-78所示。

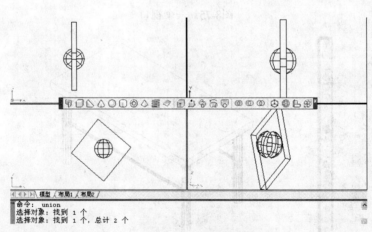

图8-78 并集运算

单击右下角的西南等轴测视口，然后单击菜单栏中的"视图→视口→一个视口"命令，再单击菜单栏中的"视图→消隐"命令，可以创建对象的消隐视图，用以隐藏被前景对象遮掩的背景对象，这时效果如图8-79所示。

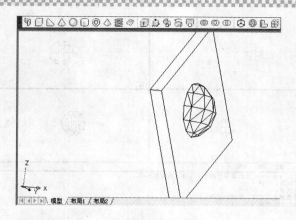

图8-79　消隐后的并集效果

8.5.2　差集运算（subtract）

利用差集运算，可以从一组实体中删除与另一组实体的公共区域，从而形成一个复合图形。

首先绘制两个三维图形，即长方体和球体。单击菜单栏中的"修改→实体编辑→差集"命令或单击建模工具栏中的差集按钮⊚，先选择长方体，单击右键，再单击要减去的对象即球体，效果如图8-80所示。

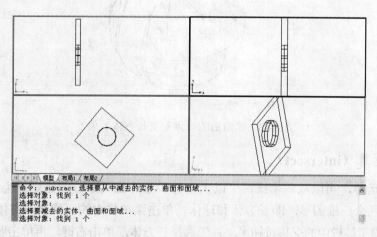

图8-80　长方体差集球体效果

单击右下角的西南等轴测视口，然后单击菜单栏中的"视图→视口→一个视口"命令，再单击菜单栏中的"视图→消隐"命令，可以创建对象的消隐视图，用以隐藏被前景对象遮掩的背景对象，效果如图8-81所示。

单击建模工具栏中的差集按钮⊚，先选择球体，单击右键，再单击要减去的对象即长方体，效果如图8-82所示。

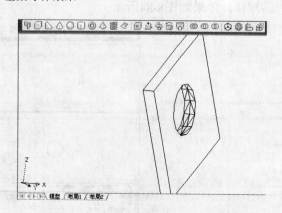

图8-81　消隐后的长方体差集球体效果

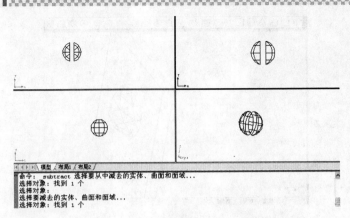

图8-82　球体差集长方体效果

单击右下角的西南等轴测视口，然后单击菜单栏中的"视图→视口→一个视口"命令，再单击菜单栏中的"视图→消隐"命令，可以创建对象的消隐视图，用以隐藏被前景对象遮掩的背景对象，效果如图8-83所示。

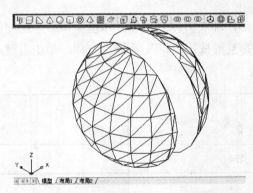

图8-83　消隐后的球体差集长方体效果

8.5.3　交集运算（intersect）

利用交集运算，可以从两个或两个以上重叠实体的公共部分创建复合实体。

首先绘制两个三维图形，即长方体和球体。单击菜单栏中的"修改→实体编辑→交集"命令或单击建模工具栏中的交集按钮◎，首先选择长方体，单击右键，再单击要相交的对象，即球体，效果如图8-84所示。

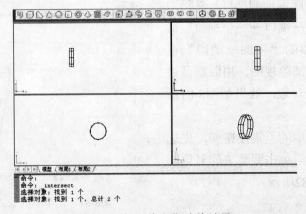

图8-84　长方体交集球体效果

单击右下角的西南等轴测视口，然后单击菜单栏中的"视图→视口→一个视口"命令，再单击菜单栏中的"视图→消隐"命令，可以创建对象的消隐视图，用以隐藏被前景对象遮掩的背景对象，这时效果如图8-85所示。

8.5.4　绘制古城墙

（1）单击快速访问工具栏中的新建按钮，新建一个图形文件。

（2）单击菜单栏中的"视图→三维视图→西南等轴测"命令，就把视口变成三维视图。

（3）单击建模工具栏中的长方体按钮，然后绘制主墙体，调整其位置后效果如图8-86所示。

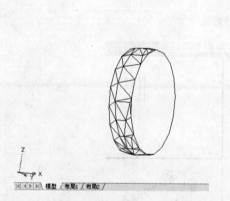

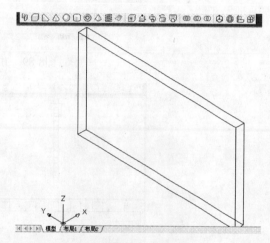

图8-85　消隐后的长方体交集球体效果

图8-86　绘制墙体

（4）同理，再绘制一个小长方体，调整其位置后效果如图8-87所示。

（5）单击复制按钮，选择小长方体，复制5个，调整它们的位置后效果如图8-88所示。

（6）单击建模工具栏中的并集运算按钮，先选择主墙体，再选择6个小长方体，然后单击右键，进行并集运算，效果如图8-89所示。

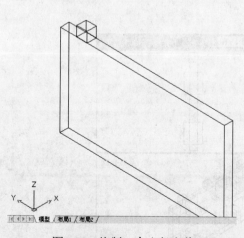

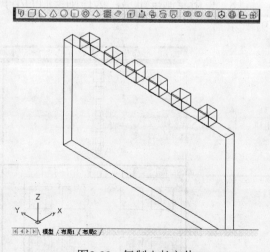

图8-87　绘制一个小长方体

图8-88　复制小长方体

（7）同理，再绘制一个小长方体，然后把视图变成四个视口，分别是俯视图、前视图、左视图和西南等轴测，如图8-90所示。

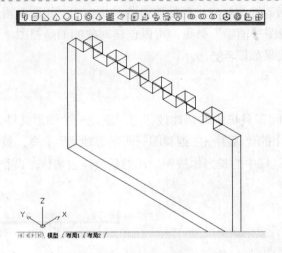

图8-89　并集运算效果

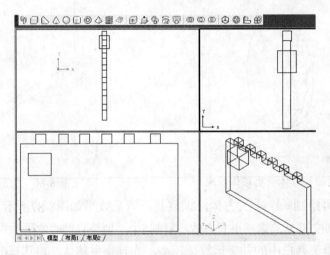

图8-90　绘制长方体

（8）单击复制按钮，选择刚绘制的小长方体，复制7个，调整它们的位置后效果如图8-91所示。

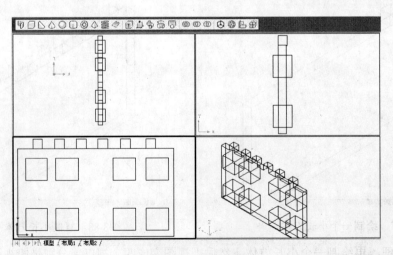

图8-91　复制多个小长方体

（9）单击建模工具栏中的差集按钮⬤，先选择主墙体，单击右键，再单击要减去的对象，即多个小长方体，这时效果如图8-92所示。

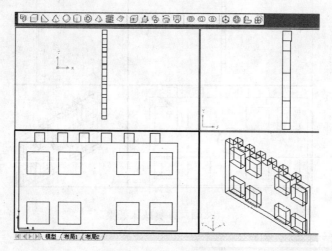

图8-92 差集运算后效果

（10）单击建模工具栏中的球体按钮◯，绘制一个球体，调整其位置后，如图8-93所示。

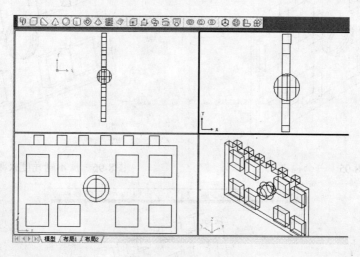

图8-93 绘制球体

（11）单击建模工具栏中的差集按钮⬤，先选择主墙体，单击右键，再单击要减去的对象，即球体，效果如图8-94所示。

（12）单击右下角的西南等轴测视口，然后单击菜单栏中的"视图→视口→一个视口"命令，效果如图8-95所示。

（13）单击菜单栏中的"视图→动态观察→自由动态观察"命令，就可以三维旋转视图，即可以从不同角度来观察古城墙，如图8-96所示。

（14）单击菜单栏中的"视图→消隐"命令，可以创建对象的消隐视图，用以隐藏被前景对象遮掩的背景对象，古城墙效果如图8-97所示。

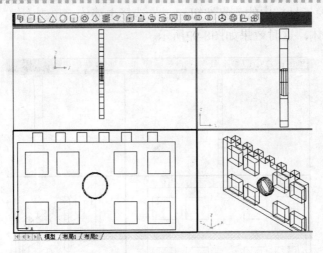

图8-94　差集球体效果

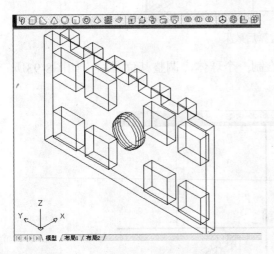

图8-95　一个视口

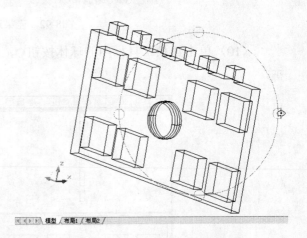

图8-96　从不同角度来观察古城墙

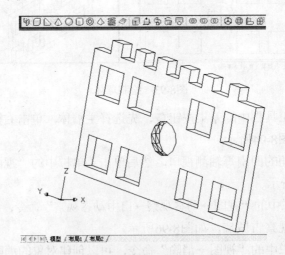

图8-97　消隐后的古城墙效果

（15）单击快速访问工具栏中的保存按钮🔲，弹出"保存"对话框，输入文件名为"利用布尔运算绘制古城墙"，其他为默认，然后单击"保存"按钮即可。

8.6 利用拉伸绘制齿轮三维效果

拉伸是二维图形转换成三维图形最常用的一种方法。通过沿指定的方向将图形或平面拉伸出指定距离来创建三维实体图形或曲面。

首先绘制一个正八边形，然后单击菜单栏中的"绘图→建模→拉伸"命令或单击建模工具栏中的拉伸按钮 ，再选择正八边形，单击右键，就可以指定拉伸的高度，拉伸后效果如图8-98所示。

注意，可以拉伸的对象如下：

- 直线
- 圆弧
- 椭圆弧
- 二维多段线
- 二维样条曲线
- 圆
- 椭圆
- 二维实体
- 宽线
- 面域
- 平面三维多段线
- 三维平面
- 平面曲面
- 实体上的平面

拉伸高度可以利用鼠标拖动来指定，也可以指定拉伸路径。首先绘制一个圆和直线，如图8-99所示。

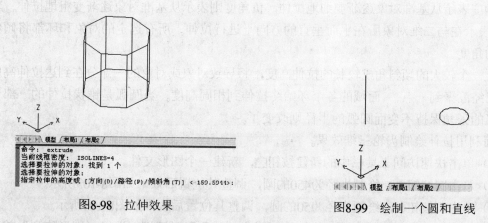

图8-98 拉伸效果 图8-99 绘制一个圆和直线

单击建模工具栏中的拉伸按钮 ，选择圆，单击右键，然后输入"P"，按"Enter"键，提示选择拉伸路径，在这里选择直线，这时效果如图8-100所示。

拉伸图形时，还可以设置倾斜角。首先绘制一个矩形，如图8-101所示。

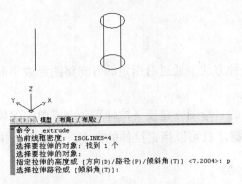

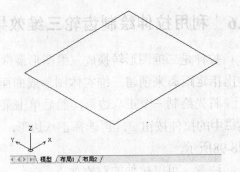

图8-100　通过指定拉伸路径拉伸图形　　　　　图8-101　绘制矩形

单击建模工具栏中的拉伸按钮，选择矩形，单击右键，然后输入"T"，按"Enter"键，设置拉伸的倾斜角度为10，按"Enter"键，再设置拉伸高度为300，按"Enter"键，这时效果如图8-102所示。

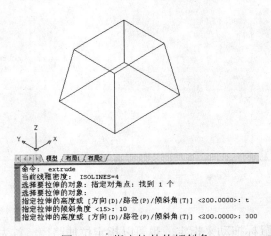

图8-102　指定拉伸的倾斜角

正角度表示从基准对象逐渐变细地拉伸，负角度则表示从基准对象逐渐变粗地拉伸。默认角度0表示在与二维对象所在平面垂直的方向上进行拉伸。所有选定的对象和环都将倾斜到相同的角度。

指定一个较大的倾斜角或较长的拉伸高度，将导致对象或对象的一部分在到达拉伸高度之前就已经汇聚到一点。面域的各个环始终拉伸到相同高度。当圆弧是锥状拉伸的一部分时，圆弧的张角保持不变而圆弧的半径则改变了。

下面利用拉伸绘制齿轮三维效果。

（1）单击快速访问工具栏中的新建按钮，新建一个图形文件。

（2）单击圆按钮，绘制半径为450的圆，调整其位置后效果如图8-103所示。

（3）单击圆按钮，绘制半径为50的圆，调整其位置后效果如图8-104所示。

（4）进行环形阵列。单击阵列按钮，弹出"阵列"对话框，选择"环形阵列"前面的单选按钮，如图8-105所示。

（5）单击选择对象按钮，自动返回到工作区，选择小圆形。

（6）单击中心点后的按钮，选择环形阵列的中心点，在这里要选择大圆的圆心。

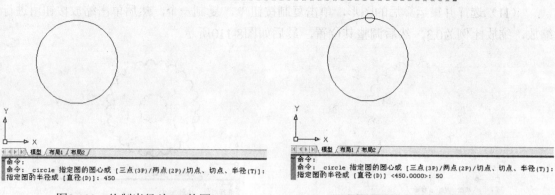

图8-103 绘制半径为450的圆　　　　图8-104 绘制半径为50的圆

（7）设置项目总数为24，填充角度为360，然后单击"确定"按钮，这时效果如图8-106所示。

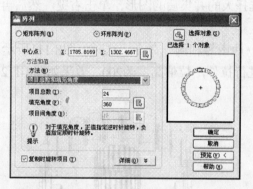

图8-105 "阵列"对话框

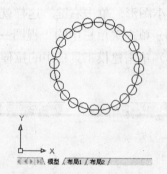

图8-106 环形阵列后效果

（8）转换成面域，进行布尔并运算。单击"绘图"选项中的面域按钮，如图8-107所示。

（9）单击面域按钮后，选择工作区中所有的圆，然后单击右键，这样就创建了25个面域，就可以进行布尔运算，如图8-108所示。

图8-107 面域按钮

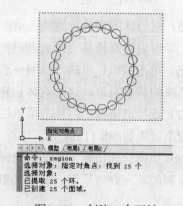

图8-108 创建25个面域

（10）单击建模工具栏中的并集运算按钮，选择所有圆，然后单击右键，这时效果如图8-109所示。

（11）选择并集运算后的图形，单击复制按钮 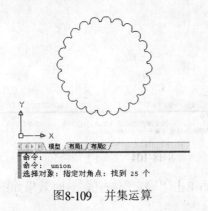，复制一个，然后单击缩放按钮 进行缩放，缩放比例为0.3，然后调整其位置，最后如图8-110所示。

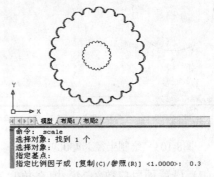

图8-109　并集运算　　　　　　　　　图8-110　复制缩放并集后的图形

（12）单击建模工具栏中的差集按钮 ，选择大的并集后的图形，单击右键，然后再单击复制的小图形，单击右键，这样就差集成功。

（13）单击菜单栏中的"视图→三维视图→西南等轴测"命令，这时如图8-111所示。

（14）单击建模工具栏中的拉伸按钮 ，进行拉伸，拉伸高度为200，效果如图8-112所示。

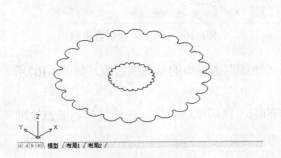

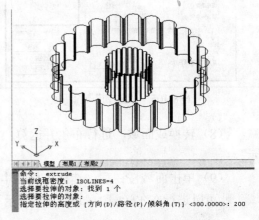

图8-111　转换视图　　　　　　　　　　图8-112　拉伸后效果

（15）对立体图形进行旋转。单击建模工具栏中的三维旋转按钮 ，选择拉抻对象，单击右键，即可设定旋转基点及旋转轴向，然后进行三维旋转，如图8-113所示。

（16）单击菜单栏中的"视图→消隐"命令，可以创建对象的消隐视图，用以隐藏被前景对象遮掩的背景对象，这时立体齿轮效果如图8-114所示。

（17）进行渲染输出。单击菜单栏中的"视图→渲染→渲染"命令，这时弹出"渲染"窗口，渲染效果如图8-115所示。

（18）单击快速访问工具栏中的保存按钮 ，弹出"保存"对话框，输入文件名为"利用拉伸绘制齿轮三维效果"，其他为默认，然后单击"保存"按钮即可。

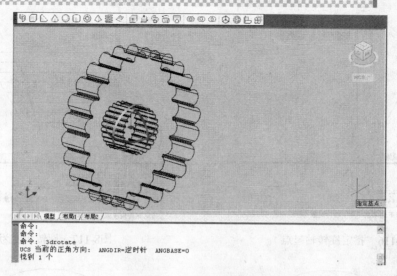

图8-113 三维旋转对象

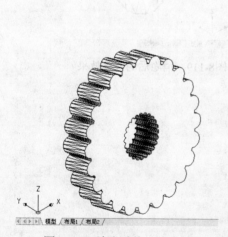

图8-114 消隐后的立体齿轮

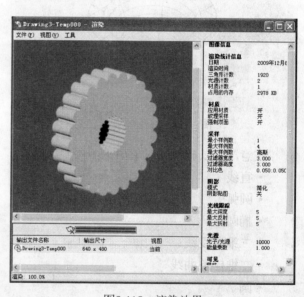

图8-115 渲染效果

8.7 利用旋转制作酒杯三维效果

旋转是二维对象转换成三维对象最常用的一种方法。二维对象截图旋转后产生三维对象。

首先绘制一个多段线，单击菜单栏中的"绘图→建模→旋转"命令或单击建模工具栏中的旋转按钮，再选择多段线，单击右键，然后指定轴起点，这里是多段线一端的起点，绘制垂直线，如图8-116所示。

下面就可以设置旋转角度，在这里设置旋转角度为360，按"Enter"键，效果如图8-117所示。

单击菜单栏中的"视图→三维视图→西南等轴测"命令，三维效果如图8-118所示。

单击菜单栏中的"视图→消隐"命令，可以创建对象的消隐视图，用以隐藏被前景对象遮掩的背景对象，这时效果如图8-119所示。

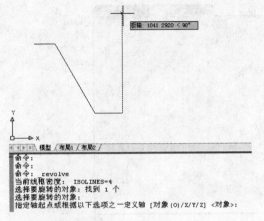

图8-116　指定旋转轴起点

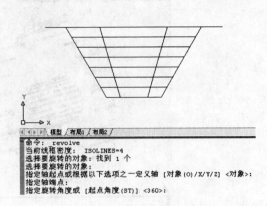

图8-117　旋转角度为360

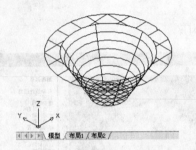

图8-118　三维效果

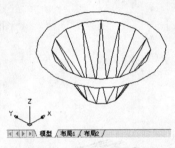

图8-119　消隐后的三维效果

注意，可以旋转的对象如下：

- 直线
- 圆弧
- 椭圆弧
- 二维多段线
- 二维样条曲线
- 圆
- 椭圆
- 三维平面
- 二维实体
- 宽线
- 面域
- 实体或曲面上的平面

在旋转对象时，旋转的轴可以指定对象，也可以自定义旋转角度。首先绘制两条弧线，如图8-120所示。

单击建模工具栏中的旋转按钮　，再选择左侧的弧线，单击右键，输入"O"后，选择右侧的弧线，然后设置旋转角度为160，按"Enter"键后效果如图8-121所示。

单击菜单栏中的"视图→三维视图→西南等轴测"命令，这时三维效果如图8-122所示。

单击菜单栏中的"视图→消隐"命令，可以创建对象的消隐视图，用以隐藏被前景对象遮掩的背景对象，这时效果如图8-123所示。

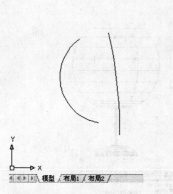

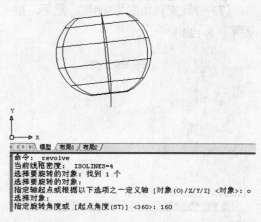

图8-120 绘制两条弧线   图8-121 利用指定对象为轴进行旋转

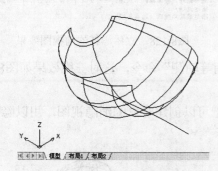

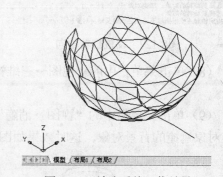

图8-122 三维效果   图8-123 消隐后的三维效果

下面利用旋转制作酒杯三维效果。

（1）单击快速访问工具栏中的新建按钮 📄，新建一个图形文件。

（2）单击菜单栏中的"视图→三维视图→前视"命令，把视口转换为前视图。

（3）单击直线工具，绘制如图8-124所示的酒杯的轮廓截面。

（4）单击圆弧按钮 ⌒，绘制多条圆弧线，如图8-125所示。

（5）删除弧线与对应的直线段，单击修剪按钮 ✂，并对弧线进行修剪，修剪后如图8-126所示。

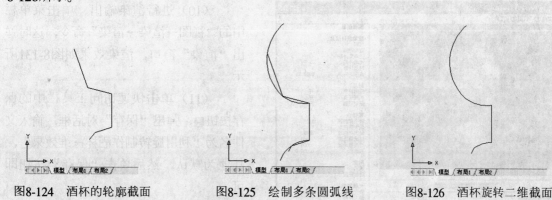

图8-124 酒杯的轮廓截面   图8-125 绘制多条圆弧线   图8-126 酒杯旋转二维截面

（6）单击建模工具栏中的旋转按钮 🔄，选择二维截面，单击右键，设置旋转轴向，如图8-127所示。

（7）设置旋转角度为360度，然后，按"Enter"键，就可以看到立体酒杯的前视图效果，如图 8-128所示。

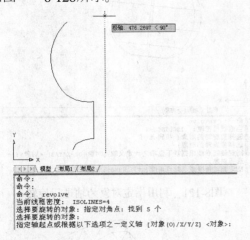

图8-127　设置旋转轴向

图8-128　立体酒杯的前视图效果

（8）单击菜单栏中的"视图→三维视图→西南等轴测"命令，这时三维效果如图8-129所示。

（9）单击菜单栏中的"视图→消隐"命令，把可以创建对象的消隐视图，用以隐藏被前景对象遮掩的背景对象，这时效果如图8-130所示。

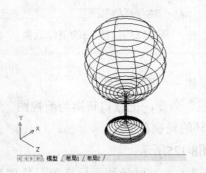

图8-129　立体酒杯

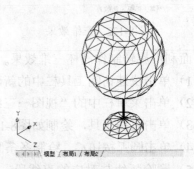

图8-130　消隐后的立体酒杯

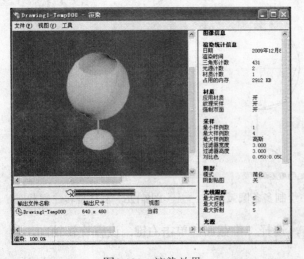

图8-131　渲染效果

（10）进行渲染输出。单击菜单栏中的"视图→渲染→渲染"命令，这时弹出"渲染"窗口，渲染效果如图8-131所示。

（11）单击快速访问工具栏中的保存按钮，弹出"保存"对话框，输入文件名为"利用旋转制作酒杯三维效果"，其他为默认，然后单击"保存"按钮即可。

8.8 利用扫掠制作圆凳三维效果

扫掠是利用一个剖面二维对象、一个路径二维对象、沿着路径剖面方法创建三维对象，所以利用该方法必须有两个二维对象。

利用弧线工具与圆形工具，绘制一段弧线与一个小圆，如图8-132所示。

单击菜单栏中的"绘图→建模→扫掠"命令或单击建模工具栏中的扫掠按钮[⊛]，再选择圆形作为扫掠对象，单击右键，然后选择弧线作为扫掠路径，效果如图8-133所示。

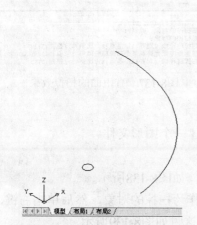

图8-132 绘制一段弧线与一个小圆

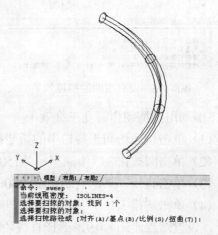

图8-133 扫掠效果

在扫掠时，还可以设置缩放比例，即输入"S"后按"Enter"键在这里输入5，然后选择弧线件为扫掠路径，效果如图8-134所示。

单击菜单栏中的"视图→消隐"命令，可以创建对象的消隐视图，用以隐藏被前景对象遮掩的背景对象，这时效果如图8-135所示。

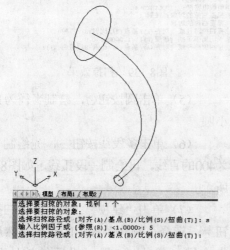

图8-134 设置缩放比例

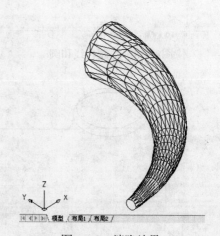

图8-135 消隐效果

在扫掠时，还可以没有扭曲。绘制一段直线与一个矩形，没有扭曲的扫掠效果如图8-136所示。

在扫掠时，还可以设置扭曲度，即输入"T"后按"Enter"键，在这里设置扭曲度为60，然后选择直线作为扫掠路径，效果如图8-137所示。

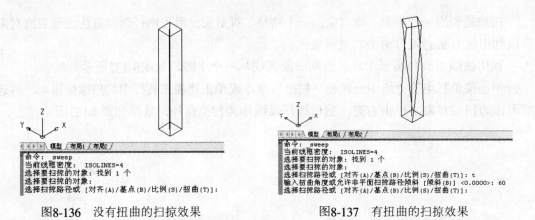

图8-136　没有扭曲的扫掠效果　　　　图8-137　有扭曲的扫掠效果

下面利用扫掠制作圆凳三维效果。

（1）单击快速访问工具栏中的新建按钮，新建一个图形文件。

（2）单击圆按钮，绘制半径为150的圆。

（3）单击直线工具，绘制长度为30的垂直直线，如图8-138所示。

（4）单击建模工具栏中的扫掠按钮，选择圆作为扫掠的对象，然后单击右键，输入"S"，设置缩放比例为0.9，选择直线为扫掠路径，这时如图8-139所示。

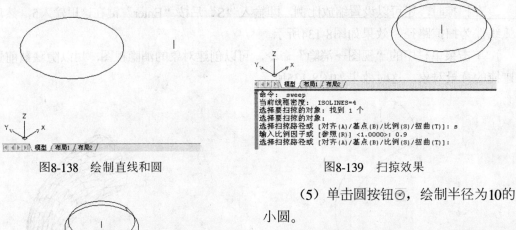

图8-138　绘制直线和圆　　　　　　　图8-139　扫掠效果

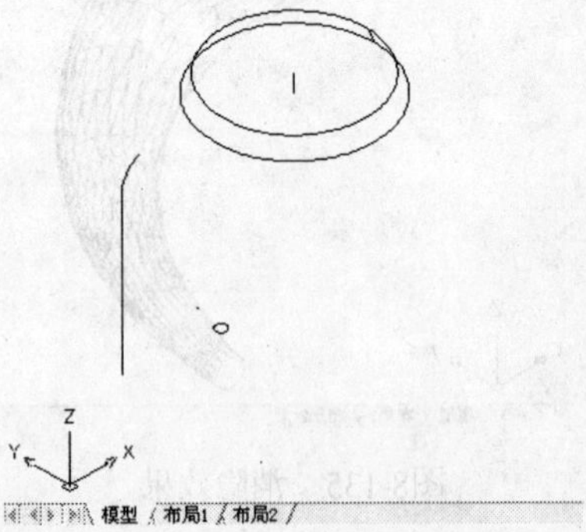

（5）单击圆按钮，绘制半径为10的小圆。

（6）单击多段线按钮，先绘制长度为400的直线，再绘制一段弧线，如图8-140所示。

（7）单击"建模"工具栏中的扫掠按钮，选择小圆作为扫掠的对象，然后单击右键，输入"S"，设置缩放比例为0.98，选择多段线为扫掠路径，这时如图8-141所示。

图8-140　绘制圆与弧线

（8）同理，再绘制圆凳的其他腿，然后调整它们的位置，再单击菜单栏中的"视图→消隐"命令，可以创建对象的消隐视图，用以隐藏被前景对象遮掩的背景对象，这时效果如图8-142所示。

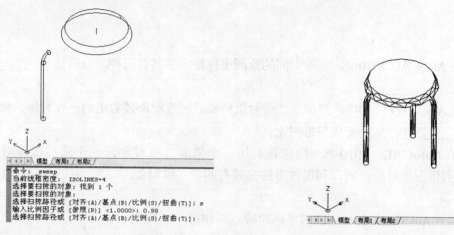

图8-141　扫掠效果

图8-142　消隐后的立体圆凳

（9）输入"CO"后按"Enter"键，复制两个圆凳，调整它们的位置后如图8-143所示。

（10）进行渲染输出。单击菜单栏中的"视图→渲染→渲染"命令，这时弹出"渲染"窗口，渲染效果如图8-144所示。

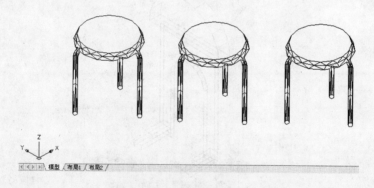

图8-143　复制立体圆凳

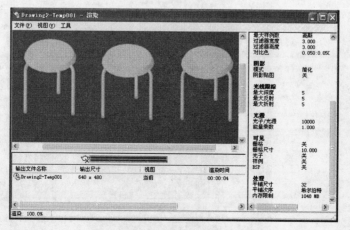

图8-144　渲染效果

（11）单击快速访问工具栏中的保存按钮 🔒，弹出"保存"对话框，输入文件名为"利用扫掠制作圆凳三维效果"，其他为默认，然后单击"保存"按钮即可。

练习题

1. 填空题

（1）在AutoCAD 2010中，三维空间的绘图坐标输入法共有三种，分别是_____、_____、_____。

（2）在AutoCAD 2010中，拉伸是二维对象转换成三维对象最常用的一种方法。拉伸二维对象，_____，从而变成三维对象。

（3）在AutoCAD 2010中，扫掠是利用一个剖面二维对象、一个路径二维对象、_____创建三维对象，所以利用该方法必须有两个二维对象。

2. 简答题

（1）简述AutoCAD 2010中UCS坐标的特点与作用。

（2）简述AutoCAD 2010中常用的9种三维建模工具的使用方法。

3. 上机操作

利用各种三维建模工具绘制如图8-145所示的立体门效果。

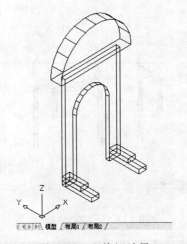

图8-145　立体门效果

三维模型的编辑及渲染输出

本课知识结构及就业达标要求

本课知识结构具体如下：

✛ 利用三维编辑工具修改立体餐桌

✛ 为立体餐桌赋材质

✛ 立体餐桌的渲染输出

本课讲解三维模型的常用编辑操作即拉伸、移动、偏移、旋转、倾斜、复制、删除、压印、清除、分割、抽壳、检查，接下来讲解三维模型的着色、材质、灯光、渲染输出。通过本课的学习，掌握三维模型的修改，并对三维模型进行赋材质、布局灯光，最后进行渲染输出。

9.1 利用三维编辑工具修改立体餐桌

三维模型的编辑包括对各个组成面的拉伸、移动、偏移、旋转、倾斜、复制、删除及对各个边的复制等操作，还包括对体的压印、清除、分割、抽壳、检查操作。

单击菜单栏中的"工具→工具栏→AutoCAD→实体编辑"命令，显示实体编辑工具栏，如图9-1所示。

图9-1 实体编辑工具栏

9.1.1 拉伸面、移动面和偏移面

单击菜单栏中的"视图→视口→四个视口"命令，这样工作区就显示四个视口，选择左上角的视口，单击菜单栏中的"视图→三维视图→俯视"命令，把该视图改为俯视图，同理，把其他三个视图分别改为前视图、左视图、西南等轴测。

单击建模工具栏中的长方体按钮▣，绘制一个长方体，单击建模工具栏中的圆柱体按钮▣，绘制一个圆柱体，调整其位置后，如图9-2所示。

单击实体编辑工具栏中的差集按钮◎，然后选择长方体，单击右键，再单击圆柱体，单击右键，差集运算效果如图9-3所示。

单击实体编辑工具栏中的拉伸面按钮▣，选择立体图形的上面，单击右键，然后向上拉伸，拉伸距离为100，倾斜角为0，这时效果如图9-4所示。

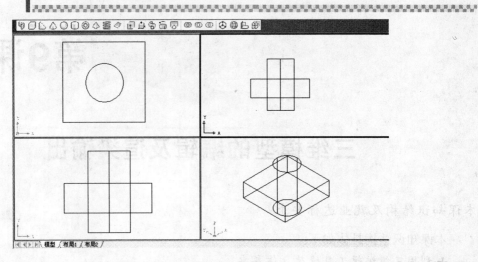

图9-2　绘制长方体与圆柱体

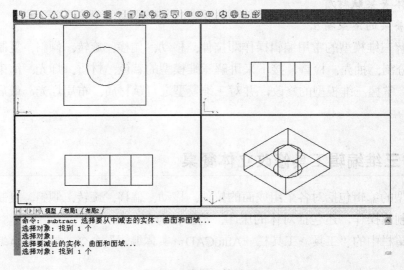

图9-3　差集运算效果

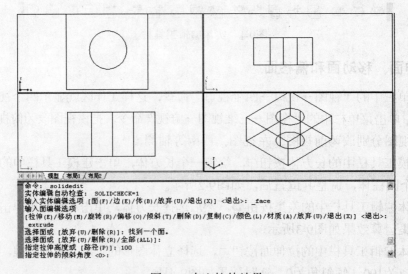

图9-4　向上拉伸效果

在拉伸过程中，还可以设置拉伸倾斜角度，在这里设置为15度，效果如图9-5所示。

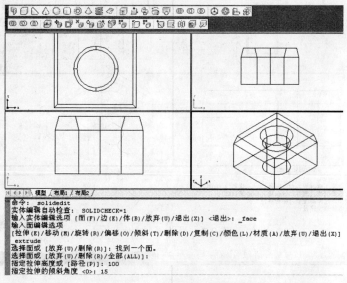

图9-5 拉伸倾斜角度为15度

在拉伸面时，还可以沿着路径直接拉伸。单击直线工具，绘制一条直线。单击实体编辑工具栏中的拉伸面按钮 ，选择两个截面，如图9-6所示。

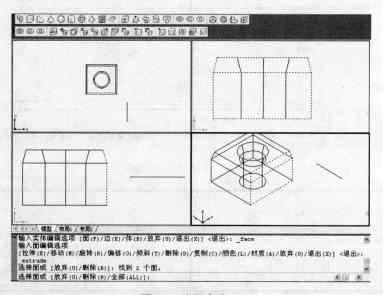

图9-6 选择多个面

然后单击右键，在弹出的菜单中单击"确定"，输入"P"后按"Enter"键，选择直线作为拉伸面的路径，这时效果如图9-7所示。

移动面。单击实体编辑工具栏中的移动面按钮 ，选择要移动的面，如图9-8所示。

单击右键，在弹出的菜单中单击"确定"，然后选择移动的基点，再设置位置的第二点，这时就可以移动选择的面，移动后如图9-9所示。

偏移面。单击实体编辑工具栏中的偏移面按钮 ，选择要偏移的面，如图9-10所示。

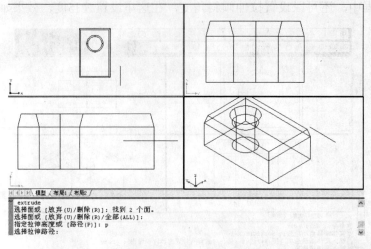

```
extrude
选择面或 [放弃(U)/删除(R)]: 找到 2 个面。
选择面或 [放弃(U)/删除(R)/全部(ALL)]:
指定拉伸高度或 [路径(P)]: p
选择拉伸路径:
```

图9-7　沿路径拉伸面

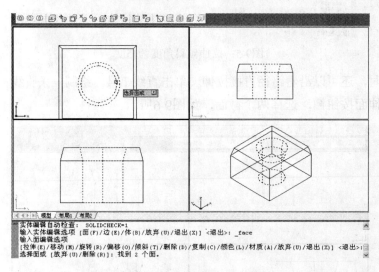

```
实体编辑自动检查:  SOLIDCHECK=1
输入实体编辑选项 [面(F)/边(E)/体(B)/放弃(U)/退出(X)] <退出>: _face
输入面编辑选项
[拉伸(E)/移动(M)/旋转(R)/偏移(O)/倾斜(T)/删除(D)/复制(C)/颜色(L)/材质(A)/放弃(U)/退出(X)] <退出>:
选择面或 [放弃(U)/删除(R)]: 找到 2 个面。
```

图9-8　选择要移动的面

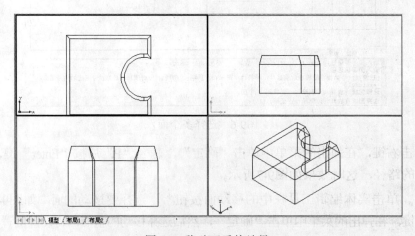

图9-9　移动面后的效果

　　单击右键，在弹出的菜单中单击"确定"，然后设置偏移距，如果偏移距为正，则会缩小偏移面，在这里设置为50，按"Enter"键，这时效果如图9-11所示。

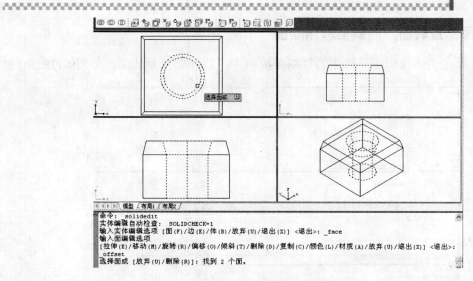

图9-10 选择要偏移的面

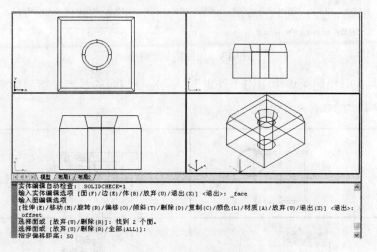

图9-11 设置偏移距为50

如果偏移距为负，则会放大偏移面，在这里设置为-50，按"Enter"键，这时效果如图9-12所示。

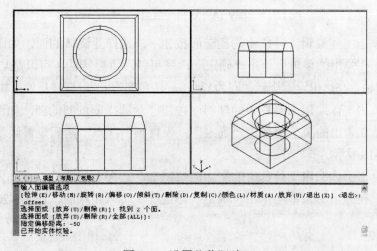

图9-12 设置偏移距为-50

9.1.2 复制面、旋转面、倾斜面和删除面

复制面。单击实体编辑工具栏中的复制面按钮 📄，选择要复制的面，如图9-13所示。

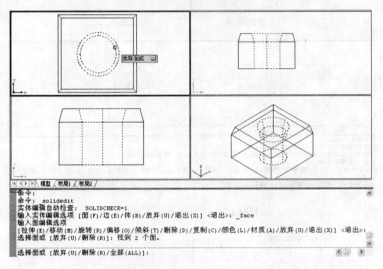

图9-13 选择要复制的面

单击右键，在弹出的菜单中单击"确定"，确定复制面的基点，然后指定第二点，复制面后效果如图9-14所示。

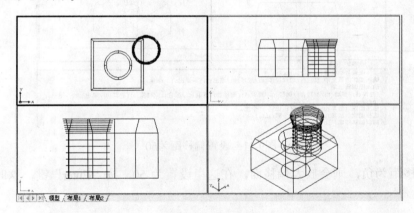

图9-14 复制面效果

旋转面。单击实体编辑工具栏中的旋转面按钮 📄，选择要旋转的面，如图9-15所示。

单击右键，在弹出的菜单中单击"确定"，就可以设置旋转轴，可以是X、Y、Z轴，也可以指定具体的轴。在这里设置旋转轴向为X轴，旋转角度为8度，旋转后效果如图9-16所示。

倾斜面。单击实体编辑工具栏中的倾斜面按钮 📄，选择要倾斜的面，如图9-17所示。

单击右键，在弹出的菜单中单击"确定"，设置倾斜基点，然后设置倾斜角为5度，倾斜后效果如图9-18所示。

删除面。单击实体编辑工具栏中的删除面按钮 📄，选择要删除的面，如图9-19所示。

单击右键，在弹出的菜单中单击"确定"，这样就可以删除面，如图9-20所示。

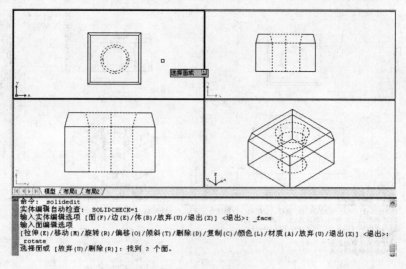

命令: solidedit
实体编辑自动检查: SOLIDCHECK=1
输入实体编辑选项 [面(F)/边(E)/体(B)/放弃(U)/退出(X)] <退出>: _face
输入面编辑选项
[拉伸(E)/移动(M)/旋转(R)/偏移(O)/倾斜(T)/删除(D)/复制(C)/颜色(L)/材质(A)/放弃(U)/退出(X)] <退出>:
_rotate
选择面或 [放弃(U)/删除(R)]: 找到 2 个面。

图9-15 选择要旋转的面

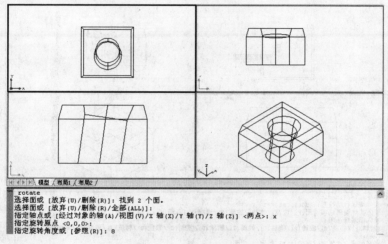

rotate
选择面或 [放弃(U)/删除(R)]: 找到 2 个面。
选择面或 [放弃(U)/删除(R)/全部(ALL)]:
指定轴点或 [经过对象的轴(A)/视图(V)/X 轴(X)/Y 轴(Y)/Z 轴(Z)] <两点>: x
指定旋转原点 <0,0,0>:
指定旋转角度或 [参照(R)]: 8

图9-16 旋转后的效果

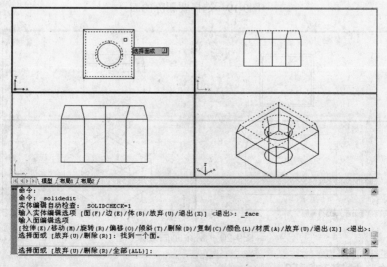

命令:
命令: solidedit
实体编辑自动检查: SOLIDCHECK=1
输入实体编辑选项 [面(F)/边(E)/体(B)/放弃(U)/退出(X)] <退出>: _face
输入面编辑选项
[拉伸(E)/移动(M)/旋转(R)/偏移(O)/倾斜(T)/删除(D)/复制(C)/颜色(L)/材质(A)/放弃(U)/退出(X)] <退出>:
选择面或 [放弃(U)/删除(R)]: 找到一个面。

选择面或 [放弃(U)/删除(R)/全部(ALL)]:

图9-17 选择要倾斜的面

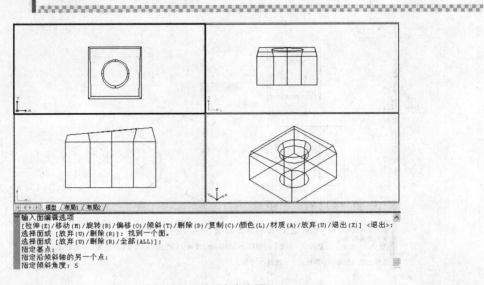

图9-18　面倾斜后效果

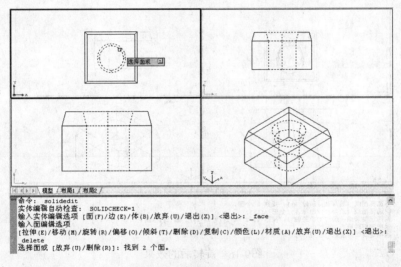

图9-19　选择要删除的面

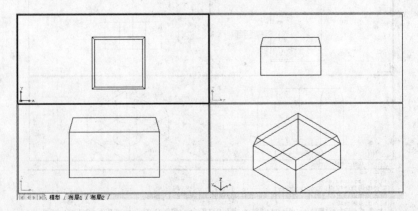

图9-20　删除面后效果

9.1.3　复制边、抽壳和压印

复制边。单击实体编辑工具栏中的复制边按钮，选择要复制的边，如图9-21所示。

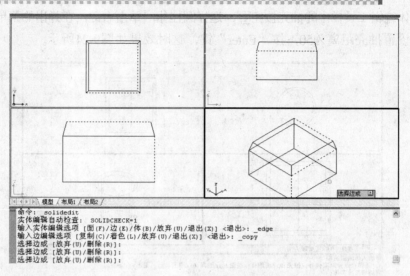

图9-21 选择要复制的边

单击右键，在弹出的菜单中单击"确定"，确定复制边的基点，然后指定第二点，复制边后效果如图9-22所示。

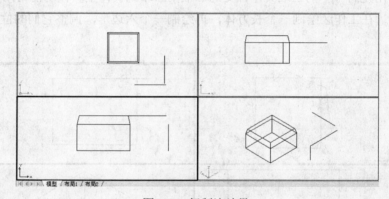

图9-22 复制边效果

抽壳的作用是在主体轮廓内或外围以指定的距离再产生一个轮廓外线。单击建模工具栏中的圆柱体按钮◎，在工作区绘制一个圆柱体，如图9-23所示。

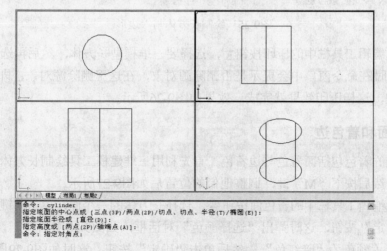

图9-23 绘制一个圆柱体

　　单击实体编辑工具栏中的抽壳按钮，选择圆柱体，单击右键，在弹出的菜单中单击"确定"，然后设置抽壳距离为50，按"Enter"键，这时效果如图9-24所示。

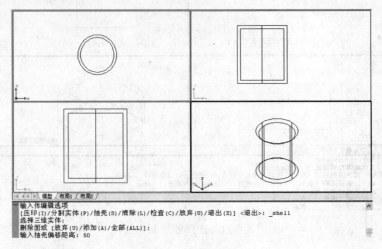

图9-24　抽壳效果

　　压印的作用是将一个与三维实体相交的二维平面印到实体上。该功能常用于在三维模型上添加辅助线。在工作区绘制一个长方体，再绘制一个六边形，调整它们的位置后如图9-25所示。

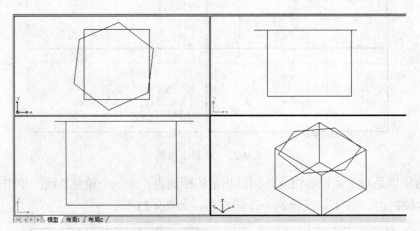

图9-25　绘制长方体与六边形

　　单击实体编辑工具栏中的压印按钮，选择要三维模型长方体，然后再选择压印二维图形六边形，这时在命令窗口中会提示是否删除源对象，在这里删除源对象，即输入"Y"，按"Enter"键，这样压印效果就完成，效果如图9-26所示。

9.1.4　着色面和着色边

　　三维模型的着色包括面着色与边着色。首先利用三维建模工具绘制长方体、球体、圆柱体、棱锥面，然后按下"M"键，调整他们的位置后如图9-27所示。

　　单击实体编辑工具栏中的着色面按钮，选择长方体的一个面，单击右键，在弹出的菜单中单击"确定"按钮，这时弹出"选择颜色"对话框，如图9-28所示。

　　在这里设置颜色为"暗红色"，然后单击"确定"按钮，这时如图9-29所示。

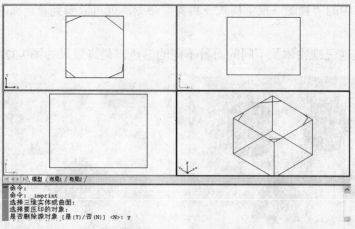

图9-26　压印效果

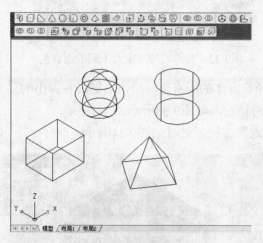

图9-27　绘制三维图形

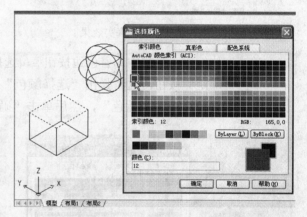

图9-28　"选择颜色"对话框

默认状况下是二维线框视觉样式。单击菜单栏中的"视图→视觉样式"命令，弹出下一级子菜单，就可以看到所有的视觉样式，如图9-30所示。

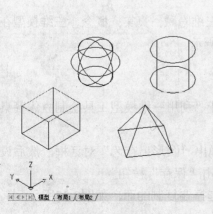

图9-29　着色面

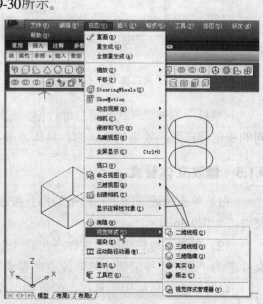

图9-30　所有的视觉样式

单击菜单栏中的"视图→视觉样式→真实"命令，就可以看到着色面的真实效果，如图9-31所示。

同理，为其他三维物体及不同的面着不同的颜色，最终效果如图9-32所示。

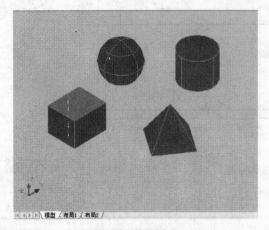

图9-31　三维着色真实效果

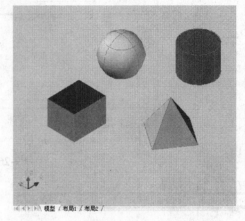

图9-32　为不同的对象及不同的面着色

单击实体编辑工具栏中的着色边按钮，选择长方体的所有边，单击右键，在弹出的菜单中单击"确定"按钮，这时弹出"选择颜色"对话框，如图9-33所示。

在这里设置颜色为"蓝色"，然后单击"确定"按钮，这时如图9-34所示。

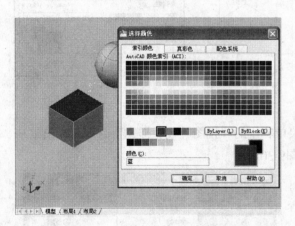

图9-33　"选择颜色"对话框

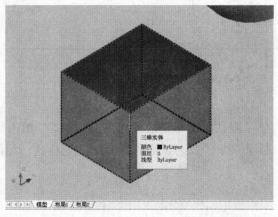

图9-34　着色边

三维模型的视觉样式包括二维线框、三维线框、三维隐藏、真实、概念。三维模型在不同的视觉样式下，效果是不同的，具体效果如图9-35所示。

9.1.5　修改立体餐桌

（1）单击快速访问工具栏中的打开按钮，打开"利用三维模型工具绘制立体餐桌"文件，如图9-36所示。

（2）单击菜单栏中的"文件→另存为"命令，弹出"图形另存为"对话框，然后设置文件名为"利用三维编辑工具修改立体餐桌"，再单击"保存"按钮。

（3）单击实体编辑工具栏中的复制面按钮，选择要复制的面，如图9-37所示。

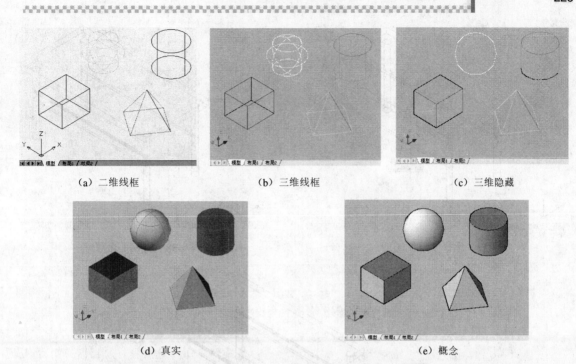

（a）二维线框　　　　　　（b）三维线框　　　　　　（c）三维隐藏

　　　　　（d）真实　　　　　　　　　　　　　（e）概念

图9-35　三维模型的视觉样式

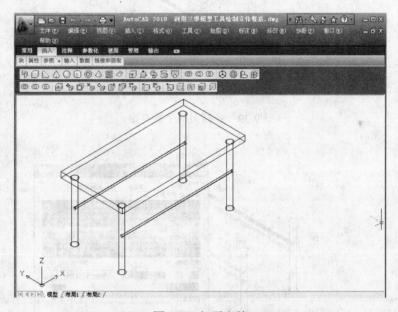

图9-36　打开文件

　　（4）单击右键，在弹出的菜单中单击"确定"，确定复制面的基点，然后指定第二点，复制面后效果如图9-38所示。

　　（5）同理，再复制另一个餐桌撑，效果如图9-39所示。

　　（6）单击实体编辑工具栏中的着色面按钮，选择餐桌面，单击右键，在弹出菜单中单击"确定"按钮，这时弹出"选择颜色"对话框，如图9-40所示。

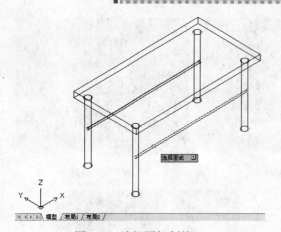

图9-37　选择要复制的面

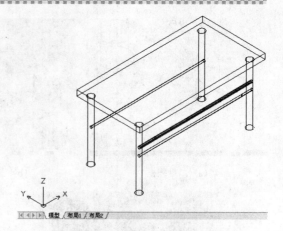

图9-38　复制面效果

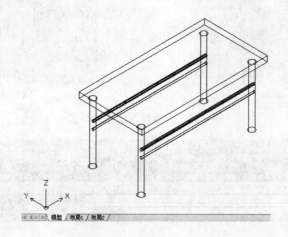

图9-39　复制另一个餐桌撑

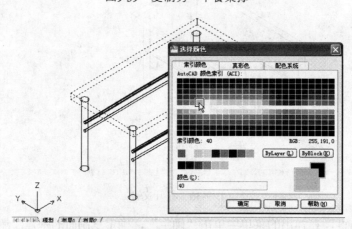

图9-40　"选择颜色"对话框

（7）设置颜色为"橙色"，然后单击"确定"按钮，这时如图9-41所示。

（8）设置餐桌腿颜色。单击实体编辑工具栏中的着色面按钮，选择四个餐桌腿，然后设置颜色为"暗红色"，如图9-42所示。

（9）单击菜单栏中的"视图→视觉样式→真实"命令，就可以看到着色面的真实效果，如图9-43所示。

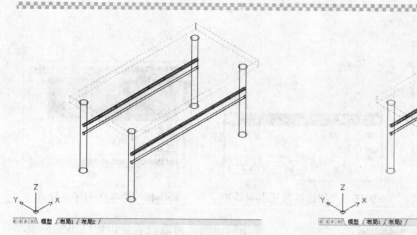

图9-41 设置餐桌面颜色

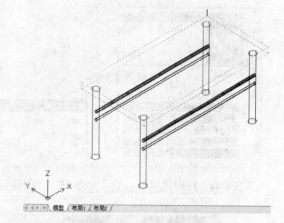

图9-42 设置餐桌腿颜色

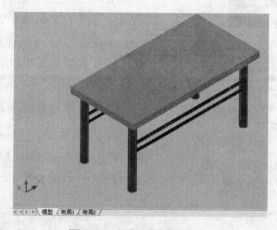

图9-43 着色面的真实效果

9.2 为立体餐桌赋材质

9.2.1 材质选项板

任何物体都有各自的表面特征，怎样成功地表现各个物体不同的质感、颜色、属性是三维建模领域中一个难点。只有解决了这个难点，才能使作品中的各个物体更具真实感。在AutoCAD 2010中，通过使用材质与贴图功能，就能非常出色地解决这个问题。材质编辑器功能非常强大，可以装饰、着色各三维对象，从而表现出三维物体的真实质感。

单击菜单栏中的"工具→选项板→材质"命令，就可以打开"材质"选项板，如图9-44所示。

材质选项板在默认情况下只显示一个样本球，单击创建新材质按钮🎱，就可以弹出"创建新材质"对话框，如图9-45所示。

为新材质输入名称和说明信息后，单击"确定"按钮，就可以增加一个样本球。

单击样例几何体按钮🔵，可以设置样本球的显示样式，共有三种，球体、圆柱体、方体，不同样本球的不同显示样式如图9-46所示。

图9-44　材质选项板

图9-45　"创建新材质"对话框

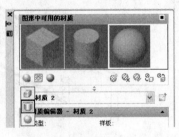

图9-46　样本球的显示样式

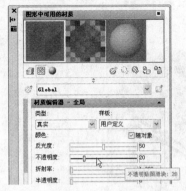

图9-47　不透明度为20，背景是否可见的效果

单击按钮▦，可以设置是否可以见到背景，主要用到透明度样本球，设置不透明度为20，背景是否可见的效果如图9-47所示。

单击按钮●可以设置样本球是否有反光部分，具体效果如图9-48所示。

选择要删除的材质样本球，单击按钮，就可以删除该材质样本球。

单击按钮，可以把将材质赋给选择对象；单击按钮，可以删除选定对象中的材质。把材质赋给对象如图9-49所示。

图9-48　样本球是否有反光部分

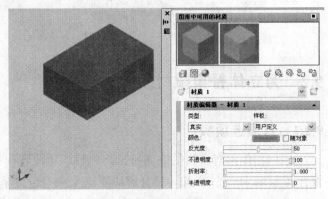

图9-49　把材质赋给对象

9.2.2　材质编辑器

选择一个样本球，可以看到该样本球的名称及其对应的材质编辑器，如图9-50所示。

材质编辑器包括材质的类型、样板、颜色、反光度、不透明度、折射度、半透明度、自发光和亮度的设置。

单击类型对应的下拉按钮，可以看到材质的所有类型，分别是真实、真实金属、高级、高级金属，如图9-51所示。

默认状态下显示的是"真实"类型的材质参数信息，下面来讲解一下。

·颜色：可以设置材质颜色随对象，也可以单击其后的颜色块，弹出"选择颜色"对话框，可以为材质选择不同的颜色，如图9-52所示。

图9-51 材质的所有类型

图9-50 材质编辑器

图9-52 "选择颜色"对话框

·反光度：可以设置材质的反光程度。很有光泽的实体面上的亮显区域较小但显示较亮。较暗的面可将光线反射到较多方向，从而可创建区域较大且显示较柔和的亮显。

·不透明度：可以设置材质的不透明度。完全不透明的实体对象不允许光穿过其表面；不具有不透明性的对象是透明的。不透明度为100和不透明度为30的对比效果如图9-53所示。

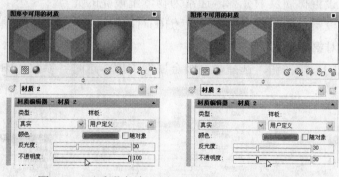

图9-53 不透明度为100和不透明度为30的对比效果

·折射率：可以设置材质的折射率。例如，折射率为1.0时（空气的折射率），透明对象后面的对象不会失真。折射率为1.5时，透明对象后面的对象将严重失真，就像通过玻璃球看对象一样。

·半透明度：可以设置材质的半透明度。半透明对象传递光线，但在对象内也会散射部分光线。半透明度值为百分比：值为0.0时，材质不透明；值为100.0时，材质完全透明。

·自发光：值大于0时，可以使对象自身显示为发光而不依赖于图形中的光源。选择自发光时，亮度不可用。

·亮度：亮度是表面所反射的光线的值。它用于衡量所感知的表面的明暗程度。选择亮度时，自发光不可用。亮度以实际光源单位指定。

·双面材质：选择该复选框后，将渲染正面法线和反面法线。取消选择后，将仅渲染正面法线。

　　·样板：列出可用于选定的材质类型的样板，如图9-54所示。

　　利用样板可以快速为对象赋材质，选择不同的样板类型后，就可以看到该样板对应的各项材质参数，如图9-55所示是"塑料"材质的各项参数。

图9-54　材质类型的样板

图9-55　塑料材质的各项参数

　　在这里可以看到，塑料材质的反光度为90，不透明度为100，折射度为1.4。

　　单击类型对应的下拉按钮，选择"真实金属"类型，这时各参数如图9-56所示。

　　各项参数意义同真实材质，这里不再重复。

　　单击类型对应的下拉按钮，选择"高级"类型，这时各参数如图9-57所示。

　　在高级材质中，可以具体设置环境光、漫射和高光，还可以设置反射。

　　·环境光：用来设置材质阴暗部分反射出来的颜色。

　　·漫射：用来设置材质反射直接光源所产生的颜色。

　　·高光：用来设置材质反射光源，通常为物体上最亮的光点。

　　·反射：用来设置材质的反射率。设置为100时，材质完全反射，周围环境将反射在应用了此材质的任何对象的表面。

　　单击类型对应的下拉按钮，选择"高级金属"类型，这时各参数如图9-58所示。

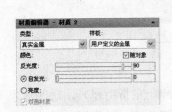

图9-56　真实金属材质各项参数

图9-57　高级材质各项参数

图9-58　高级金属材质各项参数

9.2.3　贴图

　　在AutoCAD 2010中，贴图共分3种，分别是漫射贴图、不透明贴图和凹凸贴图，如图9-59所示。

　　1. 漫射贴图

　　单击漫射贴图对应的下拉按钮，可以看到所有的漫射贴图类型，如图9-60所示。

　　（1）纹理贴图：选择该类型后，可以单击"选择图像"按钮，弹出"选择图像文件"对话框，选择不同的纹理图像，如图9-61所示。

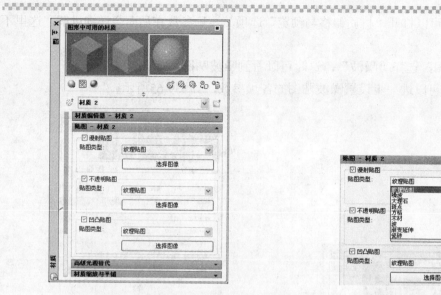

图9-59　贴图

图9-60　漫射贴图类型

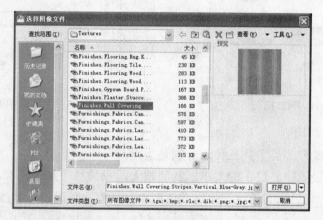

图9-61　"选择图像文件"对话框

选择文件后，单击"打开"按钮，再单击按钮，把将材质赋给选择对象，如图9-62所示。

利用可以设置纹理贴图的自发光程度；单击按钮Finishes.Wall...，可以重新选择纹理文件；单击按钮，可以删除纹理贴图效果；单击按钮，可以使纹理贴图和材质同步；单击按钮，弹出"漫射贴图预览"对话框，如图9-63所示。

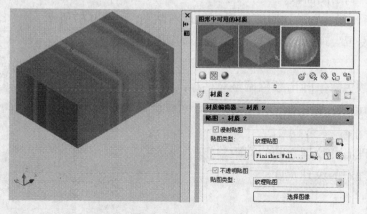

图9-62　纹理贴图

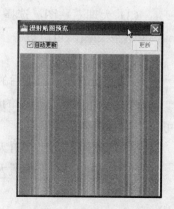

图9-63　"漫射贴图预览"对话框

单击按钮，可以打开"材质偏移与预览"选项，该项参数在后面会详细讲解，这里不再多说。

（2）噪波贴图：选择"噪波"，这时可以看到噪波贴图，如图9-64所示。

单击按钮，可以进一步设置噪波贴图的各项参数，如图9-65所示。

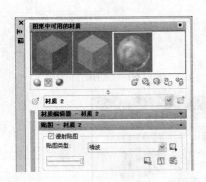

图9-64　噪波贴图　　　　　　　　图9-65　噪波贴图的各项参数

各项参数意义如下。

- 噪波类型：噪波的类型共三种，分别是规则、分形、紊流。
- 大小：用来设置噪波粒子的大小，其值越大，噪波粒子越大，噪波效果越平滑。
- 颜色1：单击其后的颜色块，弹出颜色调整对话框，可以设置其颜色，也可以进一步设置贴图类型。
- 噪波阀值的高和低：控制颜色量，噪波阀值的高参数是用来控制颜色1，而噪波阀值的低参数控制颜色2。
- 噪波阀值的相位和级别：调整噪波的飘移程度，级别越大，噪波效果越平滑。

设置好各项参数后，单击按钮，把将材质赋给选择对象，如图9-66所示。

单击按钮，可以重新返回到贴图面板。

（3）大理石贴图：选择"大理石"，这时可以看到大理石贴图，如图9-67所示。

单击按钮，可以进一步设置大理石贴图的各项参数，如图9-68所示。

各项参数意义如下。

- 石质颜色：单击其后的颜色块，弹出颜色调整对话框，可以设置其颜色。
- 纹理颜色：单击其后的颜色块，弹出颜色调整对话框，可以设置其颜色。单击按钮，可以交换石质和纹理颜色。
- 纹理间距：用来设置大理石的纹理之间的间距。
- 纹理宽度：用来设置大理石的纹理宽度。

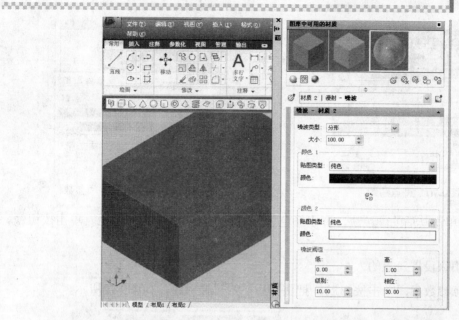

图9-66 噪波贴图效果

图9-67 大理石贴图

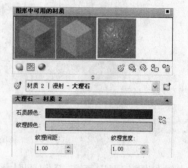

图9-68 大理石贴图的各项参数

设置好各项参数后，单击按钮 ，把将材质赋给选择对象，如图9-69所示。

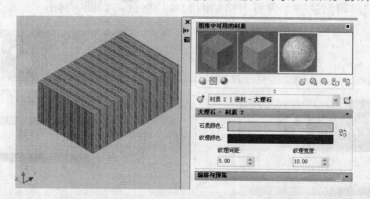

图9-69 大理石贴图效果

单击按钮 ，可以重新返回到贴图面板。

（4）斑点贴图：选择"斑点"，这时就可以看到斑点贴图，如图9-70所示。

单击按钮 ，可以进一步设置斑点贴图的各项参数，如图9-71所示。

各项参数意义如下。

· 颜色1：单击其后的颜色块，弹出颜色调整对话框，可以设置其颜色。

图9-70　斑点贴图　　　　　　　　　　图9-71　斑点贴图的各项参数

• 颜色2：单击其后的颜色块，弹出颜色调整对话框，可以设置其颜色。单击按钮 ，可以交换颜色。

• 大小：用来设置斑点的大小。

设置好各项参数后，单击按钮 ，把将材质赋给选择对象，如图9-72所示。

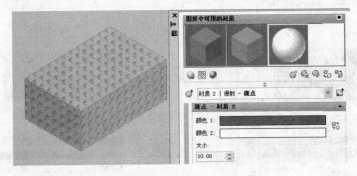

图9-72　斑点贴图效果

单击按钮 ，可以重新返回到贴图面板。

（5）方格贴图：选择"方格"，这时可以看到方格贴图，如图9-73所示。

单击按钮 ，可以进一步设置方格贴图的各项参数，如图9-74所示。

图9-73　方格贴图　　　　　　　　　　图9-74　方格贴图的各项参数

各项参数意义如下。

• 颜色1：单击其后的颜色块，弹出颜色调整对话框，可以设置其颜色，也可以进一步设置贴图类型。

·颜色2：单击其后的颜色块，弹出颜色调整对话框，可以设置其颜色，也可以进一步设置贴图类型。

·柔化：设置方格边缘的虚化程度，其值越大，虚化效果越明显。

设置好各项参数后，单击按钮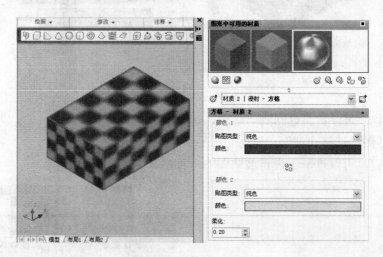，把将材质赋给选择对象，如图9-75所示。

图9-75 方格贴图效果

单击按钮，可以重新返回到贴图面板。

（6）木材贴图：选择"木材"，这时可以看到木材贴图，如图9-76所示。

单击按钮，就可以进一步设置木材贴图的各项参数，如图9-77所示。

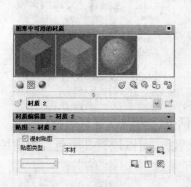

图9-76 木材贴图

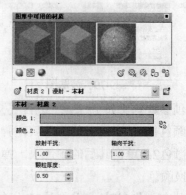

图9-77 木材贴图的各项参数

各项参数意义如下。

·颜色1：单击其后的颜色块，弹出颜色调整对话框，可以设置其颜色。

·颜色2：单击其后的颜色块，弹出颜色调整对话框，可以设置其颜色。单击按钮，可以交换颜色。

·放射干扰和轴向干扰：可以设置木材的粗糙程度。值越大，粗糙程度越高。

·颗粒厚度：利可以设置木材的颗粒厚度。

设置好各项参数后，单击按钮，把将材质赋给选择对象，如图9-78所示。

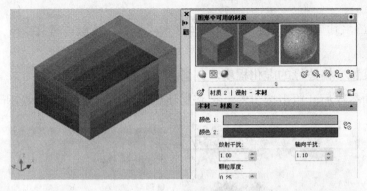

图9-78　木材贴图效果

单击按钮，可以重新返回到"贴图"选项面板。

（7）波贴图：选择"波"，这时可以看到波贴图，如图9-79所示。

单击按钮，可以进一步设置波贴图的各项参数，如图9-80所示。

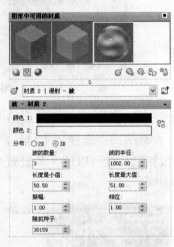

图9-79　波贴图　　　　　　　　　　图9-80　波贴图的各项参数

各项参数意义如下。

• 颜色1：单击其后的颜色块，弹出颜色调整对话框，可以设置其颜色。

• 颜色2：单击其后的颜色块，弹出颜色调整对话框，可以设置其颜色。单击按钮，可以交换颜色。

• 分布：共有2种，分别是2D分布和3D分布。

• 波的数量：用来设置波的个数。

• 波的半径：用来设置波的半径值。

• 长度最小值：用来指定最小波长值。

• 长度最大值：用来指定最大波长值。

• 振幅：用来设置波的振幅值。

• 相位：用来设置波的相位值。

• 随机种子：用来随机产生波。

设置好各项参数后，单击按钮，把将材质赋给选择对象，如图9-81所示。

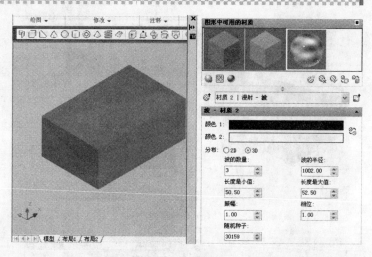

图9-81　波贴图效果

单击按钮，可以重新返回到贴图面板。

（8）渐变延伸贴图：选择"渐变延伸"，这时可以看到渐变延伸贴图，如图9-82所示。单击按钮，就可以进一步设置渐变延伸贴图的各项参数，如图9-83所示。

图9-82　渐变延伸贴图　　　　　　　　图9-83　渐变延伸贴图的各项参数

各项参数意义如下。

• 渐变类型：单击其后的下拉按钮，可以看到很多渐变类型，不同渐变类型效果不同，如图9-84所示。

• 插值：选择不同的插值方式，渐变效果也不同。

• 渐变色的编辑，单击可以增加色瓶，单击色瓶，然后利用其下面的颜色块改变颜色，将色瓶向外拖动，可以删除色瓶，如图9-85所示。

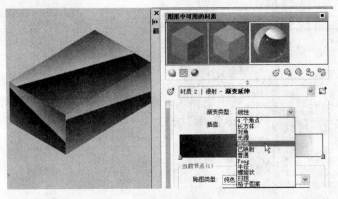

（a）线性渐变

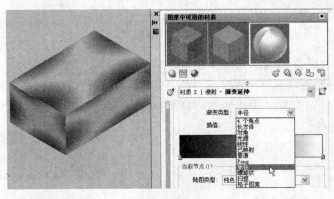

（b）半径渐变

图9-84　渐变类型

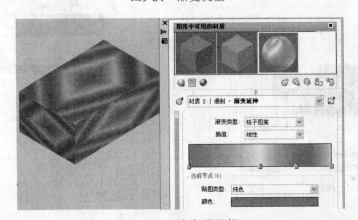

图9-85　渐变色的编辑

　　•噪波：利用该项可以设置噪波的三种形式，规则、分形、紊流，还可以设置噪波的数量、大小、相位、级别。

　　•噪波阀值：利用该项可以设置噪波的低值、高值及平滑程度。

　　（9）瓷砖贴图：选择"瓷砖"，这时可以看到瓷砖贴图，如图9-86所示。

　　单击按钮，可以进一步设置瓷砖贴图的各项参数，如图9-87所示。

　　各项参数意义如下：

　　•图案类型：单击其后的下拉按钮，选择不同的图案类型，可以看到不同的瓷砖贴图效果，如图9-88所示。

图9-86 瓷砖贴图　　　　　　　　　　　　　图9-87 瓷砖贴图的各项参数

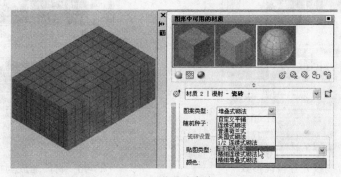

（a）堆叠式砌法

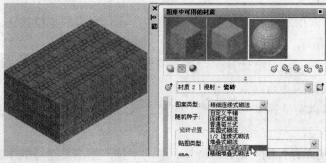

（b）精细连续式砌法

图9-88 图案类型

- 随机种子：用来随机产生瓷砖图案。
- 瓷砖设置：可以设置瓷砖颜色、水平个数、水平颜色变化、垂直个数及淡入变化。
- 水泥浆设置：可以设置水泥浆颜色、水平间距、垂直间距及粗糙程度。
- 堆叠布局：可以设置具体的线性移动或随机移动，还可以对行和列进行修改。

2. 不透明贴图和凹凸贴图

不透明贴图和凹凸贴图，与前面讲解的漫射贴图是相同的，这里不再重复。

9.2.4　高级光源替代、材质缩放与平铺、材质偏移与预览

高级光源替代提供了用于更改材质特性的控件，以影响渲染的场景，仅可用于"真实"材质类型和"真实金属"材质类型。

单击"高级光源替代"选项卡，可以看到高级光源替代参数，如图9-89所示。

各参数意义如下。

- 颜色饱和度：增加或减少反射颜色的饱和度。
- 间接凹凸度：缩放由间接光源照亮的区域中基本材质的凹凸贴图的效果。
- 反射度：增加或减少材质反射的能量。反射度是指从材质反射的漫射光能量的百分比。
- 透射度：增加或减少材质传递的能量。透射度是透过材质传输的光源能量。完全不透明的材质的透射度为0%。

单击"材质缩放与平铺"选项卡，可以看到材质缩放与平铺参数，如图9-90所示。

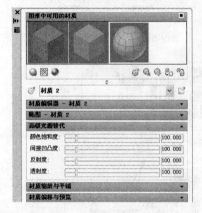

图9-89　高级光源替代参数

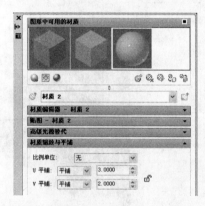

图9-90　材质缩放与平铺参数

各参数意义如下：

- 比例单位：用来指定缩放时要使用的单位，单击其对应的下拉按钮，可以看到所有的比例单位，如图9-91所示。

无：指定固定比例。

适合小控件：使图像适合面或对象。

单位：指定要以真实世界单位（毫米、厘米、米、千米、英寸、英尺、勘测英尺、英里或码）缩放的单位类型。

- U平铺和U平铺微调控制：沿U轴调整图像的平铺，单击其对应的下拉按钮，可以看到U平铺类型，如图9-92所示。

无：控制贴图不在材质中平铺，只有一个平铺在其将应用到的对象中显示。

平铺：控制贴图在材质中平铺，这将影响真实世界比例。

镜像：控制平铺贴图，但是每个平铺都将是相邻平铺的镜像。

对于U平铺选择"平铺"和"镜像"，将调整图像在U轴上的平铺量的值。取值范围是1到500。通过微调控制对值进行调整时，U平铺跟踪条将更新以反映平铺量，并在"材质偏

移与预览"选项卡的交互式预览中显示。

· V平铺和V平铺微调控制：沿V轴调整图像的平铺，各参数意义同U平铺，这里不再重复。

 UVW坐标与XYZ坐标类似，只是UVW坐标针对的是图像并在图像，移动或旋转时随图像一起移动。

· 锁定宽高比：锁定贴图的形状，如果其形状是🔓，表示未锁定；如果其形状是🔒，表示锁定。原始U平铺和V平铺的值基于贴图的宽高比。为两者中较大的一个指定值1，为另一个指定可保持宽高比不变的值。当长度或宽度的值改变时，另一个值会根据需要改变以保持形状。

单击"材质偏移与预览"选项卡，可以看到材质偏移与预览参数，如图9-93所示。

图9-91　比例单位

图9-92　U平铺类型

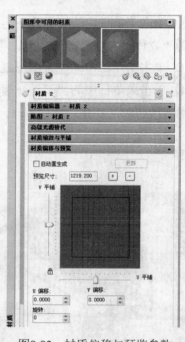

图9-93　材质偏移与预览参数

各参数意义如下。

· 自动重生成：指定材质中的任何更改立即反映在交互式样例（预览）中。如果不选中该项，则对贴图通道所做的任何更改都不会反映在交互式样例中。

· 更新：更新交互式样例预览。

· 预览尺寸：放大或缩小预览。

· 预览：显示更改设置时随之更新的面或对象上的贴图预览。在方形内部单击并拖动以调整U偏移和V偏移。

· U平铺滑块：沿U轴调整贴图的平铺。更改此值时预览将随之更新。滑块仅在纹理贴图和二维程序（棋盘、渐变延伸和平铺）上可用。滑块在三维程序（噪波、斑点、大理石、波或木材）上不可用。

· V平铺滑块：沿V轴调整贴图的平铺。更改此值时预览将随之更新。滑块仅在纹理贴图和二维程序（棋盘、渐变延伸和平铺）上可用。滑块在三维程序（噪波、斑点、大理石、波或木材）上不可用。

· 锁定：锁定贴图的形状。当长度或宽度的值改变时，另一个值会根据需要改变以保持形状。锁定仅在纹理贴图和二维程序（棋盘、渐变延伸和平铺）上可用。锁定在三维程序（噪波、斑点、大理石、波或木材）上不可用。

· U偏移：沿U轴移动贴图的起始点。可以通过移动预览中的方形来交互式设置该值。

· V偏移：沿V轴移动贴图的起始点。可以通过移动预览中的方形来交互式设置该值。

· 旋转：绕UVW坐标系的W轴旋转贴图。旋转不适用于球面贴图和柱面贴图。

9.2.5　立体餐桌材质的赋予

（1）单击快速访问工具栏中的打开按钮 ，打开"利用三维模型工具绘制立体餐桌"文件。

（2）单击菜单栏中的"文件→另存为"命令，弹出"图形另存为"对话框，然后设置文件名为"立体餐桌材质的赋予"，再单击"保存"按钮。

（3）单击菜单栏中的"视图→视觉样式→真实"命令，这时效果如图9-94所示。

（4）单击菜单栏中的"工具→选项板→材质"命令，可以打开"材质"选项板，单击创建新材质按钮 ，新建一个样本球，然后设置"样板"为"涂漆木材"，如图9-95所示。

图9-94　真实视觉样式

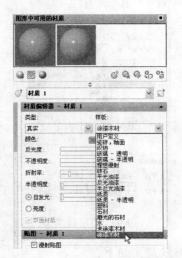

图9-95　设置样板为涂漆木材

（5）单击漫射贴图对应的下拉按钮，选择"纹理贴图"，然后单击"选择图像"按钮，弹出"选择图像文件"对话框，选择纹理图像，如图9-96所示。

（6）选择图像后单击"打开"按钮，再单击按钮 ，把将材质赋给餐桌面，如图9-97所示。

（7）单击"材质缩放与平铺"选项卡，设置比例单位为"适合小控件"，从而使图像适合桌面，这时如图9-98所示。

（8）单击创建新材质按钮 ，新建一个样本球，设置材质类型为"真实金属"，样板为"金属-拉丝"，然后再设置自发光为50，如图9-99所示。

图9-96 "选择图像文件"对话框

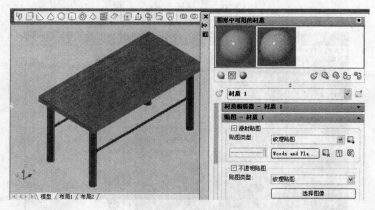

图9-97 将材质赋给选择对象

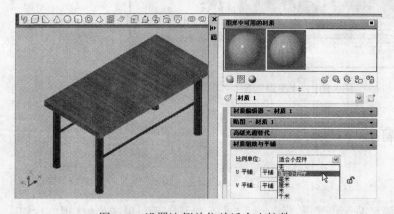

图9-98 设置比例单位为适合小控件

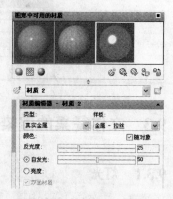

图9-99 材质的设置

（9）单击漫射贴图对应的下拉按钮，选择"纹理贴图"，然后单击"选择图像"按钮，选择纹理图像，再单击按钮🔲，将材质赋给餐桌腿，如图9-100所示。

（10）单击菜单栏中的"视图→渲染→渲染"命令，弹出"渲染"窗口，可以看到渲染后的立体餐桌效果，如图9-101所示。

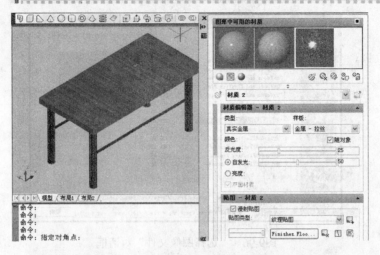

图9-100　将材质赋给餐桌腿

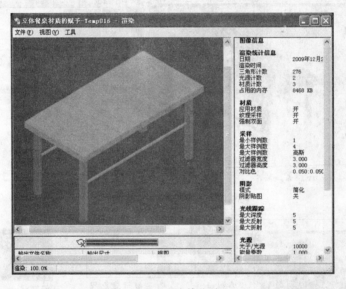

图9-101　"渲染"窗口

9.3　立体餐桌的渲染输出

9.3.1　灯光

在AutoCAD 2010中，光源可分为点光源、聚光灯、平行光和阳光。单击菜单栏中的"工具→工具栏→AutoCAD→光源"命令，打开光源工具栏，如图9-102所示。

·点光源，由其所在位置向四周发射光线。除非将衰减设置为"无"，否则点光源的强度将随距离的增加而减弱。可以使用点光源来获得基本照明效果。

·聚光灯，发射定向锥形光。可以控制光源的方向和圆锥体的尺寸。聚光灯的强度随着距离的增加而衰减。可以用聚光灯亮显模型中的特定特征和区域。

·平行光，仅向一个方向发射统一的平行光光线。可以在视口中的任意位置指定FROM点和TO点，以定义光线的方向。图形中没有表示平行光的光线轮廓。

图9-102 光源工具栏

 注意 平行光的强度并不随着距离的增加而衰减，对于每个照射的面，平行光的亮度都与其在光源处相同。可以用平行光统一照亮对象或背景。

· 阳光：是太阳光通过门、窗或其他缝隙照射到某一范围的光效果。

9.3.2 点光源和聚光灯

绘制一个长方体并赋材质，如图9-103所示。

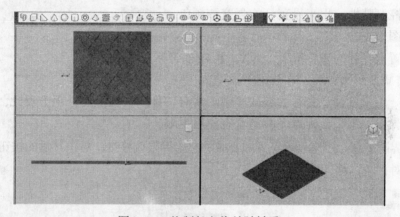

图9-103 绘制长方体并赋材质

单击光源工具栏中的创建点光源按钮 ，然后在俯视图中单击，在弹出菜单中单击"退出"即可，再调整其位置后，点光源如图9-104所示。

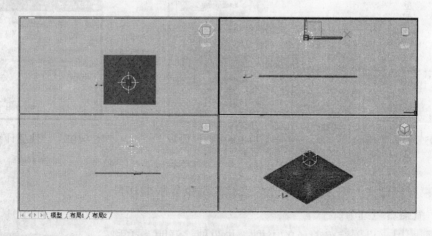

图9-104 点光源

单击光源工具栏中的光源列表按钮 ，弹出"模型中的光源"对话框，如图9-105所示，可以看到模型中的所有光源。

选择点光源，单击右键，在弹出菜单中单击"特性"命令，弹出特性面板，如图9-106所示，可以对点光源参数进行设定。

各参数意义如下。

（1）常规。

· 名称：用来设定点光源的名称。

· 类型：显示当前光源的类型。

· 开/关状态：可以设置当前光源的打开与关闭。

· 阴影：用来设置当前光源是否带有阴影。

· 强度因子：用来设置当前光源的光照强度，其值越大，则光照强度越大。

· 颜色：用来设置当前光源的颜色。单击其下拉按钮，可以选择光源的颜色，也可以单击"选择颜色"命令来具体设置光源的颜色。

· 打印轮廓：用来设置在打印时是否打印出光源来。一般设置为"否"。

· 光度控制特性：用来设置灯的强度和颜色。

· 几何图形

用来设置点光源的具体位置，即X、Y、Z轴坐标。

（2）衰减。

· 类型：用来设置点光源的衰减类型，共有三种，线性反比、平方反比、无。

· 使用界限：用来设置点光源是否有使用界限。

· 起始界限偏移：用来设置点光源衰减的起始界限偏移量，单击其后的按钮，弹出"快速计算器"对话框，如图9-107所示。

图9-105　"模型中的光源"对话框

图9-106　特性面板

图9-107　"快捷计算机器"对话框

· 结束界限偏移：用来设置点光源衰减的结束界限偏移量。

（3）渲染着色细节。

· 类型：用来设置渲染着色的类型，共两种，鲜明、柔和。

· 贴图尺寸：用来设置贴图的尺寸大小，默认值为256。

· 柔和度：用来设置渲染着色时的柔和程度。

点光源在不同参数设置下的不同光照效果如图9-108所示。

单击光源工具栏中的创建聚光灯按钮，然后在俯视图中单击，在弹出菜单单击"退出"即可，然后再调整其位置，聚光灯效果如图9-109所示。

（a）默认参数下的效果　　　　（b）强度因子为0.5，颜色为黄色

图9-108　点光源在不同参数设置下的不同光照效果

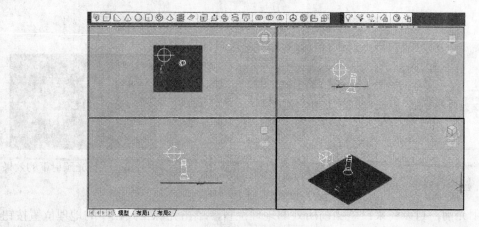

图9-109　添加聚光灯

打开聚光灯的特性面板，就可以修改其参数，如图9-110所示。

聚光灯特性参数与点光源几乎相同，在这里只需注意聚光角角度与衰减角度，以及目标点的X、Y、Z的坐标值。

聚光灯在不同参数设置下的不同光照效果，如图9-111所示。

（a）默认参数下的效果　　　（b）聚光角角度为60，颜色为红色

图9-110　聚光灯特性面板　　　图9-111　聚光灯在不同参数设置下的不同光照效果

9.3.3　平行光和阳光

单击光源工具栏中的创建平行光按钮，然后在左视图中单击，确定平行光的起点，再拖动鼠标单击，确定平行光的方向。这时在视图中找不到平行光，但已成功添加平行光。

单击光源工具栏中的光源列表按钮，弹出"模型中的光源"对话框，可以看到该平行光，如图9-112所示。

打开平行光的特性面板，可以修改其参数，如图9-113所示。

平行光特性参数与点光源几乎相同，这里不再多说。

平行光照射下的效果如图9-114所示。

图9-112　"模型中的光　　　图9-113　平行光的特性面板　　　图9-114　平行光照射下的效果
　　　源"对话框

在使用阳光前，可以先来设置当前所处的地理位置，单击光源工具栏中的地理位置按钮，弹出"地理位置"对话框，如图9-115所示。

通过"地理位置"对话框，可以具体设置当前所在地区的经纬度、时区、坐标、标高、方向等。

单击"使用地图"按钮，弹出"位置选择器"对话框，可以选择具体的地区和最近的城市，如图9-116所示。

图9-115　"地理位置"对话框　　　　　图9-116　"位置选择器"对话框

设置好地理位置后，单击光源工具栏中的阳光特性按钮，弹出阳光特性面板，如图9-117所示。

在这里可以设置阳光是打开还是关闭，阳光的颜色、强度，还可以进一步设置当前的日期与时间、方位角、仰角等。

设置阳光为打开状态，就可以打开阳光，然后进行渲染输出，效果如图9-118所示。

图9-117　阳光特性面板

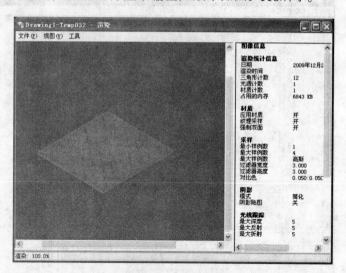

图9-118　阳光照射效果

9.3.4　渲染输出

单击菜单栏中的"工具→工具栏→AutoCAD→渲染"命令，打开渲染工具栏，如图9-119所示。

设置渲染环境。单击渲染工具栏的渲染环境按钮█，弹出"渲染环境"对话框，如图9-120所示。

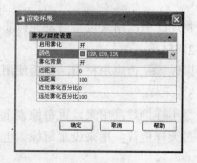

图9-120　"渲染环境"对话框

图9-119　渲染工具栏

可以改变渲染环境的颜色，在这里设"颜色"为天蓝色，并把"雾化背景"设为"开"，然后单击渲染按钮█，这时渲染效果如图9-121所示。

在"渲染"窗口中除了可以看到渲染效果外，还可以看到渲染统计信息，如材质、采样、阴影、光线跟踪、光源、可见等。

单击渲染工具栏的高级渲染设置按钮█，弹出高级渲染设置面板，如图9-122所示。

常用参数意义如下。

（1）渲染描述。

· 过程：在该项参数中，可以设置渲染输出的是视图、选定内容还是修剪区内容。

· 目标：在该项参数中，可以设置目标是窗口还是视口，默认是窗口。

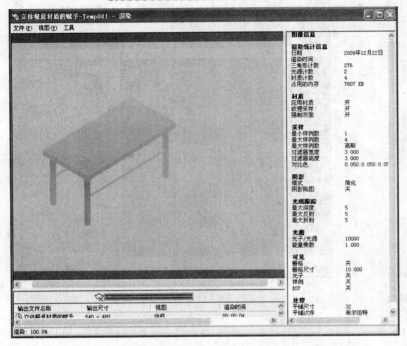

图9-121　渲染效果

图9-122　高级渲染
设置面板

- 输出文件名：可以具体设置渲染输出的文件名称。
- 输出尺寸：可以选择不同的渲染输出图形的尺寸，也可以自定义其大小。
- 曝光类型：用来设置渲染的输出级别和颜色范围。曝光类型共2种，分别是自动和对数。
- 物理比例：用来设置自发光材质的渲染亮度。

（2）材质。

可以设置是否应用材质，是否使用纹理过滤，是否强制双面。

（3）采样。

- 最小样例数：用来设置每像素上最小的采样值。
- 最大样例数：用来设置每像素上最大的采样值。

　　在进行场景渲染时，如果想得到较好的品质，就要修改此项，此值决定了物体边缘的反走样（抗锯齿）效果。值越大效果越好，耗时也越长。

- 过滤器类型：此项参数决定采样时像素的组成形式，单击类型下拉按钮，可以看到过滤器类型，主要有长方体、三角形、Gauss、Mitchell和Lanczos 5种，其中默认值为长方体，但是效果最差，越往下质量越好，一般用Mitchell就可以获得很好的效果，它们的计算方法各不相同。
- 过滤器高度：用来设置过滤区域的高度值的大小，增加此值会大大增加渲染时间。
- 过滤器宽度：用来设置过滤区域的宽度值的大小，增加此值会大大增加渲染时间。
- 对比色、对比红色、对比绿色、对比蓝色、对比Alpha：用来设置采样的对比度，当增加RGB值时将会降低采样值，会使渲染质量降低，但是可以加快渲染速度。

（4）阴影。

在这里可以设置阴影的模式，简化、分类、分段，还可以进一步设置是否使用阴影贴图。

（5）光线跟踪。

在这里可以设置光线跟踪的最大深度值、最大反射值、最大折射值。

在这里还可以对间接发光、诊断、处理的各项参数进行设置，这里不再多说。

9.3.5 渲染输出立体餐桌

（1）单击快速访问工具栏中的打开按钮，打开"立体餐桌材质的赋予"文件。

（2）单击菜单栏中的"文件→另存为"命令，弹出"图形另存为"对话框，然后设置文件名为"渲染输出立体餐桌"，再单击"保存"按钮。

（3）单击光源工具栏中的地理位置按钮，弹出"地理位置"对话框，如图9-123所示。

（4）单击"使用地图"按钮，弹出"位置选择器"对话框，可以选择具体的地区和最近的城市，如图9-124所示。

图9-123 "地理位置"对话框

图9-124 "位置选择器"对话框

（5）设置好地理位置后，单击光源工具栏中的阳光特性按钮，弹出"阳光特性"面板，设置渲染着色细节中的样例为10，柔和度为8，如图9-125所示。

（6）单击渲染工具栏的高级渲染设置按钮，弹出高级渲染设置面板，设置"输出尺寸"为"320×240"，如图9-126所示。

（7）单击渲染按钮，这时渲染效果如图9-127所示。

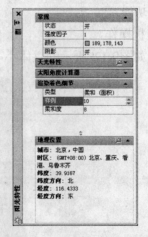

图9-125 阳光特性面板

图9-126　高级渲染设置面板　　　　　　　图9-127　渲染输出立体餐桌

练习题

1. 填空题

（1）在AutoCAD 2010中，三维模型的编辑包括对各个组成面的拉伸、移动、_____、
_____、_____、复制、删除及对各个边的复制等操作，还包括对体的压印、
_____、_____、抽壳、检查操作。

（2）在AutoCAD 2010中，视觉样式共有五种，分别是_____、_____、
_____、_____、_____。

（3）单击样例几何体按钮，弹出示例球的三种显示形状：_____、_____、
_____。

2. 简答题

（1）简述如何为三维模型赋材质，并进行渲染输出。

（2）在AutoCAD 2010中，光源可分为点光源、聚光灯、平行光、阳光，简述每种光源
的特点及功能。

3. 上机操作

打开如图9-128所示的立体小亭，对其进行赋材质、布局灯光，然后进行渲染输出。

图9-128　立体小亭

AutoCAD 2010的二次开发

本课知识结构及就业达标要求

本课知识结构具体如下：

✤ 利用Visual LISP进行二次开发

✤ AutoLISP函数

✤ 利用VBA进行二次开发

本课讲解Visual LISP集成开发环境、程序基础、AutoLISP函数，还讲解VBA基础知识、VBA管理器和VBA IDE编辑器的应用。

10.1 利用Visual LISP进行二次开发

Visual LISP是一个功能强大的集成开发环境，单击菜单栏中的"工具→AutoLisp→Visual LISP编辑器"命令或单击"管理"选项卡中的 Visual LISP 编辑器 按钮，打开Visual LISP集成开发环境，如图10-1所示。

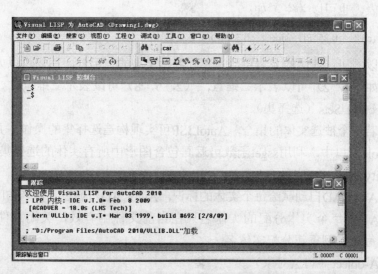

图10-1　Visual LISP集成开发环境

AutoLISP综合了人工智能语言LISP简单易学的特性和AutoCAD强大的图形编辑功能，可谓是人工智能CAD语言。

虽然AutoLISP被Visual LISP替代了，但它们保持100%兼容，所以学习Visual LISP可以先学习AutoLISP语言。

10.1.1 AutoLISP程序的组成

AutoLISP程序是由一系列符号表达式组成，一个符号表达式可分成两行，一行也可以写多个符号表达式。大小写字母不分。分号至行尾为注释。

其表达式形式如下：

（函数　　参数）

每个表达式由左括号开始，中间是函数名和函数的可选参数，最后以右括号结束。每个表达式都有一个返回值，并且这个值可以被其他函数调用。

10.1.2 AutoLISP语言常用数据类型

AutoLISP语言不需要对变量进行提前声明，可以直接为变量赋值。值的类型即为变量的数据类型。常用数据类型如下。

（1）Intergers（整型）。

整型数据的取值范围为-32768到32768，正数的正号可以省略。

（2）Reals（实型）。

实数型数据用双精度存储，至少有14位有效精度。

（3）Strings（字符串）。

字符串又称字符常量，用双引号括起来，最大长度为100个字符，最小长度为0，即空字符串。注意转意字符的使用方法，如换行"\n"。

（4）Lisp（表）。

表以左括号开始，内含有若干个元素，以右括号结束。表中的元素可以是数值、字符串、符号或其他的表，也可以为空。如：

（+　(cos(* 0.25 PI)　sin(* 0.3 PI)) ）

从此例可以看出，表中的元素可以是不同数据类型的。另外，用表可以方便地表示复杂的数据结构，如（1，2）可以表示二维点，（2，5，8）可以表示三维点。

（5）Selection Sets（选择集）。

选择集是若干个被选实体的集合，AutoLISP可实现构造选择集的操作，并获得选择集的标识。在Console窗口中，利用ssget函数可返回包含图形中所有实体的选择集。

（6）Entity Names（实体名）。

实体名是AutoCAD自动赋给每个实体的标识，AutoCAD可通过实体名访问、修改、删除实例。AutoCAD给每个实体分配的实体名只在当前文件中有效，关闭文件后再次打开，AutoCAD会给每个实例重新分配实体名。

（7）VLA-object（VLA对象）。

一种新的Visual LISP数据类型，代表Visual LISP Active（VLA）对象。

（8）File Descriptors（文件描述符）。

相当于文件指针，如：

<file　"c:\ourfile.dat">

（9）Symbols and Variables（标识符和变量）。

AutoLISP变量名是由一系列字母和某些非字母的字符组成，除（）- ' "；之外的符号都可以作变量名。还要注意变量名不能全都是数字，也不能与AutoLISP中的保留字相同。

10.1.3　AutoLISP文件

在Visual LISP集成开发环境中，单击菜单栏中的"文件→新建文件"命令，或单击工具栏中的新建文件按钮，创建一个AutoLISP文件，如图10-2所示。

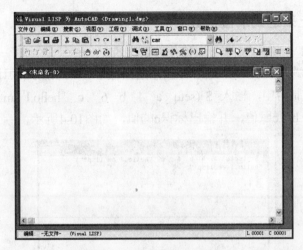

图10-2　新建AutoLISP文件

然后就可以在新建的AutoLISP文件中定义、调用LISP函数或AutoCAD命令。一个AutoLISP文件可以定义多个LISP函数或AutoCAD命令，保存格式为".lisp"。

加载AutoLISP文件有多种方法，常用的有如下两种。

第一种：利用命令法。在AutoCAD的Command提示符下直接输入，Command (load "驱动器：\\路径\文件名")。

第二种：利用菜单命令法。单击菜单栏中"工具→AutoLisp→加载应用程序"命令，弹出"加载/卸载应用程序"对话框，如图10-3所示。

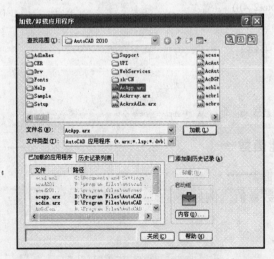

图10-3　"加载/卸载应用程序"对话框

选择要加载的Lisp文件，单击"加载"按钮即可。

10.2 AutoLISP函数

AutoLISP提供了强大的函数功能，如数学运算功能函数、检验与逻辑运算功能函数、转换运算功能函数、列表处理功能函数、AutoCAD相关查询、控制功能函数等。下面来分类讲解一下各类常用函数。

10.2.1 赋值与禁止表达式求值函数

1. （Setq 标识1 表达式1 标识2 表达式2 ……）

功能是：将表达式的计算结果赋给标识，返回最后一个表达式的计算结果。

在Visual LISP控制台中，输入_$ (setq a 4 b 6 c "hello,I am lisp!")，按"Enter"键，这样就给标识a b c赋值，并输出标识c的值，如图10-4所示。

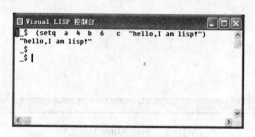

图10-4 Setp赋值函数

2. （Setq 标识名 '表达式）或（Setq 标识名 （quote 表达式））

功能是：禁止表达式求值，例如：

```
_$ (setq a '(2,4))
   (2,4)
```

或

```
_$ (setq  a  (quote(2 4)))
   (2  4)
```

如果这样写，就会出错。

```
_$ (setq a 2 4)
nil
; 错误: setq 中参数太少: (setq A 2 4)
```

10.2.2 数学运算功能函数

1. （+ 数值1 数值2……）

返回累计实数或整数数值。例如：

```
_$ (+ 3 2 5)
   10
_$ (+ 1.5  2  3)
   6.5
```

2.（- 数值1　数值2　数值3……）

返回第一数减去后面所有数之差。例如：

```
_$ (- 5  2.3)
   2.7
_$ (- 14  3  6  4)
   1
```

3.（* 数值1　数值2　数值3……）

返回所有数的乘积。例如：

```
_$ (* 2  5.3)
   10.6
_$ (* 6  2  3)
   36
```

4.（/ 数值1　数值2　数值3……）

返回第一个数除以其后所有数的商。例如：

```
_$ (/ 24  2  3)
   4
_$ (/ 27  5)
   5
```

 这里是整除，即整数除以整数，结果还是整数。

5.（sin 数值）

返回该数（角度）的正弦值，例如：

```
_$ (sin 0.25)
   0.247404
```

6.（cos 数值）

返回该数（角度）的余弦值，例如：

```
_$ (cos 0.69)
   0.771246
```

7.（abs 数值）

返回该数的绝对值，例如：

```
_$ (abs -12)
   12
_$ (abs  +12.3)
   12.3
```

8.（sqrt 数值）

返回该数的平方根值，该数要为大于等于0的数，例如：

```
_$ (sqrt 0)
0.0
_$ (sqrt -6)
```

; 错误: 没有为参数定义函数: -6

```
_$ (sqrt  13)
   3.60555
```

9. (max 数值1 数值2 数值3……)

返回所有数中最大的那个数的值。例如:

```
_$ (max  12  5  2.6  13.1)
   13.1
```

10. (min 数值1 数值2 数值3……)

返回所有数中最小的那个数的值。例如:

```
_$ (min  -12.1  5  1  6)
   -12.1
```

11. (expt 底数 数)

返回底数之数次方的值,例如:

```
_$ (expt  5  4)
625
_$ (expt  3.2  1.2)
   4.03813
```

12. (exp 数)

返回自然对数e的数次方的值,例如:

```
_$ (exp  3)
   20.0855
```

13. (fix 数值)

将该数转换成整数类型的值,例如:

```
_$ (fix  3.59)
   3
_$ (fix  -6.632)
   -6
```

14. (float 数值)

将该数转换成实数类型的值,例如:

```
_$ (float  23)
   23.0
```

15. (gcd 数值 数值)

返回两个数的最大公约数,例如:

```
_$ (gcd  12  8)
   4
```

16. (log 数值)

返回该数之自然对数,例如:

```
_$ (log 15)
   2.70805
```

17.（rem　数值　数值）

返回两数值相除后的余数，例如：

```
_$ (rem 41  6)
   5
```

10.2.3　关系运算功能函数

1.（<　数值1　数值2）

若数值1小于数值2，则返回T（正确），否则返回nil（错误）。例如：

```
_$ (< 3 5)
T
_$ (< "abc"  "hello")
T
_$ (< 6  3)
nil
```

2.（<=　数值1　数值2）

若数值1小于等于数值2，则返回T（正确），否则返回nil（错误）。

3.（>　数值1　数值2）

若数值1大于数值2，则返回T（正确），否则返回nil（错误）。

4.（>=　数值1　数值2）

若数值1大于等于数值2，则返回T（正确），否则返回nil（错误）。

5.（=　数值1　数值2）

若数值1等于数值2，则返回T（正确），否则返回nil（错误）。例如：

```
_$ (= "good"  "good")
   T
_$ (= 3  -3)
   nil
```

6.（/=　数值1　数值2）

若数值1不等于数值2，则返回T（正确），否则返回nil（错误）。

10.2.4　逻辑运算功能函数

1.（and　表达式1　表达式2　表达式3……）

若所有的表达式值都正确，则返回T（正确），否则返回nil（错误）。例如：

```
_$ (and (< 3 6)  (/= "like" "LiKe")  (= 3  3))
T
_$ (and  (<=  5  5)  (> 6.2  6.30))
   nil
```

2.（or　表达式1　表达式2　表达式3……）

若表达式值中至少有一个是正确的，则返回T（正确），否则返回nil（错误）。例如：

```
_$ (or (< 3 6) (/= "like" "LiKe") (= 3  3))
    T
```

3.（not 项）

如果项为T，则返回值为nil；若项为nil，则返回值为T。例如：

```
_$ (not (= "like" "LiKe"))
    T
_$ (not ( and (< 3 6) (/= "like" "LiKe") (= 3  3)))
    nil
```

10.2.5　几何运算功能函数

1.（angle　点1　点2）

返回点1与点2直线与X轴正方向上的夹角（弧度值），例如：

```
_$ (angle '(100 30) '(200 60))
0.291457
```

2.（distance　点1　点2）

返回点1与点2之间的距离，例如：

```
_$ (distance '(10 10) '(30 30))
    28.2843
```

3.（polar　点1　角　距离）

返回距点1为指定距离和角度的另一点，例如：

```
_$ (polar '(10 10) 20 0.6)
    (10.2448 10.5478)
```

4.（atan　数值1　数值2）

返回数值1除以数值2的反正切值（弧度值），如果没有数值2，则返回数值1的反正切值，例如：

```
_$ (atan 2)
1.10715
_$ (atan 4  3)
0.927295
```

10.2.6　I/O功能函数

在AutoLISP中，一般的文件都是通过文件描述符来访问的。在同一个程序中，可以对多个文件访问，或者说同时打开多个文件。在对文件进行任何操作之前，必须先打开文件，而在程序操作完成、程序结束之前要关闭文件。文件描述符将一个文件的打开、读写、关闭等操作联系起来，文件描述符与文件是一一对应的。

1.（open　文件名　读写方式）

功能是打开文件，如果成功则返回文件描述符。读写方式共有三种，分别如下：

· r：只读方式。

· w：只写方式。如果文件不存在，将以"文件名"为文件名新建一个文件并打开，如果文件存在，将以新的数据覆盖原有的数据。

•a：追加方式。如果文件不存在，将以"文件名"为文件名新建一个文件并打开，如果文件存在，打开文件并将文件指针置于文件尾，新写入的数据添加到原有数据的后面。

例如，在C盘下创建一个名为"mytext.txt"的记事本文件。

```
_$ (setq myfile1 (open "c:\\mytext.txt"  "w"))
#<file "c:\\mytext.txt">
```

2．（close　文件描述符）

功能是关闭一个已打开的文件。如果文件确实被打开且文件描述符合法，则返回nil。否则返回错误信息。在这里要注意，写入文件的数据直到文件关闭才真正写入。例如：

```
_$ (close myfile1)
nil
_$ (close myfile2)
; 错误: 参数类型错误: streamp nil
```

3．（write-line　字符串　[文件描述符]）

功能是向屏幕或指定文件中写入"字符串"。默认的文件描述符为显示器。函数返回值为写入的"字符串"，例如：

```
_$ (setq myfile1 (open "c:\\mytext.txt"  "w"))
(write-line "你好！，我是Autolisp，向记事本中写入内空！"  myfile1)
(close myfile1)
#<file "c:\\mytext.txt">
"你好！，我是Autolisp，向记事本中写入内空！"
nil
```

这样就在C盘创建记本mytext，然后向记事本中写入内容，写入后如图10-5所示。

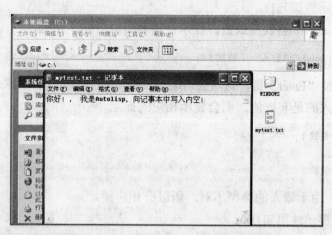

图10-5　创建记事本文件，并写入同容

4．（read-line　[文件描述符]）

功能是从指定文件中读取一行字符串。如果文件描述符缺省，则表示从显示器读取或者说是从键盘输入。返回读取的字符串，如果读到文件尾，则返回nil，例如：

```
_$ (setq myreadfile (open "c:\\mytext.txt" "r"))
(read-line  myreadfile)
```

```
(read-line   myreadfile)
#<file  "c:\\mytext.txt">
"你好！，我是Autolisp，向记事本中写入内空！"
nil
```

5. 三个打印函数 (print 表达式 [文件描述符]) (prin1 表达式 [文件描述符]) (princ 表达式 [文件描述符])

三个函数的区别如下：

· print：空一行后打印表达式的值，打印完毕之后空一格，但不换行，并且不能识别转义控制符。

· prin1：不空行打印，打印完毕后不空格、不换行，也不能识别转义控制符。

· princ：不空行打印，打印完毕后不空格、不换行，但能识别转义控制符。

6. 7种常见的转义控制符

控制符	功能
\\	反斜杠字符"\"
\"	双引号字符
\e	相当于Esc键
\n	换行
\r	回车
\t	横向跳格，要当于Tab键
\nnn	1到3位八进制所代表的字符

10.2.7 交互输入功能函数

在AutoLISP中，提供了7个交互输入功能函数，具体如下。

1. (getint [提示性语句])

功能是交互输入一个整数型数值，提示性语句可以省略。例如：

```
_$ (setq x (getint "请输入一个整数！"))
```

输入代码后，按"Enter"键，这时会自动调转到AutoCAD界面，如果输入数值，则直接输出数值，如果输入的是非数值，则会显示相应的提示。

```
请输入一个整数！p
需要整数值.
请输入一个整数！
```

在这里输入p，由于输入的类型不对，所以有相应提示。

2. (getreal [提示性语句])

功能是交互输入一个实型数值，提示性语句可以省略。例如：

```
_$ (setq x (getreal "请输入一个实数！"))
//在这里输入6，则输出6.0
6.0
```

3. (getpoint 参考点 [提示性语句])

功能是交互输入一个点，提示性语句与参考点都可以省略。例如：

> _$ (setq p1 (getpoint "请输入一个点的坐标"))

输入代码后，按"Enter"键，这时会自动调转到AutoCAD界面，可以单击鼠标来确定点，也可以直接输入点的坐标，确定点的坐标后就会在Visual LISP平台中显示该点坐标。

> (756.213 272.439 0.0)

4. (getdist 参考点 [提示性语句])

功能是交互输入一个距离值，提示性语句与参考点都可以省略。例如：

> _$ (setq p1 (getdist "请输入一个间距!"))
> 20.0

5. (getangle 参考点 [提示性语句])

功能是交互输入一个角度值，提示性语句与参考点都可以省略。输入的值是角度值，AutoLISP会自动转换为弧度，例如：

> _$ (setq p1 (getangle "请输入一个角度值!")) //在这里输入60度，自动转换成弧度
> 1.0472

6. (getstring [控制字符] [提示性语句])

功能是交互输入一个字符串，若控制字符不为空，输入的字符串可以含有空格，否则在输入的字符串，空格键与Enter键功能相同，例如：

> _$ (setq sname (getstring "请输入你的大名!"))
> "李红"

注意，在没有加控制字符时，按下空格键就表示输入结束。如果含有控制字符，则输入的字符串中可以含空格。例如：

> _$ (setq sname (getstring "y" "请输入你的大名!"))
> "李 红"

7. (getcorner 点 [提示性语句])

功能是交互输入一个窗口或矩形的角点，提示性语句可以为空。例如：

> _$ (setq p2 (getcorner '(100 100) "请输入另一个对角点!"))
> (879.55 338.824 0.0)

10.2.8 流程控制功能函数

1. （cond （测试1 结果1） （测试2 结果2)……）

计算每个表的第一项，若测试成功，则返回结果的值，若测试不成功，则返回测试的值。例如：

> _$ (cond ((= 5 (+ 2 3)) "good"))
> "good"

2. （if 测试表达式 表达式1 表达式2)

如果测试表达为真，则返回表达式1的计算结果，否则返回表达式2的计算结果。例如：

> _$ (setq a 8)(if (> a 6) "right" "fault") //先为a赋值为8
> 8

"right"

3.（progn　表达式1　表达式2　表达式3 ……）

按顺序计算所有表达式的值，返回最后一个表达式的值。例如：

```
_$ (progn (setq x1 (+ 2 6)) (setq x2 (- 8 6 )) (setq x3 (* 2 6)) (setq x4 (/ 8  6)) )
1                        //返回最后一个表达式的值
_$ x2                    //输出其他变量的值
2
_$ x3
12
_$ x4
    1
```

4.（repeat　整数　表达式）

这是一个循环结构，计算表达式的值，执行"整数"次，返回最后一个表达式的计算结果。例如：

```
_$ (setq a 1)(repeat 5 (setq a (* 2 a)))
1                        //先为变量a赋值1　然后连续与2相乘5次
    32
```

 如果一个表达式太长，要在多行显示，按Ctrl+Enter组合键，即可以实现换行，但不执行程序。

5.（While　测试表达式　表达式1……）

如果测式表达式不为nil，则执行各个表达式，直到测式表达式的值为nil，最后返回最后一个表达式的结果。例如：求1到10的连乘，即10的阶乘，程序执行的返回值是最后一个表达式的值，11即为a每次加1之后的值，再查看b的值。

```
_$ (setq a 1 b 1 )
(  while  (<=  a 10 )
   (setq b (* b a))   (setq a (+ a 1) )
 )
1
11
_$ b
    3628800
```

10.2.9　表处理功能函数

LISP的含义就是表处理，AutoLISP提供了丰富的表处理函数，具体如下。

1.（car 表）

返回表中的第一个元素，例如：

```
_$  (car '(a b c))
    A
_$ (car '((b c)  d v))
    (B C)
```

2.（cdr　表）

返回去掉表中第一个元素后的表，例如：

```
_$ (cdr '(a b c))
    (B C)
_$ (cdr '((b c)  d v))
    (D V)
```

3.（list　表达式1　表达式2　表达式3……）

将所有表达式放置在一起形成一个表，例如：

```
_$ (list '(a b)  '(c d e) '(k))
    ((A B) (C D E) (K))
```

4.（append　表1　表2……）

将所有的表放置在一起形成一个大表，例如：

```
_$ (append '(a b c)  '(t (x1 x2) (y1 y2  y3)))
    (A B C T (X1 X2) (Y1 Y2 Y3))
```

5.（cons　元素　表）

将元素加入表中，并作为表的第一个元素，例如：

```
_$ (cons '(a b)  '(x1  x2  (x1  x2) (y1  y2  y3)))
    ((A B) X1 X2 (X1 X2) (Y1 Y2 Y3))
```

6.（last　表）

返回表中的最后一个元素，例如：

```
_$ (setq x1 '((a b) x1   x2 (y1 y2)) )(last x1)
((A B) X1 X2 (Y1 Y2))
(Y1 Y2)
```

7.（nth　n　表）

返回表中第n个元素，注意序号从0开始，例如：

```
_$ (setq x1 '((a b) x1   x2 (y1 y2)) )(nth 0 x1)
((A B) X1 X2 (Y1 Y2))
(A B)
```

8.（length　表）

返回表中元素的个数，例如：

```
_$ (setq x1 '((a b) x1   x2 (y1 y2)) )(length x1)
((A B) X1 X2 (Y1 Y2))
4
```

9.（member　表达式　表）

如果表达式是表的元素，返回从该元素起剩余的表，否则返回nil，例如：

```
_$ (setq x1 '((a b) x1   x2 (y1 y2)) )(member 'x2   x1)
((A B) X1 X2 (Y1 Y2))
(X2 (Y1 Y2))
```

10. （reverse 表）

返回元素被倒置之后的表，例如：

```
_$ (setq x1 '((a b) x1  x2 (y1 y2)) )(reverse x1)
((A B) X1 X2 (Y1 Y2))
((Y1 Y2) X2 X1 (A B))
```

11. （subst 新项 旧项 表）

在表中查找"旧项"，以"新项"代替表中的"旧项"，返回替换之后的表，例如：

```
_$ (setq x1 '((a b) x1  x2 (y1 y2)) )(subst '(sub1  sub2) 'x1 x1)
((A B) X1 X2 (Y1 Y2))
((A B) (SUB1 SUB2) X2 (Y1 Y2))
```

10.2.10 自定义函数

同其他的高级语言一样，用户也可以自定义函数。函数定义好后，用户就可以在AutoCAD命令窗口、VLISP的Console窗口和AutoLISP程序内部调用它，就像调用AutoLISP标准函数一样。

1. （defun 函数名([参量/局部变量]) 表达式1 表达式2……）

定义新函数，其中参量/局部变量可以为空。可以有多个表达式，返回最后一个表达式的值。例如：

(defun   myfun1 (x y) ……)   表示函数需要两个参量。

(defun   myfun1 (/ x y) ……)   表示函数需要两个局部变量。

(defun   myfun1 (x /y) ……)   表示函数需要一个参量，一个局部变量。

(defun   myfun1 ( ) ……)   表示函数既不需要参量，也不需要局部变量。

定义函数jch。

```
_$ (defun  jch(n)
      (setq a 1   b 1)
      (while (<= a  n)
        (setq b (* b  a)) (setq a (+ a 1))
      )
      (princ b)
      (princ)
    )
```

2. （函数名   [参量1] [参量2]……）

调用已定义的函数，与调用AutoLISP标准函数一样，需要在函数名后面列出函数的参量，有几个参量，必须列出几个，不能多也不能少。而函数的局部变量不需要列出。

调用函数jch

```
_$ (jch 2)
2
_$ (jch 5)
120
```

3. 局部变量与参量的区别

　　局部变量与参量不同，局部变量可以保证用户的程序不被周围的其他程序影响，并且当程序完成任务后即释放变量空间。而参量会一直占用空间，所以利用局部变量可以节省内存空间。

　　例如：

```
(defun local(/ a  b)                         //定义函数local   参数a，b都为局部变量
        (setq a "局部变量练习1" b "局部变量练习good")
        (princ (strcat "这是输出局部变量a的值：" a) )
        (princ "\n")
        (princ (strcat "这是输出局部变量b的值：" b) )
        (princ)
    )
```

在测试局部变量之前，先给local函数中用到的变量a和变量b赋值。

```
_$ (setq a 3 b -10)
-10
_$ a
   3
```

下面来调用函数local，具体代码如下：

```
$ (local)
这是输出局部变量a的值：局部变量练习1
这是输出局部变量b的值：局部变量练习good
```

　　可以看出，函数local的局部变量a和b的值与外部定义的变量a和b不是同一个变量。也就是说local中定义的变量只在函数中起作用。

　　4. 定义AutoCAD可以直接调用的函数：(defun C: 函数名 ([/局部变量]) 表达式1　表达式2……)

　　要定义AutoCAD命令，需要在函数名前加"C："，大小不分，局部变量可以为空，可以有多个表达式，但不能有函数参量。

　　例如：

```
(defun C:inputjch( / a  b )
      (setq a 1  b 1)
      (setq n ( getint "n=?" ))
      (while (<= a   n)
         (setq b (* b   a)) (setq a (+ a 1))
       )
      (princ b)
      (princ)
    )
```

在AutoLISP程序中调用刚定义AutoCAD命令，具体代码如下：

```
_$ (c:inputjch)
```

　　输入代码后，按"Enter"键，这时自动调转到AutcoCAD界面，输入6，按"Enter"键，即在AutoLISP程序中显示出6!的值。

720

在AutoCAD 2010软件中调用刚定义的函数。具体如下：

命令: inputjch
n=?8
40320

10.2.11　串运算功能函数

在AutoLISP中，提供了4个串运算功能函数，具体如下。

1.（strcase 字符串 [特征]）

如果省略特征，字符串中的字母转为大写，否则转为小写，例如：

```
_$ (strcase "Hello , Good Boy!")
"HELLO , GOOD BOY!"
_$ (strcase "Hello , Good Boy!" T)
"hello , good boy!"
```

2.（strcat 字符串1 字符串2 ……）

返回将所有字符串连接起来后的字符串，例如：

```
_$ (strcat "good" " " "children")
"good children"
```

3.（strlen 字符串1 字符串2 ……）

返回所有字符串的长度和，例如：

```
_$ (strlen "good" " " "boy! " )
10
```

注意，空格也一个长度的字符串。

4.（substr 串 起点 [长度]）

返回从串的起点起指定长度的子串，如默认长度或者指定长度大于起点后的长度，则返回从起点以后的子串，要注意序号从1开始，不是从0开始。

```
_$ (substr "hello how are you" 7 3)
"how"
_$ (substr "hello how are you" 7 )
"how are you"
```

10.3　利用VBA进行二次开发

Microsoft VBA是一个面向对象的编程环境，可提供类似Visual Basic 6（VB）的丰富开发功能。VBA和VB的主要差别是VBA和AutoCAD在同一进程空间中运行，提供的是具有AutoCAD智能的、非常快速的编程环境。

VBA也向其他支持VBA的应用程序提供应用程序集成。这就意味着AutoCAD（使用其他应用程序对象库）可以是如Microsoft Word或Excel之类的其他应用程序的Automation控制程序。在AutoCAD中实现VBA有四大优点。

・VBA及其环境易于学习和使用。

・VBA可与AutoCAD在同一进程空间中运行。这使程序执行得非常快。

・对话框的构造快速而有效。这使开发人员可以构造原型应用程序并迅速收到设计的反馈。

工程可以是独立的，也可以嵌入到图形中。这样为开发人员提供了非常灵活的方式来发布他们的应用程序。

10.3.1　VBA管理器

利用VBA管理器可以查看当前AutoCAD任务中加载的所有VBA工程，利用VBA IDE编辑器可以编辑工程的代码、窗体和引用。

单击菜单栏中的"工具→宏→VBA管理器"命令，弹出"VBA 管理器"对话框，如图10-6所示。

单击"新建"按钮，可以新建工程。单击"加载"按钮，弹出"打开 VBA 工程"对话框，即可加载VBA工程，如图10-7所示。

图10-6　"VBA 管理器"对话框

图10-7　"打开 VBA 工程"对话框

单击"另存为"按钮，弹出"另存为"对话框，可以保存VBA工程。

单击"卸载"按钮，即可卸载VBA工程。

10.3.2　VBA IDE编辑器

将工程加载到AutoCAD中后，用户就可以使用VBA交互式开发环境来编辑该工程的代码、窗体和引用，而且还可以在VBA IDE中调试和运行工程。打开之后，使用VBA IDE可以访问所有已加载的工程。

单击菜单栏中的"工具→宏→Visual Basic编辑器"命令或单击"管理"选项卡中的 Visual LISP 编辑器按钮，弹出"Microsoft Visual Basic"窗口，如图10-8所示。

下面以创建"hello, how are you ?"文件为例来讲解VBA IDE编辑器的具体应用。

（1）单击菜单栏中的"插入→过程"命令，弹出"添加过程"对话框，如图10-9所示。

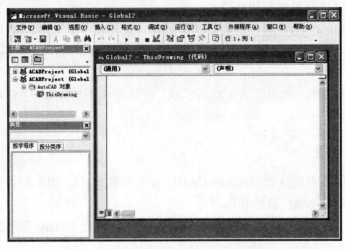

图10-8   "Microsoft Visual Basic"窗口

（2）设置过程名为"mysub"，类型为"子程序"，范围为"公共的"，设置好后，单击"确定"按钮，这样在代码窗口就会添加如图10-10所示的代码。

图10-9   "添加过程"对话框

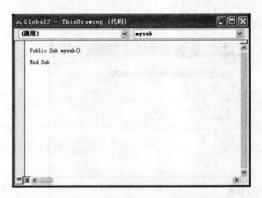

图10-10   添加子过程

（3）添加子过程代码，具体代码如下：

```
Public Sub mysub()
        ThisDrawing.Application.Documents.Add          '新建图形
        Dim insPoint(0 To 2) As Double ' 声明插入点
        Dim textHeight As Double ' 声明文字高度
        Dim textStr As String ' 声明字符串
        Dim textObj As AcadText ' 声明文字对象
        insPoint(0) = 200 ' 设置插入点的 X 坐标
        insPoint(1) = 400 ' 设置插入点的 Y 坐标
        insPoint(2) = 0 ' 设置插入点的 Z 坐标
        textHeight = 150 ' 将文字高度设置为 150
        textStr = "hello, how are you ?"
        ' 创建 Text 对象
        Set textObj = ThisDrawing.ModelSpace.AddText _
                        (textStr, insPoint, textHeight)
        ThisDrawing.SaveAs ("mysub.dwg")          '保存图形
End Sub
```

（4）代码添加完成后，单击运行子过程/用户窗体按钮 即可新建图形文件，文件名为 mysub，在该文件的（200，400）处创建了字符串"hello，how are you ？"，如图10-11所示。

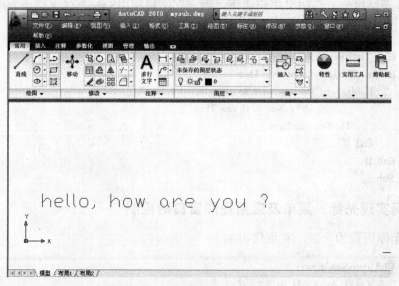

图10-11　创建新图形文件，并输入文本

10.3.3　代码实现打开、保存和关闭图形

使用Open方法打开一个现有图形，并使用VBA中的Dir函数在打开文件之前检查该文件是否存在。用户应当更改图形文件的名称或路径，以指定用户系统中的现有AutoCAD图形文件。具体代码如下：

```
Sub Ch8_OpenDrawing()
    Dim dwgName As String
    dwgName = "c:\campus.dwg"                          '为变量赋值
    If Dir(dwgName) <> "" Then                          '利用函数检查文件是否存在
        ThisDrawing.Application.Documents.Open dwgName
        MsgBox "File " & dwgName & " does not exist."    '提示对话框
    End If
End Sub
```

使用Add方法根据默认模板创建新图形，具体代码如下：

```
Sub Ch8_NewDrawing()
    Dim docObj As AcadDocument
    Set docObj = ThisDrawing.Application.Documents.Add
End Sub
```

保存活动的图形，先用其当前名称保存活动图形，再用新名称保存该图形，具体代码如下：

```
Sub Ch8_SaveActiveDrawing()
    ' 用当前名称保存活动的图形
    ThisDrawing.Save
    ' 用新名称保存活动的图形
```

```
            ThisDrawing.SaveAs "MyDrawing.dwg"
        End Sub
```

检查是否存在未保存的更改，并验证用户是否选择"确定"以保存图形（如果没有选择"确定"，跳至结尾处）。如果用户选择"确定"，将使用Save方法保存当前图形，具体代码如下：

```
        Sub Ch3_TestIfSaved()
            If Not (ThisDrawing.Saved) Then
                If MsgBox("Do you wish to save this drawing?", _
                        vbYesNo) = vbYes Then
                    ThisDrawing.Save
                End If
            End If
        End Sub
```

10.3.4 代码实现光标、菜单及应用程序窗口的控制

将十字光标设置为全屏，实现代码如下：

```
        Sub Ch8_PrefsSetCursor()
            ' 本例设置 AutoCAD 图形光标的十字光标
            ' 设置为全屏。
            ' 访问 Preferences 对象
            Dim acadPref As AcadPreferences
            Set acadPref = ThisDrawing.Application.Preferences
            ' 使用 CursorSize 特性设置十字光标的大小
            acadPref.Display.CursorSize = 100
        End Sub
```

显示屏幕菜单和滚动条，实现代码如下：

```
        Sub Ch8_PrefsSetDisplay()
            ' 本例使用 DisplayScreenMenu 和 DisplayScrollBars 特性
            ' 分别启用屏幕菜单和禁用滚动条
            ' 访问 Preferences 对象
            Dim acadPref As AcadPreferences
            Set acadPref = ThisDrawing.Application.Preferences
            ' 显示屏幕菜单并禁用滚动条
            acadPref.Display.DisplayScreenMenu = True
            acadPref.Display.DisplayScrollBars = False
        End Sub
```

更改"应用程序"窗口的位置和大小。使用WindowTop、WindowLeft、Width和Height特性将AutoCAD"应用程序"窗口放在屏幕的左上角，并将其大小调整为宽400像素、高400像素。实现代码如下：

```
        Sub Ch8_PositionApplicationWindow()
            ThisDrawing.Application.WindowTop = 0
            ThisDrawing.Application.WindowLeft = 0
            ThisDrawing.Application.width = 400
```

```
    ThisDrawing.Application.height = 400
End Sub
```

最大化"应用程序"窗口，实现代码如下：

```
Sub Ch8_MaximizeApplicationWindow()
    ThisDrawing.Application.WindowState = acMax
End Sub
```

最小化"应用程序"窗口，实现代码如下：

```
Sub Ch8_MinimizeApplicationWindow()
    ThisDrawing.Application.WindowState = acMin
End Sub
```

查询"应用程序"窗口的状态，并将该状态以消息框的形式显示给用户，实现代码如下：

```
Sub Ch8_CurrentWindowState()
    Dim CurrWindowState As Integer
    Dim msg As String
    CurrWindowState = ThisDrawing.Application.WindowState
    msg = Choose(CurrWindowState, "normal", _
                "minimized", "maximized")
    MsgBox "The application window is " + msg
End Sub
```

使"应用程序"窗口不可见，实现代码如下：

```
Sub Ch8_HideWindowState()
    ThisDrawing.Application.Visible = False
End Sub
```

10.3.5 代码控制图形窗口

使用Width和Height特性将活动"文档"窗口设置为宽400像素、高400像素，实现代码如下：

```
Sub Ch3_SizeDocumentWindow()
    ThisDrawing.Width = 400
    ThisDrawing.Height = 400
End Sub
```

将活动"文档"窗口最大化，实现代码如下：

```
Sub Ch3_MaximizeDocumentWindow()
    ThisDrawing.WindowState = acMax
End Sub
```

将活动"文档"窗口最小化，实现代码如下：

```
Sub Ch3_MinimizeDocumentWindow()
    ThisDrawing.WindowState = acMin
End Sub
```

查看活动"文档"窗口的当前状态，实现代码如下：

```
Sub Ch3_CurrentWindowState()
    Dim CurrWindowState As Integer
    Dim msg As String
    CurrWindowState = ThisDrawing.WindowState
    msg = Choose(CurrWindowState, "normal", _
                 "minimized", "maximized")
    MsgBox "The document window is " + msg
End Sub
```

将活动图形缩放至两点定义的窗口，实现代码如下：

```
Sub Ch3_ZoomWindow()
    MsgBox "Perform a ZoomWindow with:" & vbCrLf & _
           "1.3, 7.8, 0" & vbCrLf & _
           "13.7, -2.6, 0", , "ZoomWindow"
    Dim point1(0 To 2) As Double
    Dim point2(0 To 2) As Double
    point1(0) = 1.3: point1(1) = 7.8: point1(2) = 0
    point2(0) = 13.7: point2(1) = -2.6: point2(2) = 0
    ThisDrawing.Application.ZoomWindow point1, point2
    MsgBox "Perform a ZoomPickWindow", , "ZoomPickWindow"
    ThisDrawing.Application.ZoomPickWindow
End Sub
```

使用指定的缩放比例放大活动图形，实现代码如下：

```
Sub Ch3_ZoomScaled()
    MsgBox "Perform a ZoomScaled using:" & vbCrLf & _
           "Scale Type: acZoomScaledRelative" & vbCrLf & _
           "Scale Factor: 2", , "ZoomScaled"
    Dim scalefactor As Double
    Dim scaletype As Integer
    scalefactor = 2
    scaletype = acZoomScaledRelative
    ThisDrawing.Application.ZoomScaled scalefactor, scaletype
End Sub
```

以指定点为中心放大活动图形，实现代码如下：

```
Sub Ch3_ZoomCenter()
    MsgBox "Perform a ZoomCenter using:" & vbCrLf & _
           "Center 3, 3, 0" & vbCrLf & _
           "Magnification: 10", , "ZoomCenter"
    Dim Center(0 To 2) As Double
    Dim magnification As Double
    Center(0) = 3: Center(1) = 3: Center(2) = 0
    magnification = 10
    ThisDrawing.Application.ZoomCenter Center, magnification
End Sub
```

将活动图形缩放至图形上的所有内容和图形范围，实现代码如下：

```
Sub Ch3_ZoomAll()
```

```
        MsgBox "Perform a ZoomAll", , "ZoomAll"
        ThisDrawing.Application.ZoomAll
        MsgBox "Perform a ZoomExtents", , "ZoomExtents"
        ThisDrawing.Application.ZoomExtents
    End Sub
```

添加View视图对象，实现代码如下：

```
    Sub Ch3_AddView()
        ' 将命名视图添加到 Views 集合
        Dim viewObj As AcadView
        Set viewObj = ThisDrawing.Views.Add("View1")
    End Sub
```

删除View视图对象，实现代码如下：

```
    Sub Ch3_DeleteView()
        Dim viewObj As AcadView
        Set viewObj = ThisDrawing.Views("View1")
        ' 删除视图
        viewObj.Delete
    End Sub
```

从Views集合中删除命名视图，实现代码如下：

```
    Sub Ch3_DeleteViewFromCollection()
        ThisDrawing.Views("View1").Delete
    End Sub
```

创建一个新视口，然后将视口拆分为两个水平窗口，实现代码如下：

```
    Sub Ch3_SplitAViewport()
        ' 创建新视口
        Dim vportObj As AcadViewport
        Set vportObj = ThisDrawing.Viewports.Add("TEST_VIEWPORT")
        ' 将 vportObj 拆分为 2 个水平窗口
        vportObj.Split acViewport2Horizontal
        ' 现在将 vportObj 设置为活动视口
        ThisDrawing.ActiveViewport = vportObj
    End Sub
```

将视口拆分为四个窗口，然后遍历图形中的所有视口并显示视口名称以及每个视口的左下角点和右上角点，实现代码如下：

```
    Sub Ch3_IteratingViewportWindows()
        ' 创建新视口并将其置为活动视口
        Dim vportObj As AcadViewport
        Set vportObj = ThisDrawing.Viewports.Add("TEST_VIEWPORT")
        ThisDrawing.ActiveViewport = vportObj
        ' 将 vport 拆分为 4 个窗口
        vportObj.Split acViewport4
        ' 遍历视口
        ' 亮显每个视口并显示每个视口的右上角点和左下角点
```

```
Dim vport As AcadViewport
Dim LLCorner As Variant
Dim URCorner As Variant
For Each vport In ThisDrawing.Viewports
    ThisDrawing.ActiveViewport = vport
    LLCorner = vport.LowerLeftCorner
    URCorner = vport.UpperRightCorner
    MsgBox "Viewport: " & vport.Name & " is now active." & _
            vbCrLf & "Lower left corner: " & _
            LLCorner(0) & ", " & LLCorner(1) & vbCrLf & _
            "Upper right corner: " & _
            URCorner(0) & ", " & URCorner(1)
Next vport
End Sub
```

10.3.6 代码控制精确绘图

将捕捉基点更改为（1,1），并将捕捉旋转角更改为30度，同时打开栅格以显示这些更改。实现代码如下：

```
Sub Ch3_ChangeSnapBasePoint()
    ' 打开活动视口的栅格
    ThisDrawing.ActiveViewport.GridOn = True
    ' 将捕捉基点更改为 1, 1
    Dim newBasePoint(0 To 1) As Double
    newBasePoint(0) = 1: newBasePoint(1) = 1
    ThisDrawing.ActiveViewport.SnapBasePoint = newBasePoint
    ' 将捕捉旋转角更改为 30 度（0.575 弧度）
    Dim rotationAngle As Double
    rotationAngle = 0.575
    ThisDrawing.ActiveViewport.SnapRotationAngle = rotationAngle
    ' 重置视口
    ThisDrawing.ActiveViewport = ThisDrawing.ActiveViewport
End Sub
```

使用两个点（5, 0, 0）和（1, 1, 0）创建构造线对象。实现代码如下：

```
Sub Ch3_AddXLine()
    Dim xlineObj As AcadXline
    Dim basePoint(0 To 2) As Double
    Dim directionVec(0 To 2) As Double
    ' 定义构造线
    basePoint(0) = 2#: basePoint(1) = 2#: basePoint(2) = 0#
    directionVec(0) = 1#: directionVec(1) = 1#: directionVec(2) = 0#
    ' 在模型空间中创建构造线
    Set xlineObj = ThisDrawing.ModelSpace.AddXLine _
                    (basePoint, directionVec)
    ThisDrawing.Application.ZoomAll
End Sub
```

使用GetDistance方法获取点的坐标，并使用MsgBox函数显示计算出的距离。实现代码如下：

```
Sub Ch3_GetDistanceBetweenTwoPoints()
    Dim returnDist As Double
    ' 返回用户输入的值，提供一个提示
    returnDist = ThisDrawing.Utility.GetDistance _
                    (, "Pick two points.")
    MsgBox "The distance between the two points is: " & returnDist
End Sub
```

提示用户输入五个点，然后根据输入的点创建多段线。该多段线是闭合的，所形成的面积显示在消息框中。实现代码如下：

```
Sub Ch3_CalculateDefinedArea()
    Dim p1 As Variant
    Dim p2 As Variant
    Dim p3 As Variant
    Dim p4 As Variant
    Dim p5 As Variant
    ' 获取用户输入的点
    p1 = ThisDrawing.Utility.GetPoint(, vbCrLf & "First point: ")
    p2 = ThisDrawing.Utility.GetPoint(p1, vbCrLf & "Second point: ")
    p3 = ThisDrawing.Utility.GetPoint(p2, vbCrLf & "Third point: ")
    p4 = ThisDrawing.Utility.GetPoint(p3, vbCrLf & "Fourth point: ")
    p5 = ThisDrawing.Utility.GetPoint(p4, vbCrLf & "Fifth point: ")
    ' 根据这些点创建二维多段线
    Dim polyObj As AcadLWPolyline
    Dim vertices(0 To 9) As Double
    vertices(0) = p1(0): vertices(1) = p1(1)
    vertices(2) = p2(0): vertices(3) = p2(1)
    vertices(4) = p3(0): vertices(5) = p3(1)
    vertices(6) = p4(0): vertices(7) = p4(1)
    vertices(8) = p5(0): vertices(9) = p5(1)
    Set polyObj = ThisDrawing.ModelSpace.AddLightWeightPolyline _
                    (vertices)
    polyObj.Closed = True
    ThisDrawing.Application.ZoomAll
    ' 显示多段线的面积
    MsgBox "The area defined by the points is " & _
            polyObj.Area, , "Calculate Defined Area"
End Sub
```

10.3.7 代码控制实现图形的修改

利用代码可以实现图形的复制、删除、移动、镜像等操作。

创建两个Circle对象并使用CopyObjects方法创建圆的副本。实现代码如下：

```
Sub Ch4_CopyCircleObjects()
    Dim DOC1 As AcadDocument
```

```
        Dim circleObj1 As AcadCircle
        Dim circleObj2 As AcadCircle
        Dim circleObj1Copy As AcadCircle
        Dim circleObj2Copy As AcadCircle
        Dim centerPoint(0 To 2) As Double
        Dim radius1 As Double
        Dim radius2 As Double
        Dim radius1Copy As Double
        Dim radius2Copy As Double
        Dim objCollection(0 To 1) As Object
        Dim retObjects As Variant
        ' 定义 Circle 对象
        centerPoint(0) = 0: centerPoint(1) = 0: centerPoint(2) = 0
        radius1 = 5#: radius2 = 7#
        radius1Copy = 1#: radius2Copy = 2#
        ' 创建新图形
        Set DOC1 = ThisDrawing.Application.Documents.Add
        ' 向图形中添加两个圆
        Set circleObj1 = DOC1.ModelSpace.AddCircle _
                        (centerPoint, radius1)
        Set circleObj2 = DOC1.ModelSpace.AddCircle _
                        (centerPoint, radius2)
        ZoomAll
        ' 将要复制的对象设置成与 CopyObjects 兼容的形式
        Set objCollection(0) = circleObj1
        Set objCollection(1) = circleObj2
        ' 复制对象并取回新对象（副本）的集合
        retObjects = DOC1.CopyObjects(objCollection)
        ' 获取新创建的对象并对副本应用新的特性
        Set circleObj1Copy = retObjects(0)
        Set circleObj2Copy = retObjects(1)
        circleObj1Copy.radius = radius1Copy
        circleObj1Copy.Color = acRed
        circleObj2Copy.radius = radius2Copy
        circleObj2Copy.Color = acRed
        ZoomAll
    End Sub
```

创建一条优化多段线，然后偏移该多段线。实现代码如下：

```
    Sub Ch4_OffsetPolyline()
        ' 创建多段线
        Dim plineObj As AcadLWPolyline
        Dim points(0 To 11) As Double
        points(0) = 1: points(1) = 1
        points(2) = 1: points(3) = 2
        points(4) = 2: points(5) = 2
        points(6) = 3: points(7) = 2
        points(8) = 4: points(9) = 4
        points(10) = 4: points(11) = 1
```

```
        Set  plineObj = ThisDrawing.ModelSpace. _
                        AddLightWeightPolyline(points)
        plineObj.Closed = True
        ZoomAll
        ' 偏移多段线
        Dim  offsetObj  As  Variant
        offsetObj = plineObj.Offset(0.25)
    ZoomAll
    End  Sub
```

创建一条优化多段线，然后绕一个轴镜像该多段线。新创建的多段线会着上蓝色。实现
代码如下：

```
    Sub  Ch4_MirrorPolyline()
        ' 创建多段线
        Dim  plineObj  As  AcadLWPolyline
        Dim  points(0 To 11)  As  Double
        points(0) = 1: points(1) = 1
        points(2) = 1: points(3) = 2
        points(4) = 2: points(5) = 2
        points(6) = 3: points(7) = 2
        points(8) = 4: points(9) = 4
        points(10) = 4: points(11) = 1
        Set  plineObj = ThisDrawing.ModelSpace. _
                        AddLightWeightPolyline(points)
        plineObj.Closed = True
        ZoomAll
        ' 定义镜像轴
        Dim  point1(0 To 2)  As  Double
        Dim  point2(0 To 2)  As  Double
        point1(0) = 0: point1(1) = 4.25: point1(2) = 0
        point2(0) = 4: point2(1) = 4.25: point2(2) = 0
        ' 镜像多段线
        Dim  mirrorObj  As  AcadLWPolyline
        Set  mirrorObj = plineObj.Mirror(point1, point2)
        Dim  col  As  New  AcadAcCmColor
        Call  col.SetRGB(125, 175, 235)
        mirrorObj.TrueColor = col
        ZoomAll
    End  Sub
```

创建一个圆，然后对圆执行环形阵列操作。这个过程将围绕基点（4，4，0）在180度内
创建四个圆。实现代码如下：

```
    Sub  Ch4_ArrayingACircle()
        ' 创建圆
        Dim  circleObj  As  AcadCircle
        Dim  center(0 To 2)  As  Double
        Dim  radius  As  Double
        center(0) = 2#: center(1) = 2#: center(2) = 0#
```

```
    radius = 1
    Set circleObj = ThisDrawing.ModelSpace. _
                        AddCircle(center, radius)
    ZoomAll
    ' 定义环形阵列
    Dim noOfObjects As Integer
    Dim angleToFill As Double
    Dim basePnt(0 To 2) As Double
    noOfObjects = 4
    angleToFill = 3.14 ' 180 度
    basePnt(0) = 4#: basePnt(1) = 4#: basePnt(2) = 0#
    ' 下例通过绕点 (3,3,0) 旋转和复制对象而创建四个对象副本
    Dim retObj As Variant
    retObj = circleObj.ArrayPolar _
                (noOfObjects, angleToFill, basePnt)
    ZoomAll
End Sub
```

创建一个圆，然后对该圆执行矩形阵列操作，创建5行5列的圆。实现代码如下：

```
    Sub Ch4_ArrayRectangularExample()
        ' 创建圆
        Dim circleObj As AcadCircle
        Dim center(0 To 2) As Double
        Dim radius As Double
        center(0) = 2#: center(1) = 2#: center(2) = 0#
        radius = 0.5
        Set circleObj = ThisDrawing.ModelSpace. _
                            AddCircle(center, radius)
        ZoomAll
        ' 定义矩形阵列
        Dim numberOfRows As Long
        Dim numberOfColumns As Long
        Dim numberOfLevels As Long
        Dim distanceBwtnRows As Double
        Dim distanceBwtnColumns As Double
        Dim distanceBwtnLevels As Double
        numberOfRows = 5
        numberOfColumns = 5
        numberOfLevels = 2
        distanceBwtnRows = 1
        distanceBwtnColumns = 1
        distanceBwtnLevels = 1
        ' 创建对象的阵列
        Dim retObj As Variant
        retObj = circleObj.ArrayRectangular _
            (numberOfRows, numberOfColumns, numberOfLevels, _
            distanceBwtnRows, distanceBwtnColumns, distanceBwtnLevels)
        ZoomAll
    End Sub
```

创建一个圆，然后将此圆沿着*X*轴移动两个单位。实现代码如下：

```
Sub Ch4_MoveCircle()
    ' 创建圆
    Dim circleObj As AcadCircle
    Dim center(0 To 2) As Double
    Dim radius As Double
    center(0) = 2#: center(1) = 2#: center(2) = 0#
    radius = 0.5
    Set circleObj = ThisDrawing.ModelSpace. _
                        AddCircle(center, radius)
    ZoomAll
    ' 定义组成移动矢量的点
    ' 移动矢量将圆沿 X 轴移动两个单位
    Dim point1(0 To 2) As Double
    Dim point2(0 To 2) As Double
    point1(0) = 0: point1(1) = 0: point1(2) = 0
    point2(0) = 2: point2(1) = 0: point2(2) = 0
    ' 移动圆
    circleObj.Move point1, point2
    circleObj.Update
End Sub
```

创建一条闭合的优化多段线，然后将该多段线绕基点（4，4.25，0）旋转45度。实现代码如下：

```
Sub Ch4_RotatePolyline()
    ' 创建多段线
    Dim plineObj As AcadLWPolyline
    Dim points(0 To 11) As Double
    points(0) = 1: points(1) = 2
    points(2) = 1: points(3) = 3
    points(4) = 2: points(5) = 3
    points(6) = 3: points(7) = 3
    points(8) = 4: points(9) = 4
    points(10) = 4: points(11) = 2
    Set plineObj = ThisDrawing.ModelSpace. _
                        AddLightWeightPolyline(points)
    plineObj.Closed = True
    ZoomAll
    ' 定义绕点 (4,4.25,0) 旋转 45 度
    Dim basePoint(0 To 2) As Double
    Dim rotationAngle As Double
    basePoint(0) = 4: basePoint(1) = 4.25: basePoint(2) = 0
    rotationAngle = 0.7853981 ' 45 degrees
    ' 旋转多段线
    plineObj.Rotate basePoint, rotationAngle
    plineObj.Update
End Sub
```

创建一条优化多段线，然后将其删除。实现代码如下：

```
Sub Ch4_DeletePolyline()
    ' 创建多段线
    Dim lwpolyObj As AcadLWPolyline
    Dim vertices(0 To 5) As Double
    vertices(0) = 2: vertices(1) = 4
    vertices(2) = 4: vertices(3) = 2
    vertices(4) = 6: vertices(5) = 4
    Set lwpolyObj = ThisDrawing.ModelSpace. _
                AddLightWeightPolyline(vertices)
    ZoomAll
    ' 删除多段线
    lwpolyObj.Delete
    ThisDrawing.Regen acActiveViewport
End Sub
```

创建一条闭合的优化多段线，然后以0.5的缩放比例调整该多段线。实现代码如下：

```
Sub Ch4_ScalePolyline()
    ' 创建多段线
    Dim plineObj As AcadLWPolyline
    Dim points(0 To 11) As Double
    points(0) = 1: points(1) = 2
    points(2) = 1: points(3) = 3
    points(4) = 2: points(5) = 3
    points(6) = 3: points(7) = 3
    points(8) = 4: points(9) = 4
    points(10) = 4: points(11) = 2
    Set plineObj = ThisDrawing.ModelSpace. _
                AddLightWeightPolyline(points)
    plineObj.Closed = True
    ZoomAll
    ' 定义缩放
    Dim basePoint(0 To 2) As Double
    Dim scalefactor As Double
    basePoint(0) = 4: basePoint(1) = 4.25: basePoint(2) = 0
    scalefactor = 0.5
    ' 缩放多段线
    plineObj.ScaleEntity basePoint, scalefactor
    plineObj.Update
End Sub
```

创建一条直线，然后修改其端点拉长该直线。实现代码如下：

```
Sub Ch4_LengthenLine()
    ' 定义和创建直线
    Dim lineObj As AcadLine
    Dim startPoint(0 To 2) As Double
    Dim endPoint(0 To 2) As Double
    startPoint(0) = 0
```

```
            startPoint(1) = 0
            startPoint(2) = 0
            endPoint(0) = 1
            endPoint(1) = 1
            endPoint(2) = 1
            Set lineObj = ThisDrawing.ModelSpace. _
                            AddLine(startPoint, endPoint)
            lineObj.Update
            ' 将端点更改为 4,4,4
            ' 拉长直线
            endPoint(0) = 4
            endPoint(1) = 4
            endPoint(2) = 4
            lineObj.endPoint = endPoint
            lineObj.Update
        End Sub
```

创建一个优化多段线对象，然后将多段线分解成多个对象。接着遍历产生的对象，显示含有每个对象名称的消息框，并显示分解对象在列表中的索引。实现代码如下：

```
        Sub Ch4_ExplodePolyline()
            Dim plineObj As AcadLWPolyline
            Dim points(0 To 11) As Double
            ' 定义二维多段线的点
            points(0) = 1: points(1) = 1
            points(2) = 1: points(3) = 2
            points(4) = 2: points(5) = 2
            points(6) = 3: points(7) = 2
            points(8) = 4: points(9) = 4
            points(10) = 4: points(11) = 1
            ' 创建优化多段线对象
            Set plineObj = ThisDrawing.ModelSpace. _
                            AddLightWeightPolyline(points)
            ' 在某个线段上设置凸度以改变多段线中的对象类型
            plineObj.SetBulge 3, -0.5
            plineObj.Update
            ' 分解多段线
            Dim explodedObjects As Variant
            explodedObjects = plineObj.Explode
            ' 遍历分解的对象并以消息框来显示每个对象的类型
            Dim I As Integer
            For I = 0 To UBound(explodedObjects)
            explodedObjects(I).Update
                MsgBox "Exploded Object " & I & ": " & _
                            explodedObjects(I).ObjectName
                explodedObjects(I).Update
            Next
        End Sub
```

10.3.8 代码实现高级绘图及组织技术

利用代码，可以实现光栅图形、块的插入。

在模型空间中添加光栅图像，实现代码如下：

```
Sub Ch10_AttachingARaster()
    Dim insertionPoint(0 To 2) As Double
    Dim scalefactor As Double
    Dim rotationAngle As Double
    Dim imageName As String
    Dim rasterObj As AcadRasterImage
    imageName = "C:/Program Files/AutoCAD Directory/sample/watch.jpg '
insertionPoint(0) = 5
insertionPoint(1) = 5
insertionPoint(2) = 0
scalefactor = 2
rotationAngle = 0
    On Error GoTo ERRORHANDLER
    ' 在模型空间中附着光栅图像
    Set rasterObj = ThisDrawing.ModelSpace.AddRaster _
        (imageName, insertionPoint, _
                scalefactor, rotationAngle)
    ZoomAll
    Exit Sub
ERRORHANDLER:
    MsgBox Err.Description
End Sub
```

创建一个块并向块定义中添加一个圆，然后将块作为块参照插入到图形中。块定义中的圆将被更新，块参照也会自动更新。实现代码如下：

```
Sub Ch10_RedefiningABlock()
    ' 定义块
    Dim blockObj As AcadBlock
    Dim insertionPnt(0 To 2) As Double
    insertionPnt(0) = 0
    insertionPnt(1) = 0
    insertionPnt(2) = 0
    Set blockObj = ThisDrawing.Blocks.Add _
                    (insertionPnt, "CircleBlock")
    ' 向块中添加圆
    Dim circleObj As AcadCircle
    Dim center(0 To 2) As Double
    Dim radius As Double
    center(0) = 0
    center(1) = 0
    center(2) = 0
    radius = 1
    Set circleObj = blockObj.AddCircle(center, radius)
```

```
' 插入块
Dim blockRefObj As AcadBlockReference
insertionPnt(0) = 2
insertionPnt(1) = 2
insertionPnt(2) = 0
Set blockRefObj = ThisDrawing.ModelSpace.InsertBlock _
            (insertionPnt, "CircleBlock", 1#, 1#, 1#, 0)
ZoomAll
' 重定义块中的圆并更新块参照
circleObj.radius = 3
blockRefObj.Update
End Sub
```

练习题

1. 填空题

（1）AutoLISP是由Autodesk公司开发的一种LISP程序语言（LISP是List Processor的缩写），现在已成为_____的首选程序序言。

（2）单击菜单栏中的_____命令，就打开Visual LISP集成开发环境。

（3）AutoLISP程序是由一系列符号表达式组成，其表达形式是_____。

（4）在AutoLISP语言中，共有7种常见的转义控制符，其中转义字符\e表示_____，\nnn表示_____。

（5）（strcat 字符串1 字符串2 ……），该函数的功能是_____。

（6）利用VBA管理器可以_____、_____、_____、_____、_____、_____VBA工程。

（7）单击菜单栏中的_____命令，弹出"Microsoft Visual Basic"窗口。

附录

练习题答案

第1课

1. 填空题

（1）F2　　　（2）Tr　　M　　　（3）.dwg

2. 简答题

（1）略。　　　（2）略。

第2课

1. 填空题

（1）L　　C　　A　　ML

（2）三点确定圆弧　起点+圆心+角度或长度或端点　起点+端点+角度或方向或半径

（3）F

（4）格式/点样式

2. 简答题

（1）利用定数等分点，可以把一个图形等分成若干份。单击菜单栏中的"绘图/点/定数等分"命令可以实现定数等分点。

（2）略。

3. 上机操作

略。

第3课

1. 填空题

（1）Shift

（2）D　　F

（3）直线、圆、椭圆弧和样条曲线。

（4）矩形阵列　环形阵列　矩形阵列　环形阵列　复制

2. 简答题

（1）略。　　　（2）略。

3. 上机操作

略。

第4课

1. 填空题

（1）世界坐标系（WCS）的固定坐标系　用户坐标系（UCS）的可移动坐标系

（2）图案填充　渐变色填充

（3）临时块　永久块

（4）B　　W　　H

2. 简答题

（1）略。　　（2）略。

3. 上机操作

略。

第5课

1. 填空题

（1）Ctrl+1

（2）关键点　距离　周长　面积　时间　状态

（3）Alt+C

2. 简答题

（1）略。　　（2）略。

3. 上机操作

略。

第6课

1. 填空题

（1）尺寸线　箭头

（2）格式/标注样式　　D

（3）圆　　圆弧

（4）存在一个标注

（5）新建　旋转　倾斜

2. 简答题

（1）夹点是一些实心的小方框，使用定点设备指定对象时，对象关键点上将出现夹点。可以拖动这些夹点快速拉伸、移动、旋转、缩放或镜像对象。

（2）尺寸线要与标注对象有一定的距离，并且偏移距离根据实际情况来定。

尺寸界线的长度将随尺寸线位置的调整而改变，但尺寸界线超出的距离是在标注样式设定时确定的。

AutoCAD提供了大量的箭头样式，可以选择符合国家标准的箭头，也可以自由设计。

标注文字的位置可以在尺寸线的上面、中间或下面，也可以偏左、偏右。

第7课

1. 填空题

（1）文件/页面设置管理器

（2）窗口　范围　图形界限　显示　窗口

（3）Ctrl+P

2. 简答题

（1）合理的利用AutoCAD提供的布局功能，使打印效果可视化并使打印过程更加方便。

（2）略。

3. 上机操作

略。

第8课

1. 填空题

（1）笛卡儿坐标　球面坐标　柱面坐标

（2）增加二维对象的厚度

（3）沿着路径走剖面方法

2. 简答题

（1）略。　　（2）略。

3. 上机操作

略。

第9课

1. 填空题

（1）偏移　旋转　倾斜　清除　分割

（2）二维线框　三维线框　三维隐藏　真实　概念

（3）方体　球体　圆柱体

2. 简答题

（1）略。　　（2）略。

3. 上机操作

略。

第10课

1. 填空题

（1）人工智能（AI）

（2）工具/AutoLisp/Visual LISP编辑器

（3）（函数　　参数）

（4）相当于Esc键　1到3位八进制所代表的字符

（5）返回将所有字符串连接起来后的字符串。

（6）加载　卸载　保存　创建　内嵌　提取

（7）工具/宏/Visual Basic编辑器

反侵权盗版声明

　　电子工业出版社依法对本作品享有专有出版权。任何未经权利人书面许可，复制、销售或通过信息网络传播本作品的行为；歪曲、篡改、剽窃本作品的行为，均违反《中华人民共和国著作权法》，其行为人应承担相应的民事责任和行政责任，构成犯罪的，将被依法追究刑事责任。

　　为了维护市场秩序，保护权利人的合法权益，我社将依法查处和打击侵权盗版的单位和个人。欢迎社会各界人士积极举报侵权盗版行为，本社将奖励举报有功人员，并保证举报人的信息不被泄露。

举报电话：　（010）88254396；　（010）88258888
传　　真：　（010）88254397
E-mail：　　dbqq@phei.com.cn
通信地址：北京市万寿路173信箱
　　　　　电子工业出版社总编办公室
邮　　编：100036

欢迎与我们联系

　　为了方便与我们联系，我们已开通了网站（www.medias.com.cn）。您可以在本网站上了解我们的新书介绍，并可通过读者留言簿直接与我们沟通，欢迎您向我们提出您的想法和建议。也可以通过电话与我们联系：

电话号码：（010）68252397。
邮件地址：webmaster@medias.com.cn